ALIEN-KLINGE

Gefährtinnen der Sandmeer-Warlords
Buch Sechs
Von Ursa Dax

Danksagung

WIEDER EINMAL DANKE ich all meinen wundervollen Leser:innen und neuen Freund:innen, die mich auf dieser Reise begleiten. Danke an meine Mom SMD für die Kinderbetreuung und das Korrekturlesen, das beides meine Bücher erst möglich macht.

Und zu guter Letzt ein Riesendankeschön an meinen eigenen Seelengefährten, meinen Mann RSH, für seine unermüdliche Unterstützung.

RECHTLICHER HINWEIS

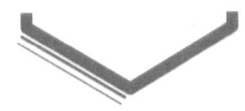

Alien-Klinge © 2022 Veronica Doran

Übersetzung: Stefanie Kersten

Lektorat: Debora Exner

Korrektorat: Tanja Eggerth

ISBN: 978-1-7381129-6-8

Peace Weaver Press Inc.

5-190 Minet's Point Drive, Suite 140, Barrie, ON, Canada, L4N 8J8

ursadaxwriter@gmail.com

Triggerwarnung

IN DIESEM BUCH WERDEN detailliert Schlachten und Gewalt beschrieben. Erwähnung finden eine Kindheit im Pflegesystem, der Verlust einer Gefährtin und Trauer in der Vergangenheit der Charaktere. Außerdem wird das Thema Schwangerschaft angesprochen.

KAPITEL EINS
Theresa

ICH WISCHTE MIR AN einem Stück Leder das Blut von der Hand und betrachtete kritisch mein Werk. Ich versuchte gerade, ein *dakrival* zu zerlegen, eins dieser riesigen Alien-Tiere, die das Sandmeer-Volk für ihr Fleisch jagte. Aber selbst mit den scharfen Alien-Messern war das Ergebnis immer noch ... ungeschickt.

„Das sieht gut aus. Du wirst besser", kommentierte Bokeelie, die neben mir kniete, und nickte lächelnd. Ich schaute zu ihr auf und verengte die Augen hinter meiner Sonnenbrille. Die unbarmherzige Sonne des Alien-Planeten brannte gnadenlos auf uns runter.

„Danke", erwiderte ich, musterte den Kadaver aber trotzdem stirnrunzelnd. Das musste noch besser werden. *Ich* musste noch besser werden. Ich musste mich hier nützlich machen. Mir meinen Platz verdienen. Das Sandmeer-Volk hatte so viel getan, um uns zu helfen, um *mir* zu helfen – sie hatten uns mit Nahrung versorgt, uns beschützt und unsere Wunden geheilt. Ich würde ihnen ganz bestimmt kein menschlicher Klotz am Bein sein.

Irgendwer würde dir vermutlich verklickern, dass du da ein Trauma hast. Ich ignorierte die Stimme in meinem Hinterkopf, obwohl sie vermutlich recht hatte. Nachdem ich bis zur Volljährigkeit von einer Pflegefamilie zur nächsten weitergereicht worden war, war es irgendwie logisch, dass ich meinen Stand hier festigen wollte. Mir hier ein dauerhaftes Zuhause verdienen wollte. Mir ... Liebe verdienen wollte.

Ich ließ einen geräuschvollen Atemzug entweichen und pustete damit einige meiner blonden Strähnen weg. Die Vernunft sagte mir natürlich, dass ich mir meinen Platz hier nicht verdienen musste. Dass es ausreichte, einfach mein Bestes zu geben. Doch das hielt meine emotionale Seite nicht davon ab, mir einzureden, dass ich nie meinen Platz im Leben oder eine Familie finden würde, wenn ich mich nicht nützlich machte.

„Danke fürs Warten", riss mich eine menschliche Stimme aus meinen Gedanken. Als ich aufsah, entdeckte ich Jocelyn, eine weitere Frau von unserem Schiff, die entführt und im Namen der Forschung auf diesem Planeten ausgesetzt worden war. Wie ich legte sie sich mächtig ins Zeug, um am Leben der Clans teilzunehmen und ihre Fähigkeiten gewinnbringend einzusetzen. Auf der Erde war sie Botanikerin gewesen und nun lernte sie von den Heilerinnen das Wissen über die einheimische Pflanzenwelt und ihren Nutzen.

„Kein Problem", sagte Bokeelie und stand auf. Auch wenn die Alien-Frauen kleiner waren als die Männer, waren sie immer gut über einsachtzig. Jocelyn nickte lächelnd, wobei ihre Kapuze verrutschte, sodass einige ihrer schwarzen Locken hervorlugten. Sie rückte die Kapuze wieder zurecht und zog den Stoff enger um die ebenmäßige, dunkelbraune Haut ihrer Wangenknochen.

„Wie läuft's?", fragte sie mich auf unserer eigenen Sprache und in ihren Worten schwang ein nordbritischer Akzent mit. Mit der Stiefelspitze stupste sie das tote *dakrival* an.

„Ganz okay." *Wenn man es denn* okay *findet, dieses arme Tier grob zu zerhacken, obwohl man es eigentlich sauber zerlegen wollte.*

„Das reicht fürs Erste. Vola kann den Rest übernehmen", wies Bokeelie mich an.

Ich schluckte die aufwallende Scham hinunter, nickte und machte Platz, damit Vola, eine der Alien-Frauen, meine Aufgabe beenden konnte. Während ihre klauenbewehrten Hände geschickt das Fleisch zerteilten, konzentrierte ich mich auf ihre Finger und prägte mir jede Bewegung, jeden Schnitt mit dem langen schwarzen Messer ein.

Im Studium hatte ich Tiere seziert und in der Tierarztpraxis in Mississippi bei Operationen assistiert, doch das konnte man nicht wirklich damit vergleichen, so was wie einen Wildochsen zu zerlegen, der größer war als jede Kuh auf der Erde. *Wäre ich mal lieber Metzgerin geworden. Oder Bäuerin oder so ...* Aber ich würde besser werden. Wirklich. Das *musste* ich. Ich musste einfach irgendwas tun. Meine einzig nennenswerte Leistung auf diesem Planeten bestand darin, mich in den Klippen zu verlaufen und fast von einer verfluchten *krixel* gefressen zu werden, sodass Chapman mich retten und dabei ihr eigenes Leben aufs Spiel setzen musste. Das würde mir nicht noch mal passieren. Auf gar keinen Fall. Die liebe Theresa würde schön die Füße stillhalten und niemandem mehr Schwierigkeiten machen. Das war mal so sicher wie das Amen in der Kirche.

„Bist du so weit?", fragte Bokeelie Jocelyn. Meine Freundin nickte und zog etwas aus ihrer Tasche, das wie ein geschwärzter Pflanzenstängel aussah.

„Jepp, und ich habe noch mehr von dem *grix* gefunden, von dem du gesprochen hast."

„Gut", erwiderte Bokeelie und ihr Känguru-Schwanz peitschte in einer Geste der Zufriedenheit über den Sand. „Heute zeige ich dir, wie man ein Mittel gegen Magenverstimmungen anmischt."

Jocelyns kam nicht mehr zum antworten, weil plötzlich aufgeregte Rufe von Kriegern durch das Lager schallten. Ich ballte die Hände zu Fäusten und das Herz schlug mir bis zum Hals. Überall um uns herum kamen Aliens aus ihren Zelten und rannten auf die offene Wüste zu, fort von den Klippen.

„Gahn Fallo kehrt zurück!", rief uns ein Krieger zu, der an uns vorbeieilte.

Allein?

Angst packte mich und zusammen mit Jocelyn, Bokeelie und Vola setzte ich mich hastig in Bewegung. Vor Kurzem hatte eine kleine Gruppe unser Lager an den Klippen von Uruzai verlassen. Chapman, Zoey, Gahn Taliok, Galok und Gahn Fallo waren gemeinsam mit einem Alien einer bisher unbekannten Art aufgebrochen. Einem riesigen Echsenmann, der eher an einen Alligator erinnerte als an einen Humanoiden. Soweit ich es verstanden hatte, waren sie auf der Suche nach dem Volk des Echsenmanns, um sie als Verbündete für den möglichen Angriff der Menschen zu gewinnen.

Einschließlich des Kroko-Kerls waren sie zu sechst gewesen. *Warum kommt dann nur Gahn Fallo zurück?*

Das Wissen, dass dieser Planet Klingen, Zähne und Klauen besaß, die es mit denen der Krieger aufnehmen konnten, machte mich fertig. Ich hatte am eigenen Leib erfahren, wie tödlich dieser Ort sein konnte – zuerst während des Angriffs der *zeelk* in der Wüste direkt nach unserer Landung, und dann noch mal beim Angriff der *krixel* in den Klippen. Aber ich hoffte und betete einfach, dass es den anderen Mitgliedern der Reisegruppe gut ging.

Jocelyn und ich blieben bei den wartenden Sandmeer-Aliens stehen. Aus dem Augenwinkel bekam ich mit, dass sich weitere Menschenfrauen zu uns gesellten, und dann erhaschte ich einen Blick auf den riesigen Gahn Fallo, der auf seinem vielbeinigen *irkdu* über den Sand heranjagte.

„Warum ist er allein?", zischte eine aufgebrachte Stimme in unserer Sprache neben mir, die mich erschrocken zusammenfahren ließ. Als ich mich umdrehte, entdeckte ich Kat neben mir, deren Miene unter der Kapuze mehr als finster war.

„Glaubt ihr, den anderen geht es gut?", fragte Jocelyn auf meiner anderen Seite.

Ich konnte nur ratlos den Kopf schütteln, während Gahn Fallo sich weiter näherte.

„Das hoffe ich doch mal stark für sie. Wenn Galok da draußen irgendwas passiert ist und Gahn Fallo ihn im Stich gelassen hat ..." Ein eiskalter Unterton schwang in Kats Stimme mit. Die Alien-Männer waren unglaublich starke, gefährliche Krieger. Und doch war ich mir nicht sicher, ob sie der Wut in diesem zierlichen Menschenkörper gewachsen wären. *Falls irgendwas passiert ist und Gahn Fallo tatsächlich Kats Gefährten Galok zurückgelassen hat, dann sollte er sich lieber auf was gefasst machen. Kat hat schon einem dieser Typen die Augen verätzt ...*

„Es ist bestimmt alles okay", sagte ich aus einem Impuls heraus, weil ein kleiner Funke Hoffnung in mir aufflackerte. Eine kleine Flamme, rot wie Chapmans Haare. „Chapman war mit ihnen unterwegs. Die würde Fallo nie im Leben zurücklassen, wenn sie in Gefahr wäre."

„Hmpf", machte Kat und ihr Gesichtsausdruck blieb weiter angespannt, aber Jocelyn gab einen zustimmenden Laut von sich.

Ich nickte bekräftigend und fühlte mich immer sicherer mit dieser Einschätzung. „Und falls etwas passiert wäre ... Na ja ... Dann würde er nicht mit leeren Händen zurückkommen, oder?"

Ich brachte es nicht über mich, es laut auszusprechen – dass Gahn Fallo die Leiche seiner Gefährtin niemals da draußen liegen gelassen hätte. Er war ja vielleicht vollkommen irre, aber er liebte Chapman mit einer Leidenschaft, die ich auf der Erde noch nie gesehen hatte. So war es bei allen Alien-Männern, die Gefährtinnen unter den Menschenfrauen gefunden hatten – Gahn Buroudei, Gahn Taliok, Galok. Selbst der Kroko-Mann, der offenbar Zoey als seine Gefährtin betrachtete, strahlte es aus – diese unbeirrbare Hingabe, bei der mir jedes Mal der Atem stockte.

Dass er Chapmans Leiche nicht in den Armen hielt, als er von seinem Reittier sprang, war also ein sehr gutes Zeichen. Der fuchsteufelswilde Ausdruck auf seinem Gesicht hingegen ... Tja, der war kein so gutes Zeichen.

Jetzt war Kat nicht mehr zu halten und sie wirkte, als würde sie Menschen, Aliens und sogar Gott höchstpersönlich den Arsch aufreißen, um ihren Galok zurückzubekommen. Doch ich packte sie mit meinen blutverschmierten Händen hastig an den zierlichen Schultern. Sie trug die gleiche Solarschutzjacke wie ich, doch selbst durch das dicke Material konnte ich ihre knochigen Schultern fühlen.

„Beruhig dich, Süße", murmelte ich. Das Sandmeer-Volk hatte uns bisher immer gut behandelt, aber so stark Kat auch war, ich wollte trotzdem nicht, dass sie sich mit Gahn Fallo anlegte.

„Lass mich sofort los", zischte Kat und ihre schmalen Schultern hoben sich unter meinem Griff, als sie tief durchatmete.

„Du kriegst doch gleich deine Antworten. Sieh nur." Ich drehte Kat mit sanfter Gewalt um, sodass sie sah, was ich meinte: Gahn Buroudei, Ceces Gefährte, hastete aus dem Lager auf uns zu. Die Gruppe machte ihm Platz und alle wartenden Aliens hoben die Schwänze vor den zwei Gahns, eine Geste, mit der die Bewohner des Sandmeers Respekt ausdrückten.

„Welche Neuigkeiten bringst du uns, Gahn Fallo?", wollte Buroudei wissen. Er stand kerzengerade, erhaben und ruhig da, während Gahn Fallo auf und ab tigerte und den großen Kopf von einer Seite zur anderen drehte, um seine muskulösen Schultern zu lockern. Schließlich blieb er stehen und wandte sich Gahn Buroudei zu. Kat spannte sich unter meinen Fingern an und ich murmelte ihr beruhigende, wenn auch nichtssagende Worte zu. Doch das verfehlte offenbar seine Wirkung, denn einen Moment später wand sie sich mit einem wütenden Aufschrei aus meinem Griff.

„Shit!", stieß ich hervor, als Kats zierliche Gestalt sich durch die Menge drängelte. Ohne nachzudenken, einfach aus einem Impuls heraus, rannte ich ihr hinterher. Sie war verdammt flink, aber ich hatte die längeren Beine. Ich holte sie ein, als sie die erste Reihe der Wartenden erreichte, bekam ihre Hand zu fassen und zog sie daran zurück. Doch das hielt ihre Stimme nicht auf.

„Wo sind die anderen? Wo ist Galok?"

Die zwei riesigen Gahns fuhren zu uns herum. Ich erstarrte und Hitze kroch über meinen Hals in meine Wangen. Ich wollte wirklich nicht die Aufmerksamkeit dieser beiden Gahns – oder überhaupt irgendeinem Gahn – auf mich ziehen. Das vertrug sich nicht so gut mit meinem Plan, mich unauffällig zu verhalten und mich nicht in Schwierigkeiten zu bringen. Aber das juckte Kat herzlich wenig. Ich legte auch die zweite Hand um ihr knochiges Handgelenk, denn ich war mir ziemlich sicher, dass sie dem rotäugigen Gahn an die Gurgel ging, sobald ich losließ. Es fehlte nicht viel und sie würde die Zähne fletschen. Ihre Stiefel rutschten bei dem Versuch, sich von mir loszumachen, im Sand weg.

„Ganz ruhig, Süße", murmelte ich und schlug den gleichen, besänftigenden Tonfall wie bei meiner Arbeit als Tierarzthelferin an. Damals auf einem anderen Planeten. In einem anderen Leben.

Gahn Fallo ergriff schließlich das Wort und ich hielt unwillkürlich den Atem an.

„Die anderen sind am Leben und in Gahn Baldors Territorium."

„Warum hast du sie zurückgelassen? Deine eigene Gefährtin ...?", erkundigte sich Gahn Buroudei und die Verwirrung war ihm durch die kreiselnden kupferfarbenen Sichtsterne deutlich anzusehen.

Gahn Fallo knurrte. „Halt dich mit deinen unverschämten Vorwürfen zurück, Buroudei. Ich bin auf Wunsch meiner Gefährtin zurückgekehrt. Um Neuigkeiten zu überbringen, wie du richtig vermutet hast."

„Dann sprich. Welche Kunde bringst du uns?", fauchte Buroudei. Kat hatte sich ein bisschen beruhigt, nachdem sie gehört hatte, dass Galok am Leben war. Gespannt erwarteten wir zusammen mit den versammelten Aliens hinter uns Gahn Fallos nächste Worte.

„Könnt ihr euch das nicht schon denken, wo es doch so offensichtlich ist?", rief Gahn Fallo und bleckte die Fangzähne. Er zog zwei lange schwarze Waffen aus den Riemen an seinem Rücken, deren Klingen in der unbarmherzigen Sonne glänzten. Und auch seine Fangzähne blitzten auf, als er das eine letzte Wort aussprach. Das eine Wort, das mir trotz der Sonne und des Sands und der Hitze einen unheilvollen, eiskalten Schauer über den Rücken jagte.

„Krieg."

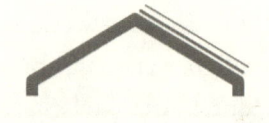

KAPITEL ZWEI
Baldor

„JARA IST FORT."

Ich war gerade dabei, meine Klinge, mein langes, schwarzes *batliff* zu schärfen. Doch bei diesen Worten hielt ich inne und sah zu meinem engsten Vertrauten Xyan auf. Das Licht der Kerze in meinem Zelt warf ihr flackerndes Licht auf seine Haut und seine düstere Miene.

„Das ist nicht ungewöhnlich. Sie hat das Lager schon häufig verlassen", entgegnete ich unbeeindruckt. Sie war gerade erst zum Clan zurückgekehrt, nachdem sie viele Zyklen in der Wüste verschollen gewesen war. Und in den vergangenen Tagen hatte sie immer wieder die Sicherheit der Zelte verlassen. Sie behauptete, *babkit*-Äste für das abendliche Feuer zu sammeln. Doch ihre ewig während Abwesenheit vor ihrer Rückkehr? So lange, dass alle sie für tot gehalten hatten. Dafür hatte sie uns noch keine zufriedenstellende Erklärung unterbreitet.

„Nein", beharrte Xyan und sein Tonfall wurde nachdrücklicher. „Sie ist am gestrigen Morgen aufgebrochen und bis jetzt nicht zurückgekommen."

Ich richtete mich auf und schob das *batliff* in den Riemen auf meinem Rücken. Jara und ihre Geheimnisse. Die konnten sogar einem Gahn den letzten Nerv rauben.

„Schick einen kleinen Trupp los, der die Umgebung absuchen soll, falls sie verletzt ist oder Hilfe braucht. Doch das ändert nichts an unseren Plänen. Unsere Krieger müssen morgen Abend bereit zum Aufbruch sein."

Xyan hob den Schwanz vor die Augen und knurrte zustimmend, bevor er rasch das Zelt wieder verließ. Ich ließ einen langen Atemzug entweichen und starrte in die unstete Flamme der Kerze. Falls Jara irgendwo draußen auf der Ebene oder an der Küste verwundet worden war, dann wollte ich sie nicht im Stich lassen. Aber irgendetwas tief in meinem Inneren sagte mir, dass wir sie nie wieder zu unseren Zelten bringen konnten. Dass sie gegangen war, und diesmal für immer.

Brummend schlug ich die Zeltklappe beiseite und trat hinaus. Mein Zelt befand sich am Rand des Lagers meines Clans. Direkt vor mir ging die ausgetrocknete rote Ebene in Felsen über. Jenseits dieser Felsen rollten mächtige Wellen heran und die Düsternis der Bittersee lauerte wie eine Bestie im dämmrigen Zwielicht. Selbst hier nahm ich den durchdringenden Salzgeruch in der Luft wahr und hörte das Rauschen der Brandung in der Ferne. Hinter mir erstreckten sich die restlichen Zelte meines Clans. Jenseits der Ebene ragten Gahn Irokais Berge auf. Oder mittlerweile wohl eher Gahn Talioks Berge. Und danach folgten die endlosen Weiten des Sandmeers.

Mein Blick richtete sich über das Lager hinweg auf eben jene Berge. Bald würden wir hindurchziehen und uns tief in die Wüste vorwagen. Bis zu den Klippen von Uruzai.

Damit ich meine Gefährtin für mich beanspruchen konnte.

Das war erst meine dritte Reise in die Wüste. Bei der ersten hatten die Lavrika mich zum ersten Mal gerufen, um mir meine Gefährtin zu offenbaren. Es war eine schicksalhafte Reise im Zeichen des Todes. Schicksalhaft, weil ich Zolinnas Gesicht in den Teichen sah, meine geschätzte Freundin aus Kindertagen und eine Frau, mit der ich schon oft das Lager geteilt hatte, bevor das Gefährtenband in uns erweckt wurde. Und Tod, weil sie während meiner Abwesenheit von einem *forsek* am Ufer der See getötet worden war. Sie war mir genommen worden, bevor ich sie als meine wahre Gefährtin annehmen konnte.

Das war nunmehr viele Zyklen her. Damals, als ich nur ein einfacher Jäger des Clans und noch kein Gahn gewesen war.

Meine zweite Reise zu den Klippen lag nicht ganz so lange zurück. Und erneut hatte ich das Gesicht meiner zukünftigen Gefährtin in den heiligen Teichen erblickt. Doch diesmal hatte ich es nicht wiedererkannt. Es war keine Frau aus meinem Clan oder aus einem der anderen. Ich schaute in ein seltsames, kleines Gesicht mit runden Ohren und Haaren, die heller waren als die Sonnenstrahlen auf den Felsen. Ich hatte nicht erwartet, in diesem Leben mit einer weiteren Gefährtin gesegnet zu werden. Und dass meine zweite so fremdartig aussah, war verblüffend, ja, beinahe verstörend. Und doch hemmte das nicht die mächtige

Anziehungskraft des heiligen Bands. Schon jetzt, noch bevor ich ihr gegenüberstand, verzehrte ich mich nach ihr. Ich sehnte mich danach, mit den Fingern durch ihre fremdartigen, blassen Haare zu streichen und die zierlichen Finger ihrer winzigen Hände zu berühren.

Darum hatte ich nicht gebeten. Ich hatte nach dem Verlust meiner ersten nie eine weitere Gefährtin erfleht. Viele Zyklen nach Zolinnas Tod hatte ich mich gefragt, ob ich ihrer überhaupt würdig gewesen war. Doch diese Grübeleien schienen in den Augen der Lavrika keinerlei Bedeutung zu haben.

Zweifel, ob ich würdig war. Was meine Bestimmung sein würde. So oft hatte ich während der langen Tage voller Gram damit gehadert. Was hatte es zu bedeuten, wenn das Schicksal von einem ging, bevor man es erfüllen konnte? Die Bestimmung hatte sich vor meinen Augen als leeres Versprechen enthüllt – war hell erstrahlt und hatte sich dann als hohl herausgestellt. Aber da glomm noch etwas anderes, jemand anderes in dieser Leere. Und streckte eine fremdartige, klauenlose Hand nach mir aus.

Wagte ich es, sie zu ergreifen?

Ich schnaubte. Natürlich wagte ich es. Darauf bereitete ich meine Männer doch vor. Auf die Reise. Auf den Kampf. Auf *sie*. Die neue Gahnala. Ich mochte vielleicht unwürdig und von Trauer gezeichnet sein, doch ich war immer noch ein tapferer Krieger. Ein Gahn. Und ich würde meine Gefährtin niemals allein unter Männern anderer Clans belassen.

Zwischen den Zelten entfachten einige der Frauen das abendliche Feuer, um die Beute der Jäger zu rösten. Xyan hatte recht – Jara war nicht unter ihnen. Neben den auflodernden Flammen lag ein Haufen glitzernder *horot*-Fische, die mit Speeren in den seichten Gezeitenbecken nahe des Lagers gejagt worden waren. Es gab auch *dakrival*-Fleisch. Das und *balbok*, die nahrhaften Algen aus der See, würde zusammen mit *valok* unser abendliches Mahl sein. Ein gutes Mahl, das meine Krieger für die Reise stärkte.

Ich schloss mich meinen Leuten noch nicht am Feuer an. Stattdessen wanderte ich durch die Zeltreihen und verließ das Lager, bis ich allein auf der Ebene stand. Ich starrte zu den zunehmend dunkler werdenden Gipfeln von Gahn Talioks Bergen hinüber und grübelte einmal mehr, welchen Pfad wir in den kommenden Tagen einschlagen sollten.

Wir könnten durch die Berge ziehen. Meine Späher hatten mir bereits vor vielen Tagen berichtet, dass Gahn Talioks Clan das Gebirge verlassen und nur einen kleinen Wachtrupp zurückgelassen hatte. Doch als ich das letzte Mal Männer in diese Berge geschickt hatte, waren beinahe alle abgeschlachtet worden. Wenn ich mit voller Mannstärke loszog, könnten wir die Berge mit Leichtigkeit und größtenteils unbehelligt durchqueren, doch ich wollte nicht riskieren, auch nur einen einzigen Krieger zu verlieren, bevor wir die Klippen von Uruzai erreichten. Wir waren ein großer Clan und stark noch dazu, aber gegen die drei Clans, die sich jetzt offenbar verbündet hatten, waren wir trotzdem in der Unterzahl. Die drei Clans, die die neuen Frauen, unter denen sich auch meine Gefährtin befand, für sich behielten.

Die untergehende Sonne warf lange Schatten um mich. Die rote Ebene verfärbte sich schwarz, wie altes Blut, das auf dem Boden getrocknet war. Die vereinzelten Felsen schimmerten im Schein der aufgehenden Monde und Sterne, winzig klein im Vergleich zu den hoch aufragenden Gipfeln am Rand meines Territoriums. Nein, wir würden die Berge umgehen. Der Umweg würde uns ein paar Tage mehr kosten, doch wenn wir Scharmützel vor der echten Schlacht vermieden, waren meine Männer ausgeruht und bei Kräften, wenn es darauf ankam. Meine Instinkte drängten mich, jetzt schnell, *schnell* zu handeln, *auf der Stelle* aufzubrechen und jeden Mann zu töten, der sich zwischen meine Gefährtin und mich stellte. Mich in die Berge zu schlagen und nicht zurückzublicken. Aber ich würde nichts überstürzen. Ich würde diese Chance nicht vergeuden, bevor wir uns überhaupt kennengelernt hatten.

Dieses Mal würde ich meine Gefährtin nicht verlieren.

Während in mir weiterhin Träume von der Zukunft einen erbitterten Kampf gegen Erinnerungen an die Vergangenheit ausfochten, wandte ich mich von den Bergen ab und gesellte mich schließlich wieder zu meinem Clan.

KAPITEL DREI
Theresa

ICH RIEB DIE HÄNDE aneinander, dehnte die Finger und versuchte, die Knöchel knacksen zu lassen. Meine schwächlichen Menschenfinger und -handgelenke brachten mich um. Seit Gahn Fallo zurückgekehrt war, arbeitete ich doppelt so hart und versuchte, den Alien-Frauen der Clans unter die Arme zu greifen, wo ich nur konnte. Ich klopfte Tierhäute aus oder säuberte sie anderweitig und zerlegte Fleisch, das anschließend geräuchert wurde, um unsere Vorräte aufzustocken. Es fühlte sich gut an, mitzuhelfen, bis zum Umfallen zu arbeiten und am Ende des Tages vollkommen erschöpft zu sein. Aber verdammt, es ging nicht spurlos an mir vorbei.

„Muskelkater?"

Ich schaute zu Melanie, deren Augen im schummrigen Licht noch dunkler wirkten als normal schon. Wir saßen am abendlichen Feuer und die Flammen brachten ihre langen Haare zum Glänzen und ihre helle Haut leuchtete beinahe von innen heraus. Normalerweise hielt sie sich bei ihrem Gefährten Gahn Taliok und dessen Leuten auf der gegenüberliegenden Seite des Feuers auf. Aber nachdem ihr

Gefährte bislang noch nicht zurückgekehrt war, verbrachte sie wieder mehr Zeit mit uns.

„Ein bisschen", gab ich zu und seufzte leise, legte aber die Hände in den Schoß. Ich wollte nicht zu sehr rumjammern. Wollte keinem zur Last fallen. Nicht, dass Melanie mir das übel nehmen würde. Sie war so nett und hilfsbereit. Aber trotzdem.

„Ich kann dir was dagegen geben. Bokeelie hat mir so viel coole Sachen beigebracht. Es gibt Kräuter mit schmerzlindernder Wirkung, aus denen ich dir einen Umschlag machen kann", warf Jocelyn ein, die sich an Melanie vorbeilehnte, um sich meine Hände anzusehen. Ihre schulterlangen, voluminösen Locken wippten bei jeder Bewegung, nachdem sie nun nicht mehr unter ihrer Kapuze steckten.

Ich nickte, sagte aber nichts dazu, weil ich Jocelyn nicht noch mehr Arbeit machen wollte.

Kat ließ sich auf meiner anderen Seite in den Sand fallen und lenkte so zum Glück die Aufmerksamkeit der anderen von mir ab.

„Wie läuft's bei dir?", fragte ich sie. Kat schnappte sich ein Stück des gebratenen Fleischs und schob es sich in den Mund, um dann kräftig darauf herumzukauen. Sie arbeitete im Moment hauptsächlich in den Laboren auf dem Schiff.

„Ziemlich gut. Ich setze gerade mal die Untersuchung des Lavrika-Bluts aus und kümmere mich wieder um unseren Sonnenschutz. Den sollte ich demnächst herstellen können."

„Oh, toll!" Ich lächelte breit. Unser mitgebrachter Vorrat an Sonnencreme würde nicht mehr lange halten, also war es gut, dass dafür eine Lösung gefunden wurde.

„Und bei dir? Was hast du heute in dem Scheißchaos hier getrieben?"

Das war die richtige Bezeichnung. Im Lager ging es seit Gahn Fallos Rückkehr wirklich chaotisch zu. Die Männer des Sandmeers waren schon in Alarmbereitschaft, seit Galok und Kat auf dem Schiff angegriffen worden waren, aber jetzt hatte ihre Wachsamkeit ein ganz neues Level erreicht. Selbst jetzt eilten die meisten der Krieger noch zwischen den Zelten hin und her, sortierten Vorräte und Waffen und teilten Wach- und Patrouillenschichten ein, anstatt mit uns am Feuer zu essen.

„Nur das Übliche. Ich helfe aus, wo ich gebraucht werde."

„Cool, cool." Kat nahm sich noch was von dem Fleisch. Für eine so kleine, zierliche Frau konnte die Gute echt was verputzen. Sie wandte ihre Aufmerksamkeit Melanie zu. „Und wie geht's dir?"

Die beiden tauschten einen bedeutungsvollen Blick miteinander. Ihre Gefährten befanden sich nicht in der Sicherheit des Lagers. Laut Gahn Fallo würde der Rest der kleinen Gruppe noch ein paar Tage in Gahn Baldors Territorium bleiben, während Kor versuchte, sein Volk aufzuspüren. Danach würden sie sich auf den Rückweg machen und dafür einige weitere Tage unterwegs sein. Das bedeutete, dass sie demnächst wieder hier sein sollten, wenn sie Glück hatten. Und das hoffte ich wirklich sehr. Ich wollte niemanden mehr da draußen verlieren, auch nicht Kats und Melanies Gefährten.

„Ganz okay", antwortete Melanie schließlich und schaute wieder in die Flammen. Ich lächelte schwach und drückte sanft ihre Schulter. Ich beneidete sie echt nicht um die Sorgen, die sie sich wahrscheinlich gerade machte, weil sie nicht wusste, ob es Gahn Taliok immer noch gut ging.

Aber worum beneidete ich sie dann? Um die Verbindung zu ihrem Gefährten. Es war verblüffend, wie diese Alien-Könige ihren menschlichen Gefährtinnen jeden Wunsch erfüllten, als hätte sie die Liebe für sie fest im Griff. Wie fühlte es sich wohl an, wenn jemand so tiefe Gefühle für einen hatte? Das konnte ich mir nicht mal vorstellen. Mein letzter Arschlochfreund hatte mich nach Strich und Faden betrogen. Der konnte definitiv den über zwei Meter großen Bodybuilder-Alien-Kriegern nicht das Wasser reichen, die wortwörtlich für ihre Gefährtinnen töten würden.

Aber über so was brauchte ich mir eigentlich keine Gedanken zu machen. Wollte ich denn einen Alien-Gefährten? Wenn ich ehrlich zu mir selbst war ... ja. Wollte ich. Eine Chance auf echte Liebe, die ein Leben lang hielt? Die Chance auf eine Familie und vielleicht sogar Kinder? Das war mein größter, innigster Wunsch. Aber ich sollte mich im Moment weniger um mich selbst und meine eigenen Träume kümmern und stattdessen lieber anderen helfen.

„Na, ist bei euch alles in Ordnung?"

Auf einmal stand Cece vor unserer kleinen Runde. Sie hatte die Hände in die Hüften gestützt und lächelte uns so breit an, dass ich es sofort erwidern musste. Mit Cece hatte ich mich schon ganz am Anfang angefreundet, wir hatten uns einen Schlafraum auf dem Schiff geteilt. Sie war auch die erste Frau gewesen, die einen Alien-Gefährten gefunden hatte – Gahn Buroudei.

„Alles im grünen Bereich", erwiderte ich und nickte. „Und bei dir, Süße? Willst du was zu essen?"

„Ja, bitte. Ich bin am Verhungern", antwortete sie.

Kat rutschte zur Seite, um ihr Platz zu machen, und ich reichte ihr ein Stück Fleisch.

„Danke", meinte Cece und nahm einen großen Bissen davon. Doch bevor sie zum Kauen kam, wurde sie auf einmal leichenblass. Sie sprang auf und machte schnell zwei Schritte von uns weg, bevor sie schwungvoll in den Sand kotzte.

„Oh, fuck!", entfuhr es Kat, die erschrocken auswich, um nichts abzubekommen. Ich sprang auf und hielt Cece die langen, kastanienbraunen Haare aus dem Gesicht, während ich ihr beruhigend über den Rücken rieb.

„Alles okay, Schatz? Hast du dir irgendwo den Magen verdorben?" Bis jetzt hatte sich keine der Menschenfrauen irgendwelche Alien-Bazillen eingefangen und ich hatte auch nichts von einer Lebensmittelvergiftung mitbekommen. Aber irgendwann war ja immer das erste Mal.

Cece spuckte aus und richtete sich dann langsam wieder auf. Schweiß glänzte auf ihrem Gesicht.

„Ich glaube nicht. Ich habe nichts anderes gegessen als sonst."

Ich ließ ihre Haare los und strich ihr ein paar Strähnen aus der verschwitzten Stirn. Kat, Melanie und Jocelyn standen ebenfalls auf und bildeten einen Kreis um uns.

„Ich hole mal eben was, das ich vorhin angemischt habe", meinte Jocelyn und marschierte direkt zum nächstgelegenen Zelt der Heilerinnen. Ich rieb derweil weiter in Kreisen über Ceces Rücken. Erinnerungen, wie ich genau das bei meinen jüngeren Pflegegeschwistern gemacht hatte, wenn sie krank gewesen waren, huschten mir durch den Kopf.

„Bist du dir sicher, dass du nichts Falsches gegessen hast? Irgendwas Ungewöhnliches?", hakte ich noch einmal nach. Cece schüttelte nur den Kopf.

„Wann hattest du das letzte Mal deine Tage?" Melanies Frage ließ uns beide zusammenzucken und wir wandten uns ihr zu. Sie musterte Ceces blasses Gesicht aufmerksam und ruhig wie immer.

„Noch auf dem Schiff. Hier auf dem Planeten noch gar nicht."

„Oh fuuuuuck", sagte Kat mit aufgerissenen Augen. Meine wurden genauso groß, als bei mir der Groschen fiel, was hier wohl gerade lief.

„Du bist schwanger", hauchte ich perplex.

Cece schaute von Melanie zu Kat und mir und ihre Augen waren noch größer als unsere.

„Das kann nicht sein. Wir sind doch noch gar nicht so lang hier!"

Ich ließ die Hand still auf ihrem Rücken ruhen. „Süße, wir sind inzwischen schon mehr als ein paar Wochen hier." Es fühlte sich nicht danach an, also verstand ich, dass das für sie keinen Sinn machte. Hier passierte alles so schnell, dass einem manchmal schwindelig davon wurde, und die Tage flogen nur so an einem vorbei. Aber sie summierten sich auch.

„Wenn du kurz vor der Landung einen Eisprung hattest ..." Melanie verstummte und Kat fluchte erneut, wenn auch leiser dieses Mal.

„Ach du Scheiße!", brach es schließlich aus Cece heraus. Sie presste die Lippen aufeinander und zog die Augenbrauen zusammen. Einen Moment später stiegen ihr Tränen in die Augen.

„Es wird alles gut", beruhigte ich sie und zog sie in eine feste Umarmung. Sie drückte die Handballen gegen ihre Augen, ließ sich aber gegen mich sinken und ich spürte, wie abgehackt sie atmete. Einen Augenblick lang wurden ihre Schultern von stummem Schluchzen geschüttelt, doch dann nahm sie sich zusammen und löste sich wieder aus meinen Armen.

„Das weiß ich. Ich bin auch nicht sauer ... Ich ... stehe nur ein bisschen unter Schock."

Kat schnaubte und stupste sie spielerisch gegen die Schulter. „Du pimperst diesen Alien von früh bis spät und dann schockiert dich das?"

Cece starrte sie fassungslos an, brach dann jedoch in schallendes Gelächter aus. Es war so ansteckend, dass wir alle mit einstimmten. Japsend wischten wir uns ein paar Tränchen aus den Augen. In diesem Moment kam Jocelyn zurück und schaute uns an, als hätten wir den Verstand verloren.

„Okay, was habe ich verpasst?", fragte sie und reiche Cece ein kleines Gefäß. Die nahm es dankend an und schnüffelte prüfend am Inhalt.

„Ach, nicht viel", erwiderte Kat zwischen zwei Lachern. „Nur, dass unsere Freundin Cece hier einen Alien-Braten in der Röhre hat."

„Oh verdammt", sagte Jocelyn. „Dann geht das also tatsächlich?"

„Sieht so aus", antwortete Cece, die sich langsam wieder beruhigte. Sie legte eine Hand auf ihren Bauch und starrte ihn ungläubig an.

„Na, dann hast du ja echt Glück. Bokeelie hat gesagt, dass das da oft gegen Schwangerschaftsübelkeit eingesetzt wird." Jocelyn deutete mit dem Kopf auf das Gefäß in Ceces anderer Hand. Cece hob es an die Lippen und trank einen kleinen Schluck.

„Danke", sagte sie und Jocelyn erwiderte ihr Lächeln.

„Wie fühlst du dich jetzt?", fragte ich und musterte ihr Gesicht eingehend.

Cece atmete noch einmal tief durch. „Ganz gut. Das Übergeben hat wohl geholfen. Oder vielleicht hilft das Zeug hier ja so schnell." Sie hob das Gefäß erneut an die Lippen und nahm einen größeren Schluck.

Ich nickte und musste schlucken, weil meine Kehle sich auf einmal wie zugeschnürt anfühlte. Plötzlich regten sich ganz neue Beschützerinstinkte in mir. Der Impuls, mich um Cece zu kümmern. Dafür zu sorgen, dass es ihr gut ging. Aber da war noch etwas anderes, das in meiner Brust aufkeimte. Ich brauchte einen Moment, um es zu identifizieren, aber danach hatte ich keine Chance, es wieder zu verdrängen.

Es war Hoffnung.

Hier Liebe zu finden, war möglich. Kinder zu bekommen, war möglich. So lange ich zurückdenken kann, wollte ich immer Mutter werden. *Es ist möglich. Ich könnte das auch haben, so wie Cece.* Die Vorstellung ließ nun auch mir Tränen in die Augen steigen. Ich freute mich so, so sehr für Cece.

Und ein kleines bisschen auch für mich selbst. Auf meine Zukunft. Auf das, was sein könnte.

„Oh mein Gott, ich muss zu Buroudei!", sagte Cece plötzlich und ließ den Blick hektisch über das Lager schweifen. Ich tat es ihr gleich und entdeckte ihren großen Gefährten schließlich, der bei den Zelten ihres Clans mit einigen seiner Krieger sprach.

„Da ist er", meinte ich und stupste sie mit dem Ellenbogen an, bevor ich in die entsprechende Richtung deutete.

„Danke." Ihre Augen waren noch immer feucht, aber sie schenkte mir ein breites Lächeln. Dann holte sie tief Luft und sah aus, als wollte sie jeden Moment losrennen, so schnell ihre Beine sie trugen.

„Langsam!", ermahnte ich sie, weil sich bei mir sofort der Glucken-Modus aktivierte. „Du willst doch in deinem Zustand nicht stolpern und hinfallen." Auf der Erde mit einem Menschenbaby schwanger zu sein, war eine Sache. Aber hier? Mit dem ersten Mensch-Sandmeer-Hybrid-Kind? Niemand wusste, wie das laufen würde. Sie musste besonders vorsichtig sein.

„Stimmt", sagte sie. „Gott, das fühlt sich so surreal an. Okay, ich gehe dann mal."

Ich beobachtete, wie sie unsere kleine Gruppe verließ, aber zum Glück tatsächlich nicht rannte – nur so schnell wie möglich zu ihrem Gefährten ging, ohne loszusprinten. Und auch wenn ich den beiden vermutlich ihre Privatsphäre lassen sollte, konnte ich den Blick nicht abwenden, als sie schließlich vor Buroudei stand und wild gestikulierend auf ihn einredete. Und erst recht nicht, als Buroudei sie in seine starken Arme zog und sie hochhob, bis sie die Beine um seine Taille schlingen konnte.

Kats Stimme riss mich schließlich aus meiner Trance und die Gefühle, die in mir tobten, trieben mir Hitze in die Wangen.

„Da sagt sie es ihm einfach so und fertig", meinte Kat. „Auf der Erde lassen Frauen ja gerne mal positive Schwangerschaftstests an den unmöglichsten Orten rumliegen, um ihre Partner zu überraschen. Das geht hier ja schlecht. Sie hatte nur ihre Kotze. ‚Komm, Buroudei! Erblicke, was die Frucht meines Leibes mich hat auskübeln lassen!'"

Das brachte uns wieder zum Lachen. Als wir uns schließlich wieder beruhigten, schüttelte ich unwillkürlich den Kopf. Über alles, was in den letzten Wochen passiert war. Alles, was noch möglich war. Ungläubig.

Nein.

Ich glaube daran.

KAPITEL VIER
Theresa

AM NÄCHSTEN MORGEN wurde ich von Rufen und hektischen Schritten im Sand vor meinem Zelt geweckt. *Oh, oh. Das ist nicht normal.* War das der Angriff von Gahn Baldors Clan, vor dem Fallo uns gewarnt hatte? Ich setzte mich mit wild klopfendem Herzen auf und zog mir eilig meine graue Hose und das Tanktop über. Melanie und Kat, die mit uns im großen Zelt der Menschenfrauen schliefen, während ihre Gefährten nicht da waren, machten sich ebenfalls gerade fertig und der Rest der Frauen wurde allmählich wach.

„Was ist los?", fragte Jocelyn, während sie versuchte, ihre vollen Locken zu einem Knoten zusammenzubinden. Ihr Gesichtsausdruck war angespannt und sehr ernst.

„Bin mir nicht sicher", antwortete ich und biss mir auf die Lippe. Ich warf einen Blick zu Zeltklappe. Immer mehr Stimmen riefen durcheinander und dann hörte ich einen Wortschwall, den ich durch die Zeltwände aber nicht richtig verstand.

„Sie sind wieder da!"

Melanie schnappte nach Luft, Kat gab einen leisen Jubelruf von sich und schon waren sie beide auf und davon. Ich atmete ein wenig zittrig, aber sehr erleichtert auf.

Also noch kein Grund zur Sorge. Hoffentlich.

„Also ich weiß ja nicht, was du vorhast, aber ich werde sicher nicht in diesem beknackten Zelt rumstehen und drauf warten, dass irgendwas passiert", meinte Jocelyn und schlüpfte in ihre Solarschutzjacke. Ich nickte und tat es ihr gleich. Eilig zurrte ich die Kapuze um mein Gesicht fest.

„Gehen wir", sagte ich.

Wir verließen das Zelt. Und ich merkte zu spät, dass meine Sonnenbrille noch drinnen lag, aber die Sonne ging gerade erst auf und schickte ihre Strahlen zaghaft über den Horizont, was alles in ein verträumtes, rotgoldenes Licht tauchte. Melanie und Kat hatten einen ordentlichen Vorsprung, angespornt von der Freude, ihre Gefährten endlich wiederzusehen.

„Komm!", rief ich Jocelyn zu und rannte ebenfalls los. Als wir uns den wartenden Aliens am Rand des Lagers näherten, hatte ich ein Déjà-vu. Aber dieses Mal kam uns nicht nur ein einsamer Gahn auf seinem *irkdu* entgegen, sondern eine ganze Gruppe.

Kat drängelte sich ohne Rücksicht auf Verluste zwischen den anderen hindurch und schlug damit auch eine Schneise für Melanie, die sie einfach hinter sich her zerrte. Ich musste lächeln, weil ich mich so sehr für meine Freundinnen freute, als ich ihre Gefährten Gahn Taliok und Galok unversehrt auf ihren *irkdu* entdeckte. Ich ließ den Blick über die Gruppe schweifen und Erleichterung durchflutete mich, als ich Chapman auf Galoks *irkdu* sah. Und Zoey war auch dabei.

Perplex riss ich die Augen auf, denn sie ritt auf dem Rücken des riesigen Echsenmanns. Und das war nicht das einzig Merkwürdige ...

Hinter ihnen liefen reiterlose *irkdu*. Wobei, nein. Das waren keine *irkdu*. Was da näher kam, war viel kleiner. Erschrocken schnappte ich nach Luft, als mir endlich ein Licht aufging. Ich schlug mir eine Hand vor den Mund, weil diese Aliens so unglaublich andersartig aussahen. Sie waren riesig. Sahen beinahe prähistorisch aus. Ich hatte den Echsenmann ja schon für groß gehalten, aber diese drei überragten ihn sicher um ein gutes Stück. Sie bewegten sich auf allen vieren über den Sand und selbst in dieser Haltung waren sie kolossale Kreaturen.

„Wer ist das?"

Jocelyns Frage ließ mich endlich den Mund wieder zuklappen. Sie deutete auf Gahn Talioks *irkdu*. Ich verengte die Augen, weil die Sonne mich zunehmend blendete, und erkannte vor ihm eine weitere Sandmeer-Person. Das sah nach ... einer Frau aus?

„Keinen Schimmer", antwortete ich ehrlich und schüttelte den Kopf. „Und ausgerechnet die Person ist dir sofort ins Auge gefallen?"

Drei riesige Aliens einer uns unbekannten Spezies rannten auf uns zu und sie fragte nach Talioks unauffälliger, weiblicher Begleitung?

Jocelyn warf mir einen Seitenblick zu. „Na ja, wir wussten doch, dass der Echsenkerl seine Leute suchen wollte, oder? Aber die Frau ... Sie muss aus einem der anderen Clans stammen. Aus unserem Lager kommt sie jedenfalls nicht."

„Stimmt ..." Ich schaute wieder zu der Gruppe, die das Lager inzwischen fast erreicht hatte. Jocelyn hatte etwas Wichtiges bemerkt, das mir entgangen war – wir hatten also nicht nur Kontakt zu dem Echsenvolk aufgenommen, sondern auch mit einem anderen Sandmeer-Clan. *Vielleicht soll sie eine Nachricht überbringen? Ist sie eine Abgesandte? Vielleicht steht uns ja gar kein Angriff bevor.*

Das hoffte ich sehr. Seit unserer Ankunft hatte es genug Kämpfe geben. War denn ein bisschen Ruhe und Frieden wirklich zu viel verlangt von diesen Kerlen?

Kat schwenkte gerade die Arme wild über dem Kopf, hüpfte auf und ab und begrüßte die Gruppe lautstark. Melanie stand stumm neben ihr, aber ich merkte, wie angespannt sie war und dass sie sich leicht nach vorn lehnte, als würde sie Taliok entgegenkommen wollen, ohne es bewusst zu merken.

Auf den letzten paar Metern knurrten die Krieger unter den Wartenden plötzlich warnend. Überall um mich herum hörte ich das metallische Klirren von Waffen. Direkt hinter uns rief ein Krieger: „Neue Frauen, zurück mit euch. Wir kennen diese Kreaturen nicht."

Als ich mich zu ihm umwandte, deutete er bereits mit einem Messer auf die Echsenmänner, die sich jetzt auf zwei Beine aufrichteten. Mir stockte der Atem, als ich sie nun deutlicher sah. Sie waren definitiv größer als der erste Kroko-Mann. Locker drei Meter, wenn nicht mehr.

„Du kannst mich mal", zischte Kat und warf dem Krieger einen bitterbösen Blick zu. Und dann rannte sie einfach los, auf die Gruppe zu.

Oh Mann, Süße.

Ich wollte Kat warnen, doch mir blieb der Ruf im Hals stecken. Sie hatte sowieso nur noch eins im Kopf. Als Galok sie sah, sprang er von seinem *irkdu* und empfing sie mit ausgebreiteten Armen.

Er sieht ziemlich entspannt aus ...

Wenn diese neuen Aliens eine Gefahr darstellen würden, hätten die anderen sie ja nicht mitgebracht. Oder?

Gahn Taliok war der Nächste, der mit Schwung von seinem *irkdu* abstieg. Ich hörte, wie Melanie angespannt Luft holte, als er mit finsterer Miene über den Sand auf sie zu marschierte. Melanie gab einen erstickten Laut von sich und ging ihm entgegen, um sich dann an seine Brust zu schmiegen, als er sie umarmte.

Ein wohlig warmes Gefühl erfüllte mich, als ich die Paare beobachtete, wie sie sich nach der Trennung endlich wieder in den Armen halten konnten. Ich hatte wirklich eine Schwäche für Liebesgeschichten. Und das da war weit jenseits aller Liebesgeschichten, die ich bis dato gekannt hatte. Es war ...

Überirdisch?

Kitschig.

Aber es war mit egal, ob das kitschig klang. Meine Freundinnen so glücklich, so verliebt zu sehen, war einfach nur schön. Es war sogar schön, als der irre Gahn Fallo zu der Gruppe stieß und Chapman auffing, als diese von Galoks *irkdu* glitt, und sie fest an seine Brust drückte.

Weniger schön war dagegen, dass er dabei sofort die drei neuen Alien-Echsen anfauchte und versuchte, Chapman hinter sich zu schieben.

„Hör auf damit. Du beleidigst unsere Gäste", schimpfte Chapman und wehrte Fallo nachdrücklich mit einem Ellenbogen ab. „Das ist Kors Onkel, der Anführer seines Volks, und zwei seiner Männer."

Erneut starrte ich die drei neuen Aliens an. Jetzt waren sie nah genug heran, dass ich sie in ihrer ganzen Pracht betrachten konnte. Der größte von ihnen hatte eine ähnliche Hautfarbe wie der Alien, der gerade Zoey vorsichtig auf dem Boden abstellte. *Ach ja. Das bei Zoey ist ja Kor.* Also musste der Große, der Kor mit den tiefblauen und grauen Schuppen so ähnlich sah, sein Onkel sein.

Die beiden anderen Aliens neben ihm waren nicht weniger beeindruckend. Sie waren etwas kleiner als ihr König, überragten die Sandmeer-Krieger jedoch immer noch deutlich. Ihre Haut glänzte in der Sonne, was sie wie Metallstatuen aussehen ließ. Die Schuppen des einen schimmerten kupferfarben und braun, die des anderen in einem leuchtenden Smaragdgrün. Die drei waren auf eine außergewöhnliche Art durchaus schön.

Und tödlich. Ich musterte die dunklen Klauen an ihren Händen und Füßen, ihre Stacheln, die im Moment flach am Körper anlagen, die sie aber wahrscheinlich zur Abwehr aufstellen konnten, wenn ihnen Gefahr drohte. Sichtsterne hatten sie keine und mir wurde bewusst, dass ich mich schon so sehr an die Sandmeer-Leute gewöhnt hatte, dass mir das jetzt komisch vorkam – obwohl doch die Sichtsterne für mich am Anfang auch komisch gewesen waren. Stattdessen hatten sie im Innenwinkel der Augen große, helle Scheiben, die sich zusammenzogen und ausdehnten, während sie unsere kleine Versammlung beäugten.

„Diesen Jungs kommt man wohl besser nicht in die Quere, was?", flüsterte Jocelyn mir zu, was mir ein amüsiertes Schnauben entlockte.

„Da sagst du was. Aber sieht aus, als würden sie keinen Ärger machen wollen, zumindest im Moment nicht. Und ..." Ich verstummte, als mein Blick auf Kor fiel. Und die Art, wie er Zoey an sich drückte und einen muskulösen Arm beschützend um sie gelegt hatte. Meine Augen wurden ganz sicher tellergroß, als ich merkte, wie absolut zufrieden Zoey ihn mit in den Nacken gelegtem Kopf anlächelte.

Jocelyn musste das im gleichen Moment aufgefallen sein. „Ist sie ...?"

„Glaube schon", antwortete ich. „Sie ist seine Gefährtin."

Jocelyn stieß einen leisen Pfiff aus, aber das Geräusch reichte, dass die Echsenmänner die großen Köpfe in unsere Richtung drehten.

Ups.

Ich wappnete mich innerlich, dass gleich die Hölle losbrach, aber zum Glück wurden sie von Buroudei abgelenkt, der gerade zu uns stieß. Erleichtert atmete ich auf. Jetzt waren alle drei Gahns versammelt.

„Du bist ganz schön langsam, Buroudei. Ein Gahn sollte sich um solche Angelegenheiten immer sofort kümmern", knurrte Fallo ihn an.

„Ich habe mich um das Wohlergehen meiner Gefährtin gekümmert." In Gahn Buroudeis Stimme lag ein scharfer Unterton, den er nicht oft anschlug. Er war normalerweise der ausgeglichenste der drei Gahns. Der, der immer für Frieden sorgte. Aber offensichtlich brachte er an diesem Morgen nicht so viel Geduld für Fallos Zickereien auf.

Ich zog mir die Kapuze tiefer in die Stirn, da die Sonne stetig weiter stieg, und wünschte mir wirklich, ich hätte meine Sonnenbrille dabei. Aber auch so konnte ich Taliok gut sehen, der Melanies Hand fest in seine genommen hatte und sich nun zu Wort meldete.

„Wir kehren mit Zoeys Gefährten Kor und drei Vertretern des Volks seines Vaters zurück. Sie stehen hier vor uns als Verbündete. Ihr Anführer trägt den Namen Gog. Diese Frau ist Kors Mutter, die Gahn Baldors Zelte verlassen hat, um von nun an bei uns zu leben."

Überrachtes Knurren und Schnauben ging durch die Runde. Aber das war wohl eine nachvollziehbare Reaktion auf so viel Informationen, wie Gahn Taliok sie uns mit wenigen Worten hingeworfen hatte. *Also ist Zoey jetzt definitiv Kors Gefährtin. Und das ist Kors Mom. Und die anderen gehören zum Volk seines Vaters ...*

Das war ... ganz schön viel auf einmal.

Andererseits schien das auf diesem Planeten ja irgendwie normal zu sein.

Ich bemerkte, dass Kor etwas sagte, aber er gab seltsame Worte von sich, die ich nicht verstand.

Er übersetzt.

„Ihr törichten Gahns mögt sie als Verbündete betrachten, aber wenn sich auch nur einer ihrer Stacheln gegen uns richtet, werden sie meine Klingen zu spüren bekommen", grollte Gahn Fallo. Ich schüttelte ungläubig den Kopf. Doch zum Glück war Kor schlau genug, das nicht zu übersetzen.

„Dann ist deine Gefährtin wohl genauso dumm, weil die Bittersee-Männer unter meinem Schutz stehen, solange sie sich in Frieden hier aufhalten", erwiderte Chapman nachdrücklich und selbstsicher.

Fallo seufzte leidgeplagt und seine Schultermuskeln entspannten sich sichtlich. „Du weißt, dass ich dir selbst in die tiefste Dunkelheit folgen würde. Wenn dies deine Entscheidung ist, so werde ich ihr entsprechen."

„Gut." Chapman nickte zufrieden und Jocelyn lachte leise neben mir.

„Wie eine kläffende Fußhupe, die von ihrem Frauchen ausgeschimpft wird", flüsterte sie mir zu, was mich zum Grinsen brachte.

„Ja, aber diese Fußhupe ist über zwei Meter groß und muskelbepackt."

„Stimmt."

So durchgeknallt Fallo auch war, es beruhigte mich, dass jemand mit ausreichend gesundem Menschenverstand ihn unter Kontrolle halten konnte. Den Kläffer an eine menschliche Leine legte, sozusagen.

Kurz darauf löste sich die Versammlung auf. Jetzt, wo die Freude über die Rückkehr der Gruppe langsam abebbte, gingen die Krieger wieder ihren wie auch immer gearteten Pflichten nach. Die Bedrohung eines möglichen Angriffs durch Gahn Baldor hing nach wie vor über ihnen. Die drei Gahns, Chapman und Melanie brachten die Echsenmänner und Kors Mutter ins Lager. Kor begleitete sie, vermutlich um weiter zu dolmetschen. Galok, Kat und Zoey kamen zu Jocelyn und mir rüber.

Ich schloss Zoey fest in die Arme, sobald ich sie zu fassen kam, und meine Brust fühlte sich auf einmal ganz eng an, so viele Gefühle tobten in mir. So lange hatten wir Zoey für tot gehalten. Wir hatten sie gerade erst wiedergefunden, als sie auch schon zusammen mit den anderen aufgebrochen war. Es fühlte sich so verdammt gut an, sie gesund und munter wieder bei uns zu haben.

Sie umarmte erst Jocelyn und dann die anderen Menschenfrauen, die sich um uns geschart hatten – Serena, Taylor und noch ein paar mehr. Als wir damit durch waren, meldete sich Kat zu Wort.

„Also du und der Godzilla-Kerl?"

Zoey funkelte sie wütend an. „Jepp. Was dagegen?", erwiderte sie und in ihrer Stimme schwang eine Herausforderung mit, mit der ich nicht gerechnet hatte. Doch Kat ließ das einfach an sich abprallen und grinste breit.

„Ich ganz sicher nicht. Solange der dich gut behandelt, behandel ich ihn auch gut."

Zoey entspannte sich und ein verträumtes Lächeln umspielte ihre Lippen. „Tut er. Wirklich, wirklich gut." Einen Moment lang schaute sie ins Leere, doch dann riss sie sich zusammen und rückte ihre Brille zurecht. „Was habe ich hier verpasst?"

„Ziemlich viel sogar", antwortete ich. „Wir ackern hier wie die Wilden, um uns auf einen möglichen Angriff von Gahn Baldors Clan vorzubereiten."

Zoey nickte. „Ja, Kors Mom stammt von da. Sie hat erzählt, dass da was im Busch ist. Und dass Baldor wahrscheinlich bald hier auftauchen wird."

Ich biss mir auf die Unterlippe und spürte, wie mir Schweiß über den Rücken lief. Aber es brachte nichts, mir darüber den Kopf zu zerbrechen. Wir würden schon früh genug erfahren, was Sache war.

„Oh!", entfuhr es mir plötzlich. „Aber es gibt auch tolle Neuigkeiten. Cece ist schwanger."

„*Dieu* ...", hauchte Zoey.

„Kannst du laut sagen", meinte Jocelyn.

Galok grinste nur und legte die muskelbepackten Arme um Kat. „Das sind in der Tat tolle Neuigkeiten. Das Wissen, dass eine Chance auf Junge besteht", sagte er und seine Fänge blitzten auf. Aber Kat verzog das Gesicht.

„Entschuldige mal! Komm ja nicht auf dumme Idee", sagte sie. „Ist ja schön und gut, dass wir Gefährten sind, aber wir sind gerade mal ein paar Wochen zusammen. Also halt die Füße still. Außerdem wirkt meine Verhütungsspritze noch eine ganze Weile. Und danach müssen wir uns was anderes überlegen. Ich hoffe, dass du gut im Rausziehen bist."

„Hmm. Ich weiß nicht genau, was mit *Rausziehen* gemeint ist. Aber es gibt kaum etwas, worin ich nicht gut bin", entgegnete Galok und stützte das Kinn auf Kats Kopf ab. Sie versuchte, genervt auszusehen, aber der rosige Hauch, der ihre Wangen überzog, sprach eine andere Sprache.

„Wenn es bei Cece und Buroudei möglich ist, könnte es bei mir und Kor ja auch klappen. Ich meine, seine Eltern sind auch nicht von der gleichen Spezies und es hat funktioniert. Wir waren bisher auch nicht gerade vorsichtig", meinte Zoey und schob sich stirnrunzelnd die Brille höher auf die Nase.

„Mit dem Thema müssen sich definitiv alle Frauen mit Gefährten auseinandersetzen", sagte Jocelyn. „Aber ich arbeite jetzt schon eine ganze Weile eng mit den Heilerinnen zusammen und zapfe ihr Wissen über die lokalen Kräuter an. Vielleicht bekomme ich ja ein Verhütungsmittel für diejenigen hin, die es haben wollen."

Ich sicher nicht.

Rasch versuchte ich, den Gedanken wieder zu verdrängen. Aber er war so stark, so entschieden, dass ich ihn einfach nicht ignorieren konnte. Wenn ich mich hier in jemanden verliebte, wäre ich mit einer Schwangerschaft überglücklich.

Immer langsam mit den jungen Pferden. Bevor du dir darüber Gedanken machst, musst du dir erst mal einen Gefährten anschaffen. Und bis jetzt ist noch keiner vom Himmel gefallen.

Und so stellte ich meine eigenen Wünsche hintenan, lächelte und konzentrierte mich auf das Glück meiner Freundinnen.

KAPITEL FÜNF
Baldor

MEIN *irkdu* schnaubte und ich rief es zur Ruhe, als es unruhig den Kopf hin- und herwarf. Zweifellos witterte es die *irkdu* der anderen Clans. Die Klippen von Uruzai waren mittlerweile in Sicht, ein dunkles zerklüftetes Band in der hereinbrechenden Nacht.

„Wie lauten deine Befehle, mein Gahn?", fragte Xyan neben mir. Hinter uns warteten die versammelten Krieger meines Clans – bis auf einen kleinen Trupp, den ich zum Schutz der Frauen und Kinder bei den Zelten zurückgelassen hatte – auf meine Anweisungen.

Ich erwog, hier kurz zu rasten. Meinen Männern nach der Reise durch die Wüste etwas Ruhe zu gönnen. Doch das würde uns nicht viel bringen. Sicherlich hatten die Späher der anderen Clans uns bereits entdeckt und überbrachten die Kunde unserer Anwesenheit schleunigst ihren Gahns.

Als ich zu den Klippen hinüberstarrte, zog sich alles in mir zusammen. In diesen Klippen wartete mein Schicksal. Ein neues Schicksal. Eines, das ich mir niemals erträumt hätte. Ich würde ihm nicht entfliehen, es nicht meiden oder davor weglaufen können. Es hatte die Klauen um meinen

Hals gelegt und mein Herz lag bereits in den Händen dieser seltsamen Frau. Das Flüstern des Windes, das Schnaufen unserer Reittiere und das Klirren unserer Waffen traten in den Hintergrund. Es gab nichts mehr außer mir und diesen Klippen. Und der Frau, die sie bargen.

Xyan und die anderen erwarteten immer noch meine Befehle. Ich atmete tief durch und zog mein *batliff*. Dann reckte ich die lange Klinge in die Luft und schwenkte sie mit einem Kampfschrei. Um mich herum folgten meine Männer meinem Beispiel, zückten knurrend und fauchend ihre Waffen.

„Wir greifen an!"

Ich jagte an der Spitze über den Sand dahin, mein Zopf peitschte im Wind durch die Luft. Meine Männer schlossen zu mir auf und ihre Rufe hallten durch die Dunkelheit. Die Klippen kamen stetig näher, ragten immer höher vor uns auf. Wir waren jetzt nah genug, dass ich dank meiner scharfen Augen Zelte ausmachen konnte. Mein Herz machte einen Satz. In diesen Zelten musste sich meine Gefährtin befinden. Wo auch immer sie war. *Wer* auch immer sie war.

Doch ich behielt recht. Wir waren nicht unbemerkt geblieben. Eine Schar Krieger strömte zwischen den Klippen hervor und kam uns auf ihren eigenen *irkdu* entgegen. Nur ein Atemzug verging, bevor wir auf dem Sand aufeinanderprallten, mit einer Wucht, die Schockwellen in alle Himmelsrichtungen sandte. Brüllend schlug ich nach Kriegern, die von allen Seiten auf mich einbrandeten. Wir waren ihnen zahlenmäßig unterlegen. Doch wir waren stark. So stark ...

Wir werden siegen.

Davon war ich überzeugt. Meine Gefährtin für mich zu gewinnen, war eine heilige Aufgabe. Ich konnte gar nicht scheitern. Ich würde sie finden. Und jeden Mann töten, der sich mir in den Weg stellte.

Ich fällte einen Krieger, sprang dann von meinem Reittier und schloss mich dem Getümmel am Boden an. In mir breitete sich eine düstere Ruhe aus, schwarze Stille pulsierte hinter meinen Augen. Ich ließ mich von dieser Finsternis erfüllen – von den Zyklen voller verlorener Liebe und niederschmetternder Trauer. Sie führte meine Schläge, machte aus mir eine Waffe. Ich war schon immer ein starker Krieger gewesen. Deshalb war ich auch zum Gahn erwählt worden. Aber hier und jetzt, in dieser Schlacht um meine Gefährtin, war ich stärker als je zuvor. Ich rauschte durch Reihen von Kriegern wie der Wind über die Wüste. Meine Klinge wirbelte durch die Luft und traf ihr Ziel, mein Blick fand jeden Angreifer, noch bevor er mich erreichte. Überall um mich herum hielten meine Männer stand.

Wir bezwingen sie.

Ein euphorischer Stich der Hoffnung durchfuhr mich, doch ich wurde nicht langsamer. Ich kämpfte mich weiter voran. Beinahe hatte ich mir einen Weg durch das dichte Gewühl aus Männern gebahnt. Mein Blick fand die Zelte an den Klippen. Wenn ich mich nur genug anstrengte, würde ich sie dann ausmachen können?

Nein. Würde ich nicht. Denn plötzlich wurde mir die Sicht von einer kleinen Gruppe Männer genommen, die auf den Sand hinauspreschten. Doch nein, das waren keine Männer. Jedenfalls keine, wie ich sie je gesehen oder von denen ich auch nur gehört hatte. Sie waren grässlich, Bestien der Wüste, die mir unbekannt waren.

Und sie stürzten sich mit vernichtender Macht ins Getümmel. Sie schlugen meine Krieger mühelos mit ihren riesigen Fäusten nieder. Ihre Klauen waren wie Klingen.

Was sind sie?

Ich schrie in finsterer Wut auf, als einer dieser neuen Angreifer einen gewaltigen Arm nach Xyan schwang und ihn rücklings zu Boden schickte. Als ich einen Satz auf sie zu machte, wandte sich das Wesen mir zu. Ich hob meine Klinge und ließ den Blick an ihm auf- und abwandern. Es trug einen Lendenschurz wie wir. Doch sein Gesicht war so fremdartig – mit einer lang gezogenen Schnauze und seltsamen Zügen. Ein wenig erinnerte es an ein *irkdu*.

Aber er hat Sichtsterne ...

Mir blieb keine Zeit, mir über den so vertrauten Anblick in den merkwürdigen Augen Gedanken zu machen. Das monströse Wesen brüllte und entblößte dabei schwarze Fangzähne. Ich schlug nach ihm, zielte auf seine Kehle, doch es fing die Klinge mit Leichtigkeit auf und entriss sie meinem Griff.

So darf es nicht enden.

Selbst ohne meine größte Waffe blieben mir noch weitere. Ich zog ein Messer von meinem Rücken, nahm knurrend eine Verteidigungshaltung ein.

Das Wesen überragte mich auf seinen kräftigen Beinen um ein gutes Stück. Stacheln sprossen aus seinen Armen, seinem Kopf und seinem Hals.

„Du stehst zwischen mir und meiner Gefährtin", fauchte ich das Monster an. Ich war mir sicher, dass es mich nicht verstehen würde, doch ich konnte die Worte einfach nicht zurückhalten. Niemand hatte das Recht, mir meine Gefährtin zu verwehren. Dies war der Wille der Lavrika. Ich *würde* sie erringen.

Überrascht schnappte ich nach Luft, als das Wesen in der Zunge meines Volks antwortete: „Du hast Gewalt über uns gebracht und bedrohst so die Meine."

Die Meine?

Nein. Das kann nicht sein. Diese Kreatur hat eine Gefährtin?

All mein Unwissen brach wie eine Welle über mich herein. Wer die neuen Frauen waren. Wer diese riesigen unbekannten Krieger waren. Und Krieger waren sie in der Tat. Als ich den Blick kurz über die Umgebung schweifen ließ, erkannte ich, dass sie eine Schneise in meine Reihen schlugen. Wir verloren den Kampf.

Aber wir dürfen nicht verlieren.

„Jeder Mann, der sich zwischen mich und meine Gefährtin stellt, wird den Tod finden", sagte ich fest entschlossen. Womöglich fand ich dabei meinen eigenen, doch mir blieb keine Wahl. Ich würde nicht ohne meine Gefährtin gehen. Und wenn ich bis zum bitteren Ende kämpfen musste, um sie zu finden? Dann würde ich mich mit Freude in die dunkle Leere stürzen.

„Ich habe keine Freude daran, Männer des Sandmeers zu töten. Aber kein Mann darf ohne Erlaubnis eine Frau von hier fortbringen."

Erlaubnis? Ich brauchte weder seine Erlaubnis noch die irgendeines anderen.

Genug geredet.

Fauchend stieß ich meine Klinge nach vorn und schlug nach dem Bauch des Wesens. Doch es war ebenso flink wie massig. Mühelos wich es meinem Schlag aus. Seine Sichtsterne pulsierten und es packte mit einer seiner geschuppten Hände meine Handgelenke. Mit der anderen griff es nach meiner Kehle.

Er wird zudrücken. Und das ist mein Ende.

Instinktiv wollte ich mich wehren. Mit all meiner Kraft. Doch ich war auch immer ein kluger Gahn gewesen. Selbst jetzt, als brennende Blutlust durch meine Adern toste, war mir bewusst, dass ich mich seinem Griff niemals entwinden konnte. Vielleicht war es so vorherbestimmt. Vielleicht sollte ich in der Dunkelheit des Todes meine erste Gefährtin wiederfinden, statt meine zweite zu erobern.

Nein.

Zolinna war fort. Das war eine Tatsache, auch wenn sich alles in mir dagegen sträubte. Sie war schon seit einer Ewigkeit fort. Es gab für mich keine Möglichkeit, zu ihr zurückzukehren. Doch meine neue seltsame, wunderschöne Gefährtin war hier. Sie war echt. Und sie war beinahe zum Greifen nah.

Ich werde um sie kämpfen. Bis zum Schluss.

Es gelang mir, eine Hand aus dem Griff der *irkdu*-Kreatur zu winden. Dann rammte ich mein Messer in das Gelenk der Hand, die mich am Hals festhielt. Das Wesen ächzte, als die Klinge sich tief in sein Fleisch hineinbohrte, doch sein Griff blieb erbarmungslos. Die Stacheln an seinem Unterarm zuckten und es trieb sie mit einer leichten Drehung seines Arms in meine Haut. Ich fletschte die Zähne und

meine Sicht verschwamm, als seine Finger mir die Luft ab-
schnürten.

Dunkelheit senkte sich über mich, die Umgebung ver-
sank in Schatten. Ich fühlte nichts, noch nicht einmal das
heiße Blut, das aus der Wunde strömte, nicht einmal mehr
die Finger um meine Kehle. Mein Körper schien nicht länger
mir zu gehören. Meine Sinne schwanden.

Doch gefangen in dieser furchtbaren Leere vernahm ich
etwas.

Worte.

„Töte ihn nicht, Kor!"

Sofort lockerte sich der Griff um meinen Hals und ich
fiel in den Sand. Keuchend und nach Luft ringend zog ich
eine weitere Klinge, hob den Kopf und wappnete mich für
den nächsten Schlag, der mich jeden Moment treffen würde.

Doch es kam keiner.

Stattdessen sah ich zu Gahn Taliok auf, der mit gezogen-
er Waffe über mir stand.

*Vielleicht wollte die Kreatur meinen Tod für einen an-
deren Gahn aufsparen.* Wenn irgendjemand einen Grund
hatte, mich zu töten, dann war es Taliok. Unsere Territorien
grenzten aneinander und unsere Männer lieferten sich häufig
heftige Kämpfe.

Mühsam kam ich auf die Beine. Ich würde nicht im Sand
kriechend mein Ende finden. Wenn ich starb, würde ich das
aufrecht stehend tun.

Zwei weitere Männer schlossen zu Taliok auf, blutver-
schmiert und ihre Klingen glänzten in der Sonne. Sie traten
wie Ebenbürtige an Talioks Seite, was mir sagte, dass es sich
um die beiden anderen Gahns der Klippen handeln musste.

Begegnet war ich ihnen noch nie, doch ich kannte ihre Namen: Gahn Buroudei und Gahn Fallo.

„Beende diesen Angriff und wir lassen dich am Leben", forderte mich einer der beiden auf.

Der Größte der drei bleckte spöttisch die Zähne. „Was redest du da, Buroudei? Jeder, der es wagt, uns anzugreifen, wird den Tod durch meine Klingen finden." Fauchend ließ er seine Messer durch die Luft zischen.

Doch Buroudei wischte seine Worte mit einer unwirschen Geste weg. Und Taliok ergriff wieder das Wort: „Er hat uns angegriffen, das stimmt. Aber ich will seine Gründe dafür hören." Er sah mir direkt in die Augen. Seine vernarbten Züge waren hart und düster. „Gahn Baldor. Hat dich dein Weg hierhergeführt, weil du das Schicksal erfüllen willst, das die Lavrika dir offenbart haben?"

Woher weiß er das?

Es hatte keinen Zweck, es abzustreiten.

„Ja", knurrte ich. „Die Lavrika haben mir das Gesicht meiner Gefährtin offenbart. Und ich bin davon überzeugt, dass sie hier bei euch ist."

Gahn Fallo biss die Zähne zusammen und ließ doch einmal seine Klingen kreisen, doch die anderen beiden Gahns regten sich nicht, sondern schauten mich nur weiter unverwandt an.

„Ruf deine Männer zurück und wir werden alle Überlebenden verschonen."

Ich starrte Gahn Buroudei verständnislos an. Warum sollte er so etwas anbieten? Noch nie hatte sich etwas Derartiges in dieser Wüste ereignet. Wir lagen immer im Krieg miteinander. Und Rache wurde immer mit Blut vergolten.

„Das entspricht nicht unserer Natur", entgegnete ich langsam und ließ meinen Blick zwischen den Gahns hin und her wandern.

„Wir folgen jetzt einem neuen Pfad." Talioks Worte hingen bedeutungsschwer zwischen uns in der Luft.

Ein neuer Pfad. Neue Bündnisse. Neue monströse Krieger, die meinen Trupp aufrieben. Neue Frauen, die sich inmitten dieser Clans versteckten. *Ein neuer Pfad.*

„Wenn du den Angriff nicht abbrichst, finden all deine Männer den Tod. Wir sind in der Überzahl und wir haben Verbündete."

Ich wandte mich erneut dem Schlachtfeld zu. Die drei riesigen Echsen-Monster waren nahezu unversehrt und machten meine Krieger nieder, als wären sie vollkommen wehrlos. Der *irkdu*-Mann stand noch immer neben mir und schien bereit, mir die Kehle herauszureißen, sobald ich auch nur eine falsche Bewegung machte.

Ich hatte gewusst, dass es gefährlich werden, dass wir Verluste erleiden würden. Doch ich hatte damit gerechnet, nur gegen ebenbürtige Gegner, gegen andere Sandmeer-Krieger in den Kampf zu ziehen. Ich war überzeugt gewesen, dass wir eine Chance hatten. Auf das hier waren wir nicht vorbereitet – auf diese merkwürdigen neuen Männer. *Wie sollten wir? Ich hatte ja noch nicht einmal Kenntnis von ihrer Existenz.*

Alles, was ich wusste, was die Wüste und mein Volk mich gelehrt hatten, geriet ins Wanken. Mein Instinkt wollte mich dazu bringen, kämpfend unterzugehen. Doch dann würde ich sie alle verlieren – jeden Mann, der mir die Treue geschworen hatte. Und abermals würde ich meine Gefährtin verlieren, noch bevor ich sie richtig gefunden hatte.

Es widerstrebte mir zutiefst, es widersprach all meinen Prinzipien.

Aber ich tat es. Ich brach den Angriff ab.

„Männer, zieht euch zurück und senkt die Waffen!"

Gahn Buroudei wiederholte meinen Ruf, um den Kriegern der Klippen den Rückzug zu befehlen. Nach und nach verbreitete sich die Kunde und die Schlacht kam zum Erliegen.

„Wir werden deine Männer von unseren Heilerinnen versorgen lassen", sagte Gahn Buroudei. Gahn Fallo und Gahn Taliok wirkten nicht erfreut darüber. Und ich? Ich war noch immer fassungslos und wusste mit seinen Worten nichts anzufangen. Den Kriegern des feindlichen Clans die Heilung ihrer Wunden anzubieten? Das ergab keinen Sinn. *Wir folgen jetzt einem neuen Pfad ...*

„Ich stimme zu, dass den Überlebenden kein Leid geschehen soll. Aber wir sollten uns nicht ihrer Verwundeten annehmen. Deren Versorgung liegt in ihrer eigenen Verantwortung", sagte Gahn Taliok. „Gahn Baldor hat viele meiner Männer verwundet und einer seiner Krieger hat im Menschenschiff beinahe deinen Getreuen Galok umgebracht."

„Und dafür wurde ihm das Augenlicht genommen", fauchte ich und Wut wallte in mir auf.

Taliok machte einen schnellen Schritt auf mich zu und beugte sich zu mir herab. Seine Sichtsterne stoben auseinander und seine Miene spiegelte meinen Zorn.

„Ich habe meinen Schwur auf Blutrache an Gahn Fallo für meine Gefährtin aufgegeben. Und das werde ich jetzt wieder tun. Ich werde all das vergangene Unrecht, das du mir angetan hast, dem Sand übergeben, Gahn Baldor. Doch fordere dein Glück nicht heraus. Meine Beherrschung hat Grenzen."

Gahn Buroudei legte Taliok eine Hand auf die Schulter und zog ihn zurück. Ich biss die Zähne zusammen, um mich davon abzuhalten, ihm eine ebenso zornige Antwort zu geben.

„Wir sind nicht unschuldig daran, auch nicht an diesem Angriff. Nach der Ankunft der neuen Frauen hätten wir eine Versammlung der Gahns einberufen sollen, wie Gahn Irokai es vorgeschlagen hat", sagte Buroudei.

Gahn Taliok brummte unzufrieden, ließ mich aber keinen Moment aus den Augen.

Eine Versammlung der Gahns? So etwas gab es seit Generationen nicht mehr.

„Wir werden dich in unseren Zelten willkommen heißen und ein Treffen abhalten. Wir werden dich über alles in Kenntnis setzen, solange du in unserem Territorium den Frieden wahrst", fuhr Gahn Buroudei fort.

„Eurem Territorium? Die Klippen von Uruzai gehören niemandem. Ihr habt kein Anrecht auf sie", knurrte ich. So war es schon immer gewesen. So konnten Krieger aus allen Clans verhältnismäßig unbehelligt hierherreisen, um dem Ruf der Lavrika zu folgen.

„Das hat sich geändert", fauchte Gahn Fallo. „Und wir werden unseren Anspruch verteidigen."

„Kommt mit uns, und zwar friedlich", betonte Buroudei und stellte sich zwischen Fallo und mich.

Mein Blick huschte zu ihm. „Ich brauche die Zusicherung, dass mir meine Gefährtin gewährt wird."

Obwohl ich meine Forderung nicht an Gahn Fallo gerichtet hatte, kam die Antwort von ihm. „Die wirst du von uns nicht bekommen."

„Dann kann es keinen Frieden geben!", rief ich. Doch der Echsen-Mann zwang mir mit einer blitzschnellen Bewegung die Hände auf den Rücken und hielt sie dort mit unglaublicher Kraft fest.

„Dann ist dein Leben und das deiner Männer verwirkt", gab Fallo zurück.

Ich ließ einen langen Atemzug entweichen. Er hatte recht. Ich konnte mir den Weg jetzt nicht mehr freikämpfen. Ich konnte nicht über Leichen gehen, um zu meiner Gefährtin zu gelangen. Ich musste strategischer vorgehen. Musste mich auf diesen mir angebotenen Frieden einlassen. Für meine Männer und für meine Gefährtin.

„Wir haben kein Recht, ihm seine Gefährtin vorzuenthalten. Wir werden uns nicht gegen den Willen der Lavrika stellen", sagte Buroudei nachdrücklich. „Selbst als Kor, der uns so fremd war, aus den Schatten der Klippen trat, gestatteten wir ihm ein Treffen mit seiner Gefährtin."

„Kor hat keinen einzigen unserer Männer getötet", erwiderte Taliok, während sein Blick zu dem Wesen wanderte, das mich gepackt hielt. *Kor.*

„Gahn Baldor hat getan, was jeder von uns auch unternommen hätte, um seine Gefährtin zu holen. Er hat sich sogar genauso verhalten wie ich es vor vielen Tagen auf Gahn Fallos Ebene tat", gab Buroudei zu bedenken.

„Erinner mich bloß nicht an dein anmaßendes Handeln, Buroudei", brummte Fallo.

„All das ist Vergangenheit", entgegnete Buroudei. „Wir sind übereingekommen, unsere alten Fehden für die neuen Frauen hinter uns zu lassen. Gahn Baldor wird sich dieser Abmachung anschließen müssen."

Alle drei richteten den Blick auf mich.

Und ich gab schließlich nach.

Blutend und geschlagen hob ich meinen Schwanz vor die Augen.

KAPITEL SECHS
Theresa

WIE IMMER, WENN IRGENDWAS Verrücktes auf diesem Planeten passierte, hatten wir Menschenfrauen uns ins große Zelt verkrochen, drängten uns am Eingang zusammen und spähten durch die Klappe nach draußen. Nicht, dass wir von hier viel sehen konnten. Was auch immer da los war, spielte sich in der offenen Wüste ab und uns versperrte ein Haufen Zelte die Sicht. Von den Alien-Wachen, die sich rund um das Zelt postiert hatten, mal ganz zu schweigen. Doch obwohl wir nicht sahen, was da ablief, wussten wir alle, was Sache war. Der andere Clan – Gahn Baldors Clan – griff uns an.

Kat und Melanie standen ganz vorn und schauten besorgt in die Dunkelheit hinaus.

„Was die wohl wollen?", fragte ich sie und legte beiden in einer hoffentlich tröstlichen Geste eine Hand auf die Schulter.

„Wer zum Teufel weiß das bei diesen Mistkerlen schon?", zischte Kat. Sie umklammerte mit einer Hand so fest die Zeltklappe, dass ihre Fingerknöchel weiß hervortraten.

„Vermutlich kommen sie aus demselben Grund, aus dem Cece und Buroudei damals Gahn Fallos Lager angegriffen haben", sagte Melanie.

Ich starrte auf ihren Hinterkopf, aber sie drehte sich nicht zu mir um.

„Wegen uns also", seufzte ich schließlich. Das war echt ätzend. Die ganze Situation. Dieser Krieg, die Kämpfe, all das Blutvergießen wegen uns. Ich wollte das nicht – nichts davon. *Warum können wir nicht einfach friedlich miteinander auskommen?*

Ich wünschte, ich könnte mehr tun. Oder irgendjemand von uns könnte mehr tun. Doch wir hatten recht schnell rausgefunden, dass die Aliens uns zwar freundlich aufgenommen hatten, ansonsten aber furchtbar territorial waren und hinter jeder Beleidigung oder Verwundung generationenlange Kriege steckten. Es war schon ein gewaltiger Schritt für sie gewesen, sich hier an den Klippen zu verbünden, und das waren nur drei der fünf Sandmeer-Clans.

Na ja, obwohl wir der Grund für all diese Kämpfe sind, sind wir wenigstens auch der Grund für diesen neuen Frieden und das Bündnis. Ich versuchte, ein bisschen Trost in diesem Gedanken zu finden, während ich wieder über Kat und Melanie hinweg nach draußen blickte und angestrengt etwas in der Finsternis zu erkennen versuchte.

Aber noch für eine ganze Weile war überhaupt nichts zu sehen.

Und als dann endlich etwas passierte, brach das blanke Chaos aus.

Die dunkle, stille Nacht verwandelte sich von einem Moment zum nächsten in hektisches Durcheinander. Bevor überhaupt richtig bei mir ankam, was da geschah, strömten die Krieger zurück ins Lager. Viele von ihnen trugen Verletzte. Oder Tote.

Mel und Kat rannten aus dem Zelt, bestimmt um sich zu vergewissern, dass es ihren Gefährten gut ging. Ich folgte ihnen. Bei so vielen Verletzten würde ich mich doch sicher irgendwie nützlich machen können. Ich hatte zwar nicht mit den Heilerinnen zusammengearbeitet wie Jocelyn, aber ich konnte zumindest dabei helfen, Brüche zu richten oder Wunden zu nähen.

Zum Glück kam Taliok auf uns zu. Er schloss Melanie in die Arme und küsste sie stürmisch, bevor er sie widerwillig wieder losließ. Ihr Handgelenk hielt er weiterhin mit einer blutverschmierten Hand fest. „Wir nehmen uns der Verwundeten an, auch denen aus Gahn Baldors Clan. Dafür brauchen wir Häute aus dem Zelt der neuen Frauen für Bettstätten."

„Natürlich." Ich nickte hastig. Melanie machte sich von ihm los und wir rannten zum Zelt zurück, um den anderen Bescheid zu sagen.

Die nächsten Minuten rauschten nur so an mir vorbei. Jede von uns schnappte sich so viele Tierhäute, wie sie tragen konnte, um sie nach draußen zu schleppen.

„Nehmt alles mit, was man als Verband benutzen kann. Und die restlichen Wasserflaschen, um Wunden auszuspülen. Alles, was helfen könnte!", rief ich, nachdem wir die Tierhäute abgeliefert hatten. Zurück im Zelt suchten wir saubere Kleidungsstücke, Verbände und Wasserflaschen zusammen. Ich nahm noch den Erste-Hilfe-Kasten mit, den wir im Laderaum des Schiffs gefunden hatten, und eilte wieder nach draußen.

Dort blieb ich jedoch sofort wieder stehen und riss überrascht die Augen auf.

Während wir die Hilfsmittel zusammengetragen hatten, waren die Krieger vom Schlachtfeld zurückgekehrt. Etwa zwei Dutzend unterschiedlich schwer Verwundete saßen oder lagen direkt vor unserem Zelt und weitere wurden zu den Zelten der Heilerinnen von Talioks, Buroudeis und Fallos Clan gebracht.

„Ach du Scheiße!", stieß ich hervor und ließ den Blick über die Männer vor mir schweifen.

Taliok bahnte sich einen Weg durch die Verletzten. „Das sind alles unsere Männer. Die Sandmeer-Heilerinnen werden sich nur unter Aufsicht unserer Wachen um die Versehrten des Feindes kümmern."

„Verstanden", sagte Jocelyn neben mir. „Holt schon jemand Blut der Lavrika?"

Darum hatte sich Kat bereits gekümmert. Beladen mit Gefäßen rannte sie auf uns zu und blieb schlitternd vor uns stehen. „Hab's!"

„Galok?", erkundigte ich mich und nahm ihr einen der Krüge ab.

„Dem geht's gut", antwortete sie mit einem knappen Nicken. „Jetzt flicken wir erst mal die armen Kerle wieder zusammen."

„Wir brauchen eine Art Triage-System", meinte Jocelyn zu mir. „Ich habe Einiges von den Heilerinnen gelernt und du warst Tierarzthelferin, oder? Du und ich, wir schätzen den Zustand der einzelnen Patienten ein. Dann können wir uns überlegen, wie es weitergeht."

„Perfekt", sagte ich. „Lass uns die mit den schwersten Verletzungen irgendwie markieren, damit wir uns die als Erstes vornehmen. An alle anderen: Ihr steht am besten hier auf Abruf bereit."

„Ich habe eine Ausbildung zur Ersthelferin gemacht", meldete sich Serena zu Wort. Mittlerweile waren alle Menschenfrauen außer Chapman und Cece zu uns gestoßen und waren bereit zu helfen.

„Gut", sagte ich. Dann wandte ich mich an Jocelyn. „Auf geht's."

Wir eilten durch die Reihen der Verwundeten und suchten nach denen, die es am schwersten erwischt hatte. Die Männer, die am dringendsten ärztliche Versorgung brauchten, markierten wir mit Lederfetzen, die wir ihnen auf die Brust legten. Danach kehrte ich zu unserer Gruppe zurück. Wir mussten schnell handeln. Selbst wenn wir sie mit dem Blut der Lavrika behandelten, waren einige unserer Patienten in echt schlechtem Zustand.

„Die mit Lederfetzen markieren Männer sind als Erste dran. Serena, Jocelyn und ich kümmern uns mit dem Lavrika-Blut um sie."

Die nahmen je ein Gefäß von Kat entgegen und machten sich an die Arbeit.

„Ihr anderen, sucht euch einen Mann ohne Markierung und tut, was ihr könnt, um seine Schmerzen zu lindern, während wir alle abarbeiten."

Ich eilte ebenfalls mit einem Krug Heilmittel los. Der erste Krieger, neben den ich mich kniete, würde allerdings etwas mehr brauchen als das. Eine klaffende Wunde, aus der stetig Blut quoll, zog sich von seinem Kiefer hinunter zu seinem Schlüsselbein. Hastig holte ich mir noch Nadel und Faden aus dem Erste-Hilfe-Kasten.

Dann musste ich jedoch einen Moment durchatmen, um meine zitternden Hände und meinen rasenden Puls zu beruhigen. *Ich schaffe das.* Ich hatte schon hunderte – tausende – von Wunden genäht. Ich wusste, was ich tat. Egal, ob ein Welpe vor mir lag, der von einem Auto angefahren worden war, oder ein zwei Meter großer Krieger, ich würde helfen. Ich würde ihn retten.

Also konzentrierte ich mich auf meine Aufgabe und machte mich an die Arbeit. Meine Finger führten die Nadel geschickt und schnell durch seine Haut, bis die Wunde des Kriegers vollständig genäht war. Es war verlockend, einfach das Gefäß über seinem Hals auszukippen, doch es würden noch andere das Blut der Lavrika brauchen und ich wusste nicht, wie es um die Vorräte in den Zelten der Heilerinnen stand. Natürlich könnten wir jederzeit Nachschub aus den Teichen holen. Aber blieb uns dafür genug Zeit?

Behutsam goss ich einen Schluck der milchigen Flüssigkeit über die Wunde. Dann drückte ich ein sauberes Stück Tierhaut fest darauf, damit das Blut der Lavrika seine Magie wirken konnte. Und magisch war es auf jeden Fall. Kurze Zeit später nahm ich vorsichtig die Hand weg und die Wunde sah schon viel besser aus. Es würde noch etwas dauern, bis sie komplett verheilt war, schließlich war sie echt tief gewesen. Der Mann würde sich wegen des Blutverlusts noch schonen müssen, doch immerhin regte er sich stöhnend und seine Augenlider zuckten.

„Ganz ruhig, mein Lieber. Du hast viel Blut verloren."

Der Krieger öffnete mühsam die Augen. Seine Sicht-sterne waren zu einem benommenen Nebel zerfasert und es brauchte eine Weile, bis er seinen Blick auf mich fokussierte. „Die Schlacht ... Ich muss zurück."

Er machte Anstalten, sich aufzusetzen, doch ich drückte ihn mit aller Kraft wieder zu Boden. „Die Schlacht ist vorbei. Du wirst also ein braver Junge sein und dich nicht von der Stelle rühren." Ich musste mich zusammenreißen, um nicht noch ein „Wer ist ein feiner Junge?" hinterherzuschieben. Alte Gewohnheiten waren schwer abzulegen.

„Haben wir gewonnen?", erkundigte sich der Krieger heiser.

„Ich ... Ich denke schon?" Erst jetzt ging mir auf, dass ich keinen Schimmer hatte, was da draußen eigentlich passiert war. Bisher wusste ich nur, dass es auf beiden Seiten Verwun-dete gab. Und die gegnerischen Truppen waren auch herge-bracht worden. *Jetzt, wo ich so darüber nachdenke ... Das ist schon komisch, oder? Dass wir uns auch um die Verletzten der anderen Seite kümmern?*

Ich sollte mich dringend dem nächsten Patienten wid-men, doch ich nahm mir einen Moment Zeit, um mir einen Überblick zu verschaffen. Und um mir zusammenzureimen, was genau hier los war.

Die Verwundeten waren alle entweder hierher zu uns oder zu den Zelten der Heilerinnen gebracht worden. Eine große Gruppe von Kriegern, die offenbar nur kleinere Blessuren davongetragen hatten, stand ein Stück von den Zelten entfernt, und etwas weiter weg noch ein paar mir un-bekannte Krieger. Alle mit gezogenen Waffen.

Und da, zwischen diesen beiden Gruppen, tauchten Buroudei und Fallo auf. Als sie näher kamen, fiel mir hinter ihnen noch ein dritter, fremder Sandmeer-Krieger auf.

Der Mann war ein Gefangener. Kor hielt seine Hände mit den Klauen hinter seinem Rücken fest. *Ein feindlicher Krieger?*

Ganz eindeutig war er besiegt worden. Doch sein hoch erhobenes Haupt und die stolz gestrafften Schultern sprachen eine andere Sprache.

Nur ein Schlag Mann sieht so aus, während er von seinen Feinden abgeführt wird.

Ein Gahn.

Das musste Gahn Baldor sein. Seine Männer hatten Melanies und Kats Reisegruppe in den Bergen angegriffen. Einer seiner Krieger hätte um ein Haar Galok umgebracht. Und als ich ihn jetzt von oben bis unten musterte – die beeindruckenden Muskeln, den markanten Kiefer, die rasierten Seiten seines Kopfes und den langen dunklen Zopf, der über seinen Rücken fiel –, stieg in mir etwas auf, das ich bewusst noch nie in meinem Leben zugelassen hatte. Etwas, das ich immer mit Verständnis oder sogar Liebe zu verdrängen versuchte. Doch jetzt konnte ich mich diesem Gefühl nicht entziehen. Konnte es nicht verdrängen oder davor wegrennen. Dunkel und heiß jagte es durch meine Adern und ich war so zornig, dass mein Atem sich beschleunigte.

Es war Hass.

Doch auch wenn ich ihn diesmal nicht wegdrücken konnte, würde ich mich davon nicht ablenken lassen. Buroudei, Fallo und Kor führten Gahn Baldor zu einem der anderen Zelte und ich zwang mich, mich wieder auf meine Aufgabe zu konzentrieren. Der Krieger neben mir war jetzt voll bei Bewusstsein und zum Glück gehorchte er meiner Anweisung und blieb liegen. Ich war zufrieden mit seinem Zustand, also schnappte ich mir meinen Krug mit Lavrika-Blut, Nadel und Faden und ging zum nächsten Mann weiter.

Und so verbrachte ich den Rest der Nacht – mit dem Zusammenflicken klaffender, blutender Wunden.

Nadel und Faden. Nähen und fädeln.

Haut und Blut.

KAPITEL SIEBEN
Baldor

„WO HALTEN WIR DIESES Treffen ab? Meine Gahnala ruht in meinem Zelt, das kommt also nicht infrage."

Die Gahns Buroudei und Fallo gingen ein Stück vor mir. Auf unserem Weg durch das Lager sah ich mich aufmerksam um. Die Zelte der drei Clans standen alle hier, und zwar erstaunlich nah beieinander. Ich konnte es nicht fassen, dass sie alle in Frieden auf so engem Raum zusammenlebten.

Das Gerede über einen neuen Pfad war also nicht gelogen ...

Doch wohin würde der uns führen?

In diesem Moment schloss sich Gahn Taliok unserer kleinen Gruppe wieder an. „Meine Gahnala hilft den Verwundeten. Gehen wir in mein Zelt", sagte er.

Buroudei und Fallo brummten zustimmend. Ich schwieg. Kors Griff um meine Hände lockerte sich nicht, doch bald darauf standen wir vor einem großen Zelt.

„Lass ihn los, Kor", befahl Gahn Buroudei. Kor, der als massiger Schatten hinter mir stand, gehorchte stumm. Ich ließ die Hände an meine Seiten sinken. Von einer tropfte

Blut in den Sand. Erwartungsvoll sah ich die anderen drei Gahns an.

„Ich werde dir den Zutritt zu meinem Zelt gewähren, wenn du dort keine Klinge ziehst", sagte Gahn Taliok.

„Ich werde keine Klinge ziehen, solange weder mein Leben noch das meiner Männer bedroht wird." *Oder das meiner Gefährtin.* Doch den letzten Teil behielt ich für mich. Obwohl es mich schmerzte, sie noch nicht in der Sicherheit meines Clans zu wissen, ließ nichts von dem, was ich hier gesehen hatte, darauf schließen, dass sie bei diesen Männern in Gefahr war.

Die drei anderen Gahns führten mich ins Zelt. Als die Klappe hinter mir zufiel, rief Gahn Buroudei nach draußen: „Kor, komm zu uns. Du bist jetzt unser Verbündeter und solltest an allem teilhaben."

Angespannt wandte ich mich dem Zelteingang zu, als der gewaltige, fremdartige Mann, der mich bezwungen hatte, hereinkam. Er nahm so viel Platz ein. Während Gahn Taliok Kerzen entzündete und so für mehr Licht sorgte, bekam ich endlich die Gelegenheit, diesen Kor ausgiebig zu mustern. Er war einen, nein, zwei Köpfe größer als alle Anwesenden. Seine Schultern waren breiter, sein Schwanz länger und kräftiger. Seine Haut war teilweise von dunklen Schuppen in Schwarz- und Blautönen bedeckt, und seine Klauen waren selbst veritable Klingen. Genauso seine Stacheln: schwarze Dornen, die im Augenblick flach an Armen, Kopf, Hals und Schwanz anlagen.

Doch obwohl er riesig und furchterregend aussah, machte er keine Anstalten, mich erneut anzugreifen. *Er ist wahrhaftig als Verbündeter hier. Und er beherrscht unsere Sprache ...*

Ich hatte so viele Fragen. Es gab so viel, was ich wissen wollte, wissen *musste*.

Und die wichtigste dieser Fragen entfuhr mir ohne mein Zutun. „Wo ist meine Gefährtin?"

Fallo schlug fauchend mit dem Schwanz. Taliok regte keinen Muskel. Buroudei ergriff das Wort: „Wenn sie zu den neuen Frauen gehört, die unter unserem Schutz leben, ist sie bei den Ihren in Sicherheit. Vermutlich versorgt sie die Verletzten."

Ich unterdrückte ein verärgertes Knurren. Die Vorstellung, dass sich meine Gefährtin, meine Gahnala, um Männer kümmerte, die noch nicht einmal meinem Clan angehörten, ließ Wut in mir auflodern. Ich wollte diese Zelte, diese Männer zerfetzen, bis ich sie fand.

„Wie sieht sie aus?", wollte Gahn Buroudei wissen und riss mich damit aus meinen zornigen Gedanken.

Ich wollte diese Frage nicht beantworten. Ich wollte all ihren Liebreiz für mich behalten. Doch diese Männer ließen sie bei sich leben. Kannten sie womöglich gut. Im Moment waren sie die Einzigen, die mir irgendetwas über sie erzählen konnten.

„Sie ist merkwürdig blass. Mit Weiß in ihren Augen. Jemanden wie sie habe ich noch nie gesehen. Sie besitzt keine Klauen und kleine runde Ohren. Auch keinen Schwanz. Aus Gahn Talioks Bergen erreichten mich Gerüchte über die neuen Frauen und ich glaube, sie ähnelt ihnen, aber dann wiederum auch nicht. Ihr Haar ist so hell wie der Horizont im ersten Licht des Morgens und reicht ihr bis hierher." Ich hob die Klauen meiner unverletzten Hand an meine Schulter.

Wie konnte ich sie noch beschreiben? Wie konnte ich ihre fremdartige Schönheit in Worte fassen? Es war, als wollte ich den Wind mit bloßen Klauen einfangen. Doch offenbar hatte ich genug gesagt.

„Ja, ich kenne diese Frau", sagte Gahn Buroudei und schlug mit dem Schwanz. „Sie ist eine Vertraute meiner Gahnala."

„Gib nichts weiter preis, Buroudei", warnte Fallo ihn knurrend.

Mir stockte der Atem. Ich ignorierte Fallo und konzentrierte mich nun vollends auf Buroudei. *Er kennt sie. Er kennt meine Gefährtin.*

„Halt dein elendes Mundwerk, Fallo, sonst stopfe ich es dir!", blaffte Buroudei. Taliok trat an Buroudeis Seite, sodass der Irre Gahn klein beigeben musste.

„Ich bringe Gahn Baldor keinerlei Wohlwollen entgegen", sagte Taliok. „Aber ich werde es keinem Mann verwehren, seine Gefährtin kennenzulernen. Nachdem ich den Schmerz des heiligen Bands am eigenen Leib erfahren habe ..." Er verstummte und wirkte auf einmal gedankenverloren.

Fallo ergriff nicht noch einmal das Wort, sodass Buroudei sich wieder an mich wandte. „Es gibt nur eine unter den neuen Frauen, deren Haare deiner Beschreibung gleichen. Ihr Name ist Teriisa."

Teriisa.

Das Wort, der Name, war eine solch einschneidende Offenbarung, dass sie sich spürbar in mir manifestierte. Wie ein Klingenstoß in meine Eingeweide. Ein Schlag auf meine

Wange. Ein Pochen in meiner Brust, eine Trommel in meinem Kopf, die in meinen Ohren dröhnte, bis ich nichts anderes mehr hörte.

Teriisa. Teriisa. Teriisa.

Sie war nicht mehr länger nur ein Gesicht in den heiligen Teichen, ein Gesicht vor meinem inneren Auge und in meinen Träumen, sondern eine echte Person, die tatsächlich *hier* war. Ein lebendiges Wesen mit einem Herzschlag und einem Namen. Und der Klang von beidem – diesem Herzschlag, diesem Namen – gehörte nun mir. Ich würde ihn mir einprägen, ihn tief in mir verankern, bis nichts anderes mehr Bestand hatte. Nichts mehr übrig war außer ihr.

Mit Zolinna hatte ich nie die Gelegenheit dazu bekommen. Und zurückgeblieben war nur ein tiefes Loch in meiner Brust, wo mein Herz hätte sein sollen.

„Lasst mich zu ihr." Es war eine Forderung. Ein Befehl. Fallo knurrte erneut. Meine Finger zuckten und pochender Schmerz machte sich in meinen Wunden bemerkbar. Ich war so nah dran. *Wenn sie mir ein Treffen mit ihr verweigern ...*

„Das werden wir, wenn sie zustimmt", sagte Buroudei und Taliok gab einen zustimmenden Laut von sich. „Wir werden einen Gahn nicht von seiner Gefährtin fernhalten. Selbst nachdem du einen Angriff gegen uns geführt hast. Uns über den Willen der Lavrika hinwegzusetzen, könnte unser aller Untergang sein."

„Was soll das heißen, ‚wenn sie zustimmt'?" Warum sollte sie es ablehnen, ihren Gefährten kennenzulernen?

„Wir müssen dir noch so viel berichten." Buroudei seufzte schwer. „Wir werden dir alles erzählen, was wir wissen. Und dazu gehört, dass die neuen Frauen das heilige

Gefährtenband nicht spüren. Wenn du sie haben willst, musst du sie anders für dich gewinnen."

Diese Enthüllung rollte wie eine Welle über mich hinweg. Ob die Gahns mich täuschen wollten? Wie konnte es möglich sein, dass eine Frau das heilige Band nicht wahrnahm, so wie ich? Dass sie mich erblickte und mir gegenüber nur Gleichgültigkeit empfand? Das stand so sehr im Widerspruch zu meinen Gefühlen, denn ich war vollkommen von ihr eingenommen, noch bevor ich sie zum ersten Mal von Angesicht zu Angesicht gesehen hatte.

„Er sagt die Wahrheit", meldete sich Kor hinter mir zu Wort, sodass ich mich zu ihm umdrehte. Seine riesige Schnauze öffnete sich, als er weitersprach: „Auch ich musste die Gunst meiner Gefährtin erst gewinnen. Einen leichteren Weg gibt es dafür nicht."

Doch von diesen Worten, selbst wenn sie tatsächlich der Wahrheit entsprachen, ließ ich mich nicht beirren. Nichts in meinem Leben war je leicht gewesen.

Ich wandte mich wieder den anderen Gahns zu. „Weiht mich in eure Kenntnisse ein. Ich bin bereit."

KAPITEL ACHT

Theresa

ALS WIR SCHLIESSLICH alle Verwundeten vor unserem Zelt versorgt hatten, zeigte sich bereits ein erster Lichtstreif am Horizont. Ein neuer Morgen, ein neuer Tag. Die Schlacht war vorbei und wir würden die Sache überstehen. Ich richtete mich aus der Hocke auf und wischte mir mit einer blutverschmierten Hand über die Stirn. In der Nacht wurde es hier echt verdammt kalt, aber sogar ohne meine Solarschutzjacke schwitzte ich. Wir hatten alle Hände voll zu tun gehabt und keinen Moment Zeit, um Pause zu machen. Als ich nun den Blick über all die Krieger schweifen ließ, denen wir geholfen hatten, erlaubte ich mir ein mattes Lächeln. Wir hatten keinen einzigen verloren. Mir war klar, dass die Schlacht Opfer gefordert haben musste, aber zum Glück würden diejenigen, die ins Lager gebracht worden waren, wieder auf die Beine kommen.

„Gute Arbeit", sagte ich zu Jocelyn, als sie sich zu mir gesellte.

„Jepp. Und wenn du nichts dagegen hast, würde ich jetzt gern ins Bett fallen."

Ich seufzte. Mir ging es genauso.

„Oh Mist", entfuhr es mir plötzlich. „Wir haben alle Tierhäute für die Verwundeten nach draußen gebracht."

„Das ist mir so egal. Ich schlaf auch auf dem blanken Sand. Ich bin fix und fertig."

Sie reichte mir ihren leeren Krug und lächelte mich müde an, bevor sie sich auf den Weg zum Zelt machte. Kurz darauf kam Kat zu mir und hielt mir ebenfalls ihr Gefäß hin.

„Bin ich jetzt etwa die Krug-Lady, oder was?" Lachend nahm ich ihn ihr ab. Mit meinem eigenen hatte ich jetzt drei große Krüge in den Armen.

„Keine Ahnung, hab bloß gesehen, wie Jocelyn dir ihren gegeben hat. Brauchst du noch Hilfe?"

Ich wusste, dass Kat mir sofort zur Hand gehen würde, wenn ich sie darum bat. Aber sie hatte tiefe dunkle Ringe unter den Augen und wollte sicher zurück zu Galok.

„Nee. Geh du ruhig zu deinem Alien-Adonis und hol dir eine Mütze Schlaf. Ich schaff das schon."

„Danke", sagte sie und dann – völlig untypisch für diese kratzbürstige, zierliche Frau – fiel sie mir um den Hals und schlang die Arme so fest um mich, dass ich mir Sorgen um die Krüge machte.

Kurz darauf löste sie sich wieder von mir. „Ruh dich gefälligst auch aus", ermahnte sie mich mit eindringlichem Blick. Dann drehte sie sich um und joggte zu dem Zelt, das sie sich mit Galok teilte.

„Das sollten wir alle", sagte ich zu den anderen Anwesenden. Die letzten Menschenfrauen, die noch hier draußen waren, nickten und verschwanden in unserem Zelt. Einige der am schwersten verletzten Alien-Männer waren, nachdem wir sie versorgt hatten, in andere Zelte gebracht worden, um

sich dort zu erholen. Den hier Verbliebenen ging es verhältnismäßig gut. Sie konnten aufstehen und kehrten zu ihren
eigenen Zelten zurück. Einige von ihnen humpelten, aber
niemand musste getragen werden. Der Anblick freute mich.

Jetzt war nur noch ich übrig, abgesehen von den Alien-
Kriegern, die wie üblich rund um unser Zelt Wache hielten.

Ich sollte wohl die Dinger zurückbringen ...

Ich schaute auf die Gefäße in meinen Armen. Die Heilerinnen brauchten sie vielleicht bald wieder. Vielleicht
holten sie demnächst ja neues Blut der Lavrika, wenn ihre
Vorräte erschöpft waren.

Ich gehe mal lieber noch rüber.

Mir war sowieso noch nicht nach schlafen. Mein Körper
war natürlich erschöpft, aber ich war noch viel zu
aufgeputscht vom Adrenalin. Selbst wenn ich mich jetzt hin-
legte, würde ich ganz bestimmt kein Auge zutun. Außerdem
hatte ich im Moment noch nicht mal ein Bett. Es machte
mir nichts aus, es an einen verwundeten Krieger abzugeben
– aber das machte Schlaf noch unwahrscheinlicher.

Ich rückte die Steinkrüge in meinen Armen zurecht und
setzte mich in Bewegung. Das nächstgelegene Zelt der Heilerinnen war das von Gahn Talioks Clan. Innerhalb
kürzester Zeit tauchte das große, mit Lederhäuten bespann-
ten Konstrukt vor mir auf. Ein unbehagliches Gefühl
beschlich mich, als mir einfiel, was Gahn Taliok gesagt hatte
– dass die feindlichen Krieger in den Zelten versorgt wurden. *Die Männer, die uns angegriffen haben, könnten da drin
sein ...*

Aber das spielte keine Rolle. Ich würde reingehen und
dann schnell wieder raus. Außerdem, wenn die anderen

Gahns entschieden hatten, sie ins Lager zu bringen, konnte von ihnen doch keine große Gefahr ausgehen. Oder?

Ich erreichte das Zelt und schaffte es, die Zeltklappe mit dem Ellenbogen beiseitezuschieben, ohne die Krüge dabei fallen zu lassen. Rasch schlüpfte ich ins Innere. Draußen war inzwischen die Morgendämmerung hereingebrochen und meine Augen brauchten einen Moment, um sich an das schummrige Kerzenlicht zu gewöhnen.

Wie vor unserem großen Zelt lag auch hier eine Vielzahl an Verletzten. Schockiert sah ich mich um. Ich wusste, dass viele aus unseren Reihen verwundet worden waren – ich hatte es mit eigenen Augen gesehen und mich um sie gekümmert. Doch die Verletzungen, mit denen ich zu tun gehabt hatte, waren nicht so schwerwiegend gewesen. In diesem Zelt wurde jedes freie Fleckchen von einem verwundeten Krieger eingenommen und ein Großteil schien bewusstlos zu sein. Tiefe Wunden waren verbunden worden – und sie waren sehr viel zahlreicher und ernster als die anderen, die ich heute schon zu Gesicht bekommen hatte.

Obwohl sie uns angegriffen hatten, verspürte ich Mitgefühl für diese Männer.

Lag es daran, dass sie in der Unterzahl waren? Warum sind sie so viel schlimmer dran als unsere Männer?

„Vielen Dank dafür." Eine vertraute Stimme ließ mich aufsehen. Bokeelie, eine von Gahn Fallos Heilerinnen, streckte die Hände nach den Krügen aus. Dankbar reichte ich sie ihr, meine Arme waren schon ganz steif.

„Harte Nacht?", erkundigte ich mich und folgte ihr, während sie die Gefäße in ein Regal räumte. Dann wandte sie sich mir mit peitschendem Schwanz zu.

„Vor allem war es eine lange Nacht. Und es ist seltsam, die Feinde meines Clans zu pflegen. Aber wir leben wohl in seltsamen Zeiten."

„Warum hat es sie so viel schlimmer erwischt als unsere Männer?", wollte ich wissen und ließ den Blick erneut über die vielen Körper wandern.

„Ich würde ja gern behaupten, dass unsere Krieger allen überlegen sind. Aber tatsächlich waren das unsere neuen Verbündeten. Sie sind stärker als irgendwer von uns", antwortete Bokeelie leise.

Natürlich. Wenn Kors Onkel und die beiden anderen sich den Kämpfen angeschlossen hatten, waren sie sicher durch die feindlichen Reihen gegangen wie ein heißes Messer durch Butter. Oh Gott ...

„Die meisten der Verwundeten sind hier. Weitere von Gahn Baldors Clan sind in den Zelten der anderen Heilerinnen untergebracht, aber nicht so viele und mit weniger schweren Verletzungen. Und unsere Krieger wurden alle bei eurem Zelt versorgt, dank dir und den anderen neuen Frauen."

„Das war doch selbstverständlich", erwiderte ich und nickte bekräftigend. „Ihr habt schon so viel für uns getan. Wir helfen einander."

Bokeelie lächelte. „Ja. Wir sind jetzt ein Clan."

Sie wandte sich einem Mann in der Nähe zu, der sich auf seinem Lager regte, und überließ mich meinen Gedanken.

Wir sind jetzt ein Clan.

Aber was war mit Gahn Baldors Clan und diesem fünften in der Wüste, dem wir bisher noch nicht mal begegnet waren? Hielten sie zu uns oder waren sie gegen uns?

Ich rieb mir die Schläfen. Die Erschöpfung forderte mittlerweile wirklich ihren Tribut. Wenn ich wieder bei unserem Zelt war, würde ich sicher direkt einschlafen.

Je länger ich darüber nachdachte, mich bei den anderen Frauen aufs Ohr zu hauen, desto reizvoller wurde die Vorstellung. Bett hin oder her, jetzt war Schlaf angesagt.

Ich drehte mich um, ging zur Zeltklappe, schob sie zur Seite und trat nach draußen.

Nur um prompt gegen eine Backsteinwand zu laufen. Eine Backsteinwand umhüllt von weicher, warmer Haut.

Erschrocken stolperte ich zurück. Bevor ich jedoch auf einen armen, nichtsahnenden Krieger zu meinen Füßen plumpsen konnte, griffen zwei starke Hände nach meinen Handgelenken und stützten mich.

„Danke. Tut mir leid", sagte ich und schaute auf die Hände runter. Aus irgendeinem Grund hatte mein Gegenüber mich noch immer nicht losgelassen, obwohl ich mein Gleichgewicht schon wiedergefunden hatte.

Plötzlich ging mir auf, dass ich gerade zum ersten Mal direkten Hautkontakt mit einem der Krieger hatte. Klar, bei unserer Ankunft auf dem Planeten hatte einer von Gahn Fallos Männern mich während des *zeelk*-Angriffs auf sein *irkdu* gehievt. Und Gahn Fallo hatte mich von den Klippen runtergetragen, nachdem Chapman mich nach dem Zwischenfall mit der *krixel* aufgespürt hatte. Aber so? Dass Hände an meiner Haut lagen und mich festhielten? Das war noch nie passiert. Ich starrte auf die riesigen Finger, die sich lang und klauenbewehrt um mein Handgelenk schlossen. Meine Arme und Hände wirkten im Griff des Aliens winzig, wie die eines Kinds.

Im *blutigen* Griff des Aliens.

Von einer der Hände rann zähe schwarze Flüssigkeit auf meine Haut. *Wahrscheinlich ist er deswegen hier.*

Mein Blick wanderte über die definierten Bauch- und Brustmuskeln nach oben. Als ich erkannte, wer da vor mir stand, nahm ich nichts anderes mehr wahr. Kalte Angst packte mich und ließ mich aufkeuchen. Doch seltsamerweise wurde diese Kälte von Hitze verdrängt, die ausgehend von meinen Handgelenken an meinen Armen hinaufkroch.

Vor mir stand Gahn Baldor.

Auf seinem Gesicht lag ein furchterregender Ausdruck. Sein markanter Kiefer war angespannt. Er bleckte die Fangzähne. Seine Sichtsterne hatten sich so dicht zusammengezogen, waren so auf mein Gesicht fokussiert, dass sie aussahen wie glänzende Kugeln. Die rasierten Seiten seines Kopfes schimmerten im Kerzenlicht und der lange geflochtene Zopf fiel über seinen Rücken hinab.

Instinktiv versuchte ich, mich von ihm loszumachen. Seine Miene war viel zu eindringlich. Sein Blick bohrte sich förmlich in meinen. Was er wohl sah, wenn er mich so anschaute? Ich wusste nur, dass ich mich diesem durchdringenden Blick so schnell wie möglich entziehen musste.

Doch er verstärkte seinen Griff, als ich vor ihm zurückweichen wollte.

„Ich habe dich gefunden", hauchte er und ich erstarrte. *Was um alles in der Welt meint er damit?*

„Tut mir leid, dass ich in dich reingerannt bin, aber ich muss jetzt wirklich los", sagte ich und zog erneut die Hände zurück.

Irgendetwas, das ich nicht recht benennen konnte, flackerte in seinen Augen auf. Aber schließlich ließ er mich los. Stirnrunzelnd blickte er auf seine leeren Hände.

„Das sollte sich mal jemand ansehen", riet ich ihm und wich einen Schritt von dem massigen Gahn zurück. „Deine Hand."

Beinahe verwirrt schaute er auf. „Ah. Das? Das ist nichts. Ich wollte nur nach meinen Männern sehen."

Irgendetwas hing da unausgesprochen zwischen uns in der Luft. Und ich hatte das Gefühl, dass es zum Greifen nah war. Aber diese Nacht war echt viel zu lang gewesen und ich wirklich viel zu müde, um mich mit dem geheimnisvollen Gahn auseinanderzusetzen, der das ganze Chaos überhaupt erst angerichtet hatte. Gedankenverloren rieb ich mir die Handgelenke, weil sie seltsam kribbelten. *Noch mehr Blut, das ich mir abwaschen muss.*

Und auf einmal war ich wütend. So verflucht wütend. Auf alles – auf die Menschheit, weil sie uns hier ausgesetzt hatte. Auf Gahn Baldor, weil er uns angegriffen hatte. Und weil ich jetzt wegen ihm schon wieder Blut auf der Haut hatte.

„Wieso bist du überhaupt hier?", zischte ich und war selbst von meinem scharfen Tonfall überrascht. Eigentlich war ich doch die liebevolle Gluckenfreundin. *Aber das passiert eben, wenn man Leute in Gefahr bringt, die mir wichtig sind. Wenn man Mama Bär provoziert.*

„Also ist es wahr, was sie mir erzählt haben", sagte der riesige Alien und neigte den Kopf zur Seite. „Du spürst es nicht."

„Was soll ich spüren?", fragte ich und rieb mir matt mit den Fingerknöcheln über die Stirn.

„Das Gefährtenband."

Bitte was?

„Das ... das was?"

Nein. Nein, das konnte nicht sein. Auf gar keinen Fall war *dieser Typ* mein Gefährte. Dieser riesengroße, Furcht einflößende Gahn, der unser Lager attackiert hatte.

Mir stockte der Atem, als der Gahn die Schultern straffte und den Schwanz vor die Augen hob. Als er ihn wieder sinken ließ, sagte er: „Teriisa aus dem neuen Clan. Ich bin Gahn Baldor. Meine Armee und ich unterwerfen uns deinem Willen, meine Gahnala, meine Gefährtin, die mir von den Lavrika prophezeit wurde."

Mir blieb der Mund offen stehen, aber ich bekam keinen Ton raus. Gahn Baldor sah mich an, als würde er irgendwas von mir erwarten, aber was sollte ich denn sagen, nachdem er diese Bombe hatte platzen lassen?

„Hör zu", sagte ich schließlich und schüttelte nachdrücklich den Kopf. „Unter anderen Umständen bist du bestimmt ein anständiger Kerl und ein toller Gahn, aber ich kenne dich nicht. Ich weiß nur, dass du hier aufgeschlagen bist, uns angegriffen und echt eine Menge Schaden angerichtet hast. Also, danke. Oder so. Aber ich gehe jetzt zurück in mein Zelt."

Baldors Sichtsterne pulsierten und zogen sich dann wieder hoch konzentriert zusammen.

„Du hast gefragt, wieso ich hier bin", entgegnete er bedächtig. „Und du wirkst erzürnt über den Angriff. Aber du solltest wissen, dass der Grund für beide Ereignisse ein und derselbe ist. Ich bin hierhergekommen und habe mich den anderen Clans im Kampf gestellt, weil ich dich gesucht habe. Nur für dich habe ich es getan."

Ach du Scheiße.

Ich stöhnte auf und drückte mir die Handballen gegen die Augen. „Das ist ja noch viel schlimmer", presste ich zwischen zusammengebissenen Zähnen hervor. Also war all das Gemetzel meine Schuld? All das Blut war wegen mir vergossen worden? Das entsprach nicht gerade meiner Vorstellung von Romantik. Andere Frauen standen vielleicht auf so was, aber für mich war das nichts.

„Warum konntest du nicht einfach herkommen und mit den anderen Gahns oder mit mir reden? All das hätte nicht sein müssen!" Ich riss die Hände von den Augen, in denen ungeweinte Tränen brannten.

„Das entspricht nicht unserer Natur", erwiderte der Gahn und zog die Augenbrauen zusammen. „Aber die Gahns haben von einem neuen Pfad gesprochen, dem sie folgen. Und allmählich verstehe ich, warum ..."

Das Warum waren definitiv wir. Die Menschenfrauen hatten ihnen praktisch die Pistole auf die Brust gesetzt, die Kämpfe einzustellen. Wenn die Clans in unserer Nähe sein wollten, mussten sie sich dazu verpflichten, den Frieden im Lager zu wahren. Aber für Gahn Baldor kam diese Info ein bisschen zu spät. Er hatte schon angegriffen. Und den Frieden zerstört.

„Okay, na ja, wie gesagt, ich gehe jetzt." Ich brauchte unbedingt Ruhe, um das alles für mich zu sortieren.

Endlich machte Baldor mir Platz und verfolgte aufmerksam, wie ich an ihm vorbei an die Zeltklappe trat. Ich zog sie zur Seite und fluchte dann unterdrückt.

„Was ist?"

Ich ignorierte das Kribbeln, das mir seine tiefe Stimme über den Rücken schickte. „Die Sonne. Ich hab meine Solarschutzjacke nicht dabei. Wir Menschen können nicht für längere Zeit draußen rumlaufen, sonst verbrennen wir uns die Haut."

„Eure Haut?"

Ich spürte förmlich, wie Gahn Baldors Blick über meine nackten Arme wanderte. Mit finsterer Miene wirbelte ich zu ihm herum. „Ja. Wir sind nicht von hier und den Gefahren dieser Welt relativ schutzlos ausgeliefert. Auch der Sonne."

Gahn Baldor musterte eine Weile mein Gesicht und sah dann an mir vorbei nach oben. „Ich werde eine Möglichkeit finden, die Sonne für dich vom Himmel zu reißen, um sie dafür zu bestrafen, dass sie auch nur im Traum daran gedacht hat, dir Schaden zuzufügen."

Du meine Güte.

Kein Wunder, dass die anderen Frauen – sogar die widerborstige Kat – ihren Gefährten so schnell und heftig verfallen waren. Diese Typen warfen einem wie selbstverständlich solche Aussagen an den Kopf. Und klangen dabei auch noch, als würden sie es todernst meinen. Baldor begutachtete immer noch den Himmel, als hätte er tatsächlich vor, das durchzuziehen.

„Das wird nicht nötig sein", sagte ich. „Ich brauche bloß irgendein Stück Kleidung. Normalerweise trage ich eine

Jacke – einen Umhang –, aber die habe ich in unserem Zelt vergessen."

Ich könnte einfach rennen, es war ja nicht weit. Aber wir hatten unser Blut der Lavrika bei der Versorgung der Verwundeten aufgebraucht und ich wollte keins auf einen blöden Sonnenbrand verschwenden, wenn andere es dringender brauchten.

Aber ich wollte auch niemanden zu unserem Zelt schicken, um die Jacke zu holen. Die hatten alle genug zu tun und waren genauso erschöpft wie ich.

Hallo, Sonnenbrand.

Seufzend wappnete ich mich innerlich, in die erbarmungslose Morgensonne hinauszutreten, als ich ein Rascheln neben mir hörte.

„Es wird eine gewisse Zeit brauchen, bis ich die Sonne vom Himmel holen kann. Aber für den Moment lass dir das hier ein Schild sein."

Als ich mich Gahn Baldor zuwandte, stand er *splitterfasernackt* vor mir und hielt mir ein breites, langes Stück Leder hin.

Seinen Lendenschurz. Dieser Alien-König wollte mir das Kleidungsstück andrehen, das gerade noch seinen verdammten Penis verpackt hatte. Erwartete er jetzt etwa von mir, dass ich es mir wie einen Schal um den Kopf wickelte?

„Ähm, nein! Nein, danke!", quietschte ich und mir wurde furchtbar heiß. *Nicht hingucken. Bloß nicht hingucken.*

Einen flüchtigen Blick nach unten konnte ich mir nicht verkneifen, schaute aber dann sofort wieder hoch. Im schummrigen Licht im Zelt erkannte ich nicht viel – nur beeindruckend muskulöse Oberschenkel. Und dazwischen etwas Großes, Dunkles ...

Nope! Auf gar keinen Fall denken wir jetzt darüber nach, Mädchen!

„Das verstehe ich nicht", sagte Gahn Baldor stirnrunzelnd. „Du sagtest, du brauchst Kleidung, und daher bringe ich dir meine dar. Du bist meine Gefährtin. Alles, was ich besitze – von meiner Kleidung bis zu meiner bloßen Haut und meinen Klauen –, gehört dir."

„Alles klar, na ja, ich gehe jetzt jedenfalls." Das hatte ich bestimmt schon mal gesagt. Aber diesmal machte ich ernst. Ich trat aus dem Zelt hinaus ins Licht.

Doch ich spürte keine Hitze auf meiner Haut. Stattdessen senkte sich ein Schatten über mich.

Als ich hochschaute, breitete Gahn Baldor seinen Lendenschurz über mir aus, als wäre es ein verdammter Sonnenschirm. Und er hatte immer noch nichts an.

„Was machst du denn da?", rief ich entsetzt. Irgendwie kam er mir im hellen Tageslicht noch nackter vor. Und um das Leder über meinen Kopf zu halten, musste er ziemlich dicht bei mir stehen ...

„Ich beschütze meine Gefährtin", antwortete er schlicht.

Ich schaute ihn ungläubig an. Seine Sichtsterne schimmerten in einer Farbe, die ich noch bei keinem anderen Alien-Mann gesehen hatte. In mattem Silber, metallisch und fremdartig.

„Mister, du musst dir dringend was anziehen", stammelte ich und meine Wangen wurden immer heißer.

Ehrlich gesagt hätte ich lieber den Sonnenbrand des Todes, als noch eine Sekunde länger hier mitten im Lager zu stehen, während mir der feindliche Gahn seinen Lendenschurz über den Kopf hält.

„Mein Lendenschurz kommt wieder an seinen Platz, wenn du ihn nicht mehr benötigst."

Okay, der Kerl ließ sich einfach nicht davon abbringen. Selbst wenn ich jetzt abhaute, würde er wahrscheinlich mühelos mit mir Schritt halten, damit ich im Schatten seines Lendenschurzes blieb.

„Na schön. Gehen wir", sagte ich schließlich. Ich hatte keine Kraft mehr, dagegen anzukämpfen – was auch immer das hier war. „Mein Zelt ist da drüben."

Angespanntes Schweigen senkte sich über uns. Aber immerhin traf mich kein einziger Sonnenstrahl. Bei jedem Schritt passte Gahn Baldor den Winkel des Lederstreifens an. Und selbst im Schatten spürte ich die Hitze seines Blicks, den er nicht eine Sekunde von mir abwandte.

Als wir das Zelt der Menschenfrauen erreichten, drehte ich mich zu ihm um, doch im gleichen Moment fiel mir wieder ein, dass der Kerl ja nackt war. Ich hob die Zeltklappe an und trat in den Schatten.

„Siehst du? Ich bin jetzt in Sicherheit. Du kannst das Ding also wieder anziehen."

Gahn Baldor brummte leise. Ich hielt den Blick angestrengt auf sein Gesicht gerichtet, während er sich vorbeugte und das Kleidungsstück wieder um seine Hüften knotete. *Er sieht wirklich gut aus*, schoss mir ein ungebetener Gedanke durch den Kopf. Alle Alien-Männer waren, meiner Meinung nach, echte Sahneschnitten. Aber Gahn Baldor hatte etwas Düsteres, Faszinierendes an sich mit seinem markanten Kiefer und den hohen Wangenknochen. Mit den rasierten Seiten seines Kopfes und den silbern schimmernden Augen. Irgendetwas unglaublich Reizvolles.

Aber damit konnte ich mich jetzt nicht beschäftigen. Ich sollte nicht darüber nachdenken, wie heiß der feindliche Gahn war, der uns gerade überfallen hatte. Was ich jetzt dringend brauchte, war Schlaf. Der würde mir bestimmt dabei helfen, den Kopf freizubekommen.

„Wann werde ich dich wiedersehen?" Der Gahn richtete sich auf und fixierte mich mit seinen silbrigen Augen.

„Weiß ich nicht", erwiderte ich ehrlich. Die Dunkelheit des Zelts rief nach mir. Ich konnte es praktisch fühlen, wie einen Sog, der mich zum Schlafen drängte.

„Du bist müde", stellte Gahn Baldor fest und verengte die Augen ein wenig.

„Stimmt", gab ich zu.

„Nichts würde mir ferner liegen, als dich von deiner Ruhe abzuhalten ..." Er hielt inne und wirkte, als würde er noch mehr sagen wollen, doch stattdessen gab er nur ein tiefes Knurren von sich.

„Tja, dann gute Nacht", erwiderte ich steif. Obwohl es Morgen war, kamen mir diese Worte als Erstes in den Sinn. Und damit wandte ich mich von dem seltsamen Gahn ab und eilte ins Zelt, wo ich mir ein freies Plätzchen zum Hinlegen suchte. Serena neben mir regte sich ein wenig, schlief aber sofort wieder ein.

Ich sehnte mich danach, ihrem Beispiel zu folgen, in der Dunkelheit zu versinken und mir um nichts mehr Sorgen zu machen.

Aber jetzt bekam ich einfach nicht aus dem Kopf, was gerade passiert war.

Ein Gefährte.

Das hatte ich mir doch gewünscht. Mit jeder Faser meines Körpers. Ich hatte so sehr auf Liebe und die Chance auf eine Familie gehofft. Es war so schön gewesen, wie meine Freundinnen sich in ihre Gefährten verliebt hatten, und noch schöner war die Aussicht, das mir das genauso passieren konnte.

Warum muss ausgerechnet er es sein?

Ein Gahn, und dazu noch unser Feind. Einer, der uns angegriffen und das Blut unserer Freunde vergossen hatte.

Für dich.

Mir entkam ein leises Ächzen, als seine Wort durch meinen Kopf hallten. Diese Sandmeer-Männer und ihr verfluchtes Alien-Testosteron. Warum musste es diesen Typen bloß immer um Messer und Schlachten und Ruhm gehen? Obwohl ich auf der Erde kein großer Fan von Godzilla gewesen war, beneidete ich Zoey irgendwie. *Warum kann mein Gefährte nicht wie Kor sein und friedlich hier ankommen, ohne jemanden zu verletzen?*

Wäre Kor allerdings ein Anführer mit einem großen Trupp Krieger im Rücken gewesen, wäre er vermutlich auch nicht ganz so friedlich hier aufgeschlagen ...

Seufzend suchte mir eine halbwegs bequeme Position. Es hatte keinen Zweck, mir darüber jetzt den Kopf zu zerbrechen. Was geschehen war, war geschehen. Ich musste mich darauf konzentrieren, mich etwas auszuruhen. Und danach würde ich mir überlegen, wie ich mit Gahn Baldor umgehen sollte.

Mit meinem Gefährten.

Oh Gott.

KAPITEL NEUN
Baldor

ICH STARRTE DIE ZELTKLAPPE noch eine ganze Weile an, nachdem sie zugefallen war und meine Gefährtin meinem Blick entzogen hatte. Ich hob eine Hand – die blutbesudelte – an meine Brust und fühlte dort ein kraftvolles Pochen. So überzeugt war ich gewesen, mein Herz schon vor langer Zeit verloren zu haben. Aber offenbar hatte ich es wiedergefunden.

Denn nun hämmerte es gegen meine Rippen.

Ich ließ die Hand dort liegen, spürte der Wucht der Schläge nach. Neues Leben strömte durch meine Glieder. Neue Liebe, neue Hoffnung. So viele Gefühle, die unendlich lange von Trauer überlagert worden waren. Diese Trauer war noch da, schwer und dunkel. Aber zum ersten Mal hatte ich das Gefühl, dass mein Leben nach diesem furchtbaren Verlust wieder einen echten Sinn bekommen könnte.

Allerdings schien meine fremdartige kleine Gefährtin wirklich nicht das Gleiche zu empfinden. Die anderen Gahns hatten nicht gelogen – diese Frauen spürten den unentrinnbaren Sog des Gefährtenbands nicht. Wenn Teriisa überhaupt irgendetwas für mich empfand, dann war es Abneigung, sogar Furcht. Ich ließ mir die Worte der anderen Gahns noch einmal durch den Kopf gehen – dass ich sie für mich gewinnen musste, dass sie sich von sich aus einlieben musste. Oder war es festlieben? Irgendetwas mit mehreren Schritten ...

Ich wusste es nicht mehr. Mir dröhnte der Kopf von allem, was ich im Gespräch mit den Gahns herausgefunden hatte. Sie hatten viel zu erzählen gehabt und das meiste war so bizarr, dass ich ihnen fast nicht geglaubt hätte. Aber der Beweis für ihre Geschichten war direkt hier in diesem Lager zu finden, in Gestalt der neuen Frauen und den Kriegern der Bittersee.

Schließlich ließ ich die Hand sinken und sah mich um. Zum ersten Mal konnte ich am hellichten Tag einen Blick auf das Lager werfen. Ich war noch immer fassungslos, dass die drei Clans ihre Zelte so nah beieinander aufgeschlagen hatten und es trotzdem bisher nicht zu einem Blutbad gekommen war. Allerdings hätte ich mir vor ein paar Tagen auch noch nicht vorstellen können, dass meine Männer und ich nach unserem Angriff hierhergebracht und versorgt wurden. *Wir folgen jetzt einem neuen Pfad ...*

Ich drehte mich wieder zu dem großen Zelt um, in dem Teriisa verschwunden war, und hoffte fast, sie würde noch einmal heraustreten. Ich wünschte es mir so sehr, dass ich das Bild beinahe vor mir sehen konnte – ihr kleines Gesicht mit den runden weiß-braunen Augen, das im Zelteingang auftauchte. Und diesmal lächelte sie.

Bisher hatte sie das kein einziges Mal getan.

Schwer seufzend grübelte ich über unsere Begegnung nach. Ich konnte in meinem Handeln keinen einzigen Fehler entdecken. In meinen Augen hatte ich mich als mächtiger Gahn und würdiger Mann präsentiert. Es sollte keinen Grund geben, mich abzulehnen, selbst wenn sie das Gefährtenband nicht spürte. Und doch war deutlich geworden, dass ich keinen gefälligen Eindruck bei ihr hinterlassen hatte. *Darin bin ich wohl nicht gut. Ich hätte nie gedacht, dass ich bei meiner Gefährtin mal einen gefälligen Eindruck machen muss.*

Eine Frau sollte das Gefährtenband genauso intensiv spüren wie der Krieger. Und abgesehen davon hatte ich nie die Möglichkeit gehabt, zusammen mit Zolinna eigene Erfahrungen für ein Leben mit Gefährtin zu sammeln. Ich wusste nicht, was eine Gefährtin sich wünschte, besonders eine so fremdartige wie Teriisa. Ich musste mich also der Tatsache stellen, dass ich – vielleicht zum ersten Mal in meinem Leben – nicht im Geringsten wusste, was ich zu tun hatte.

Als Gahn lehrte mich dieser Gedanke Demut. Das war so neu für mich. Wieder seufzte ich, setzte mich mit überkreuzten Beinen in den Sand und beobachtete die Geschäftigkeit im Lager. Die Wachen, die um das Zelt herum postiert waren, behielten mich misstrauisch im Auge, doch ich ignorierte sie. Mir war bewusst, dass ich mit diesen Kriegern mühelos fertigwerden könnte. Kor mochte ich nicht gewachsen gewesen sein, aber ein gewöhnlicher Clan-Wächter war kein ernst zu nehmender Gegner für mich.

Nun, ich würde eine Lösung finden. Wenn es sein musste, würde ich hier den ganzen Tag und die ganze Nacht sitzen und das Rätsel meiner wunderschönen Gefährtin ergründen. Ich würde darauf warten, dass sie sich mir erneut zeigte, und dann noch einmal von vorn beginnen. Gewiss würden ihre Bedenken weichen, wenn sie erst merkte, was für ein starker Gahn ich war. Aber selbst bei diesem Entschluss bohrte sich eine dunkle Klaue des Zweifels in meinen Bauch. Zweifel, der mir einflüsterte, dass ich nicht nur meine erste Gefährtin verloren hatte, sondern auch diese verlieren würde.

Es reicht. Das würde nicht geschehen. Es war unmöglich, dass ein Mann zweimal in seinem Leben mit ansah, wie das Schicksal vor ihm zerbarst. Teriisa war vielleicht noch nicht vom heiligen Band erfüllt, doch das war nur eine Frage der Zeit. Ich würde diese Gefühle in ihr schon noch erwecken. Gefühle, die mich bereits fest im Griff hielten. Und mein Herz aus den Schatten des Todes zurückgeholt hatten. Und meine Männlichkeit ebenso. Ächzend rückte ich meinen Lendenschurz zurecht. Zu wissen, dass sie mir so nah war, direkt auf der anderen Seite der dünnen Zeltwand, war berauschend. Ihr Duft haftete noch an mir und wenn ich tief einatmete, konnte ich ihn mühelos unter den Gerüchen der anderen Frauen im Zelt ausmachen.

Was für eine Schande, dass ich erst jetzt für sie hart werde. Das hätte vorhin passieren sollen, als ich ihr nackt gegenüberstand. Dann hätte sie meine Männlichkeit in ihrer ganzen Pracht gesehen und wäre zweifellos vor ihr auf die Knie gefallen und ich hätte einen Schritt nach vorn machen können, um ... Vielleicht haben die Gahns das gemeint, als sie von verschiedenen Schritten gesprochen haben, die ich für ihre Liebe gehen muss ...

Die Stimme meines engsten Vertrauten Xyan riss mich aus der überaus angenehmen Vorstellung, wie Teriisa vor meinem Schaft kniete.

„Das Zelt ist für uns bereitet."

Ich erhob mich und schlug bestätigend mit dem Schwanz. Ich war froh, ihn wohlauf zu sehen, nachdem er auf dem Schlachtfeld einen so brutalen Schlag hatte hinnehmen müssen. Aber wie so viele meines Clans war er stark. Ein Kämpfer, sowohl mit den Klingen als auch im Leben. Stolz wallte in mir auf, als ich ihm auf die Schulter klopfte. Selbst der mächtige Echsen-Krieger Kor hatte ihn nicht bezwingen können.

„Wo finde ich es?"

Xyan deutete neben das große Zelt der Heilerinnen, von dem ich gerade gekommen war. Es gehörte zu Gahn Talioks Clan und derzeit waren dort die meisten meiner verwundeten Männer untergebracht, um sich zu erholen. Daneben war ein neues Zelt für meine übrigen Männer und mich errichtet worden. Es beunruhigte mich, inmitten der Zelte eines anderen Clans schlafen zu müssen. So etwas hatte ich noch nie getan und mir gefiel die Vorstellung nicht. Doch meine Gefährtin war hier. Und ich war nirgendwo lieber als an ihrer Seite. Für den Moment mussten wir wohl unter den anderen Clans leben, bis ich entschieden hatte, wie es für mein Volk weiterging. Solange wir den Frieden wahrten, würden wir nicht mehr die Klingen mit irgendwem kreuzen. Auch das fühlte sich nicht richtig an.

Aber wenn ich damit meiner Gefährtin näher sein konnte, würde ich es tun. Ich würde für sie töten, also vermochte ich auch, mich davon abzuhalten. Ganz gleich, wie unnatürlich sich das anfühlte.

„Du solltest dich ausruhen, mein Gahn. Lass die Heilerinnen einen Blick auf deine Hand werfen."

Xyans Sichtsterne wanderten vom Zelt der neuen Frauen vielsagend zu mir. Vermutlich hatte er recht. Aber obwohl ich widerwillig bereit dazu war, meine Klingen ruhen zu lassen, um mich hier aufhalten zu dürfen, sträubte ich mich noch dagegen, meine Wunden von einem anderen Clan versorgen zu lassen. Die meiner Männer – ja. Natürlich. Ich würde sie keinen sinnlosen Tod sterben lassen, wenn ein anderer Clan ihnen Heilung durch das Blut der Lavrika anbot. Doch ich konnte mich nicht dazu durchringen, diese Hilfe selbst in Anspruch zu nehmen. Vielleicht war ich zu stolz, vielleicht war ich noch zu sehr an unsere alte Natur gebunden und folgte stur dem alten Pfad. Oder vielleicht war ich noch nicht bereit, den Platz an der Seite meiner schlafenden Gefährtin aufzugeben, obwohl es ihr offenbar nicht schwergefallen war, sich von mir zu trennen.

„Ich werde fürs Erste hier ruhen", sagte ich und ließ mich wieder in den Sand sinken. Auf der Suche nach einer bequemen Haltung rutschte ich hin und her und lehnte mich gegen einen der Knochenpfosten des Zelts.

Dann schloss ich die Augen. Xyan blieb danach noch eine ganze Weile unschlüssig bei mir stehen. Als er merkte, dass es nichts mehr zu sagen gab, ließ er mich allein.

Hoffentlich bekam er etwas Schlaf – das hoffte ich für uns beide. Und dann würden wir uns den Plänen für die Zukunft widmen. Denn diese Zukunft nahte, und zwar sehr viel schneller, als ich mir je hätte vorstellen können.

Und wir konnten nicht ewig hier verweilen.

KAPITEL ZEHN
Theresa

„OH MEIN GOTT, WER IST das denn? Schläft er etwa?"

„Okay, das ist irgendwie schon fast ein bisschen niedlich ..."

„Das muss einer der feindlichen Krieger sein, oder? Mir kommt er nicht bekannt vor ..."

Tuschelnde Stimmen weckten mich und ich setzte mich ächzend auf. Mein Mund war staubtrocken und als ich mich streckte, rieselte mir Sand aus den Haaren. Ach ja. Kein Bettzeug. Ich strich mir durch die schulterlangen Haare und legte dabei den Kopf in den Nacken, damit ich keinen Sand in die Augen bekam. Dann stand ich auf und klopfte mir die Kleidung ab. Ich war komplett angezogen eingepennt. Und am Licht – oder besser gesagt, am Mangel desselben – erkannte ich, dass ich meine Solarschutzjacke nicht mehr brauchen würde. Es war schon Abend.

Solarschutzjacke.

Tja, wenn das mal keine Erinnerungen weckte. Erinnerungen an einen feindlichen Gahn, der mir eröffnete, dass ich seine Gefährtin war, und sich dann ernsthaft das einzige Kleidungsstück vom Leib riss, um es als Sonnenschirm über

92

meinen Kopf zu halten. So was konnte einen schon ziemlich aus der Bahn werfen.

Für den Moment schob ich die Gedanken an Gahn Baldor allerdings beiseite. Ich hatte gehofft, dass mir etwas Schlaf dabei half, den Kopf freizubekommen, und mir ein bisschen Klarheit verschaffen würde. Doch das war nicht passiert. Also würde ich das Problem erst mal vertagen. Und das fiel mir auch nicht schwer bei der Aufregung, die sich im Zelt breitgemacht hatte.

„Was ist denn los?", fragte ich Jocelyn. Sie und ein paar andere kauerten an der Zeltklappe und spähten hinaus.

„So ein mega heißer Typ ist draußen eingeschlafen. Der wartet wohl auf eine von uns."

Mein Herz fühlte sich an wie ein tonnenschwerer Stein. *Na, wer das wohl ist.*

Ich drängelte mich durch die Gruppe und warf einen Blick nach draußen.

Jepp. Es war Gahn Baldor.

Und ... ich verstand irgendwie, warum hier alle ganz aus dem Häuschen waren. Von hier aus sah man ihn im Profil. Er saß im Schneidersitz an einen der Zeltpfosten gelehnt im Sand. Sein Kopf war in den Nacken gesunken, sodass seine markanten Gesichtszüge und der kräftige Hals voll zur Geltung kamen. Weil er die Arme verschränkte, traten seine ausgeprägten Muskeln hervor, obwohl er sie gar nicht bewusst spielen ließ. *Himmel, der Kerl stand noch vor ein paar Stunden nackt neben mir.* Der Gedanke schickte eine Hitzewelle durch meinen Körper. Aber anstatt mich darüber zu freuen, ließ ich mich seufzend wieder in den Sand sinken.

„Was ist denn los?", fragte Jocelyn und musterte mich aufmerksam.

„Oh, gar nichts. Da draußen sitzt bloß der Gahn des Clans, der uns angegriffen hat."

„Ist nicht wahr!", rief Serena und drehte sich mit großen Augen zu mir um.

„Jepp. Und es kommt noch dicker." Ich war hin- und hergerissen, ob ich ihnen davon erzählen sollte, aber warum sollte ich es geheim halten? Diese Frauen waren jetzt meine engsten Freundinnen. Und wenn irgendjemand mir helfen konnte, diesen Schlamassel zu entwirren, dann sie.

„Inwiefern?", hakte Jocelyn nach und ich atmete tief durch.

„Er ist mein Gefährte. Sagt er jedenfalls."

Für einen Moment herrschte Stille. Allerdings hielt sie nicht sehr lange an. Denn die Gruppe brach direkt danach in Jubelrufe und Gelächter aus.

„Schh! Wir wollen ihn doch nicht wecken!", zischte jemand lachend.

„Wie schön, dass ihr das alle so lustig findet", schnaubte ich und verschränkte die Arme.

„Warte mal, stimmt was nicht? Freust du dich nicht darüber? Ich dachte, dass du auch gern einen Gefährten hättest ..." Jocelyn verstummte und sah mich mit geschürzten Lippen an.

„Tue ich auch! Jedenfalls bis jetzt. Ach, keine Ahnung. Ich hatte bloß nicht erwartet, dass es der Gahn sein könnte, der die anderen Clans hier überfällt."

Jocelyn setzte sich neben mich. „Ja, okay, das kann ich nachvollziehen. Allerdings sind die Leute hier halt so, auch wenn's für uns durchgeknallt aussieht. Das gehört zu ihrer Kultur und du kannst weder dir selbst noch ihm so wirklich die Schuld dafür geben, dass er sich so verhalten hat, wie es für ihn normal ist."

„Vermutlich", murmelte ich. Dann zog ich die Knie an die Brust, legte mein Kinn darauf und zupfte an den Schnürsenkeln meiner Stiefel.

„Ich sage ja nicht, dass du dich ihm an den Hals werfen sollst, wenn dir nicht danach ist, okay? Aber besonders du hast doch davon geschwärmt, wie romantisch und wunderbar die Sache mit dem Gefährtenband ist. Und wenn irgendjemand so etwas Wunderbares verdient, dann ja wohl du."

„Danke", sagte ich und Tränen stiegen mir in die Augen. Es war lieb von ihr, sich Glück für mich zu wünschen. Aber fand ich es wirklich bei dem grimmigen Gahn mit den silbernen Augen, der mit gezogenen Klingen hier einmarschiert war? Ich wollte und brauchte nichts Verrücktes in meinem Leben. Ich wollte nicht hervorstechen oder etwas Besonderes sein. Ich wünschte mir stilles, ruhiges Glück. Und dazu passte die Zuneigung eines Gahns nicht. Verdammt, wäre er irgendein stinknormaler Alien-Farmer oder so, hätte ich sofort eingewilligt, seine Gefährtin zu sein. Aber bisher war mir so jemand hier noch nicht begegnet. Keine Farmer. Auch keine langweiligen Buchhalter oder Verkäufer oder Postboten. Diese Kerle waren alle fähige, kampferprobte Krieger. Sogar die Handvoll alter Männer, die einem im Lager über den Weg liefen, trugen Messer auf dem Rücken.

Der Gewalt entkam man hier nirgends. Das hatte ich gar nicht so sehr wahrgenommen, als ich mich noch nach der Liebe eines Gefährten gesehnt hatte. Ich hatte nur die schöne, perfekte Seite der Beziehungen der anderen Frauen gesehen. Die romantische Seite. Aber jetzt, da mein eigener Gefährte auf den Plan getreten war, mit gezogenen Klingen und blutüberströmt, konnte ich die negativen Aspekte nicht mehr einfach so ausblenden.

Aber vielleicht haben wir alle eine dunkle Seite ...

Jocelyn hatte recht. Gahn Baldor hatte sich genauso verhalten wie alle anderen Aliens. Das konnte ich ihm nicht vorwerfen, auch wenn es mir nicht gefiel.

„Warum geht ihr nicht schon mal vor zum Abendessen? Ich kümmere mich um unseren ungebetenen Gast."

Die anderen kicherten wieder, standen dann auf und verließen eine nach der anderen das Zelt. Dabei schlichen sie sich übertrieben vorsichtig an Gahn Baldor vorbei, um ihn nicht zu wecken. Jocelyn war die Letzte und sie begleitete mich nach draußen.

„Du kommst klar?", erkundigte sie sich.

Ich nickte. „Ja, danke. Geh ruhig."

„Okay. Aber komm dann zum Essen zu uns. Du bist doch bestimmt genauso hungrig wie ich."

Wie aufs Stichwort knurrte mein Magen, was uns beide zum Lachen brachte. Dann machte sich Jocelyn auf den Weg zum großen Feuer, das bereits in der Mitte des Lagers loderte. Damit blieb nur noch ich zurück, zusammen mit den Wachposten und dem schlafenden Gahn zu meinen Füßen.

Ich drehte mich zu ihm um und schaute auf ihn runter. Mann, es war wirklich nicht zu leugnen: Er war echt umwerfend. Da wurde man ja fast blind. Irgendwie schaffte er es, sogar mit nach hinten gekipptem Kopf und schlafend immer noch geradezu elegant auszusehen. Majestätisch. Ihm stand nicht der Mund offen, er sabberte und schnarchte nicht. Er erinnerte an eine antike römische Marmorstatue in einem Museum. Aber nicht nur irgendeine Statue – sondern das Abbild eines Gotts. Eines echt, echt muskulösen Gotts.

War er etwa den ganzen Tag hier …?

Ich trat von einem Fuß auf den anderen und meine Entschlossenheit war auf einmal wie weggeblasen. Gerade hatte ich den anderen gesagt, ich würde mich um ihn kümmern, aber was genau meinte ich damit? Ich ließ mir einen Moment lang Zeit und beobachtete nur, wie sich seine breite Brust unter den verschränkten Armen gleichmäßig hob und senkte. In diesem Moment wirkte er so friedlich. Kaum zu glauben, dass er so viele Männer gegen uns in die Schlacht geführt hatte.

Ich könnte ihn auch einfach hier sitzen lassen und was essen …

Aber etwas an diesem Gedanken fühlte sich falsch an. Genauso wie die Vorstellung, ihn mit meiner Stiefelspitze anzustupsen, auch wenn Kat mit so was bestimmt überhaupt keine Probleme gehabt hätte. Ich entschied mich dafür, vor ihm in die Hocke zu gehen.

Dadurch waren wir uns plötzlich sehr nah. Wenn ich nur leicht nach vorn kippte, würde ich ihm direkt in den Schoß fallen. Ich verkniff mir einen Blick auf genau diesen Schoß und konzentrierte mich stattdessen auf sein Gesicht. Seinen Zügen sah man ein wenig an, dass er viel Zeit im Freien verbrachte, und durch seine schwarzen Haare woben sich ein paar silberne. Ob er wohl etwas älter war als die anderen Gahns? Andererseits war das Leben hier nicht gerade entspannt und Anti-Aging-Maßnahmen ergriff auch niemand, deshalb war es schwer zu sagen.

Aber wie alt er auch war und was auch immer er in seinem Leben schon durchgemacht hatte, es minderte die raue Schönheit seines Gesichts nicht im Geringsten. Ich betrachtete seine dunklen Brauen, den wie aus Stein gemeißelten Kiefer, die seltsam katzenhafte Nase, die so gut ins Gesamtbild passte. Die hoch angesetzten, wie kupiert wirkenden Dobermann-Ohren. Ich legte den Kopf schief und ließ den Blick an seinem Hals hinunter und über die definierten Schultern wandern, wo der Bronzeton seiner Haut in Schwarz überging. Die Verschmelzung der Farben war faszinierend und im schwindenden Abendlicht sah seine Haut wunderschön aus. Es war beinahe zu verlockend, einfach die Hand auszustrecken und sie zu berühren.

Oh, ganz sicher nicht, meine Liebe.

Ich hätte es gerade fast gemacht! Fast hätte ich mit den Fingerspitzen über seine Haut gestrichen. Um herauszufinden, wie sich so etwas Schönes anfühlte.

Das reicht jetzt, ich sollte ihn aufwecken.

Ich hob den Kopf und schnappte erschrocken nach Luft, als ich in zwei dunkle Augen schaute, die mich aufmerksam beobachteten. Seine Sichtsterne pulsierten, als unsere Blicke sich begegneten, und auf einmal schlug mir das Herz bis zum Hals.

„Guten Abend", raunte er mit seiner tiefen, rauchigen Stimme.

„N'Abend", erwiderte ich und richtete mich auf, um etwas Abstand zwischen uns zu bringen. Aus irgendeinem Grund fühlte sich das hier viel zu intim an. Vielleicht lag es am Dämmerlicht des Sonnenuntergangs oder der Tatsache, dass er nur Stunden zuvor nackt neben mir gestanden hatte.

Egal. Spielt keine Rolle.

„War dein Schlaf erholsam?" Gahn Baldor lehnte sich nach vorn und stützte die Ellenbogen auf seinen Knien ab. Und damit ließ er den von mir geschaffenen Abstand auch schon wieder schrumpfen. Obwohl ich hockte und er im Schneidersitz und nach vorn gebeugt dasaß, waren wir durch unseren Größenunterschied auf Augenhöhe miteinander. Mir stockte der Atem und ich schluckte schwer.

„Ja, war er, danke. Und deiner?"

Was zum Teufel war das denn für ein Gespräch? Ein bizarrer Austausch von Höflichkeiten, der besser nach Hause in die Südstaaten gepasst hätte. *Ich habe gerade das Lager deines Clans angegriffen und behaupte jetzt, du wärst meine Gefährtin. Aber sag mal, wie ist eigentlich das Wetter bei euch?*

„Nach einer Schlacht schlafe ich immer gut. Auch wenn mir dein Geruch sogar in den Schlaf gefolgt ist."

Bitte, was?

„Tja, entschuldige bitte, aber es war echt viel zu tun, falls es dir nicht aufgefallen ist!" Seit gestern Morgen war ich nicht im Dampfzelt gewesen, um mich zu waschen, und nachdem ich ziemlich heftig geschwitzt hatte, roch ich bestimmt nicht besonders angenehm. Als mein Blick auf meine nackten Arme fiel, merkte ich, dass ich mir noch nicht mal ordentlich das Blut abgewischt hatte.

„Warum bittest du mich um Verzeihung?" Er musterte mich mit einer Art stoischer Neugier. „Meine Träume waren nie schöner als heute, als sie von deinem Duft durchdrungen waren."

Hitze stieg mir in die Wangen und breitete sich dann in meinem Bauch aus. *Was zum Teufel, was zum Teufel, was zum Teufel.* Warum war das so peinlich und gleichzeitig so erregend? *Diese Kerle sind durchgeknallt, genau wie Jocelyn gesagt hat.*

„Selbst jetzt ist dein Duft ..." Seine Sichtsterne zogen sich zusammen und er senkte die Augenbrauen. „Er stellt meine Selbstbeherrschung auf eine harte Probe."

Ich verkniff mir ein Quietschen. In dem hastigen Versuch, mehr Abstand zwischen uns zu bringen, lehnte ich mich nach hinten und plumpste auf den Hintern. Gahn Baldor bewegte sich mit einer Geschwindigkeit, die ich seinem massigen Körper gar nicht zugetraut hätte. Ich saß auf dem Boden und hatte die Hände hinter mir im Sand abgestützt, da kniete der riesige Gahn auch schon über mir. Er verdrängte alles andere aus meinem Sichtfeld – die untergehende Sonne, die Zelte, die anderen Krieger. Selbst die Geräusche des Lagers erschienen mir plötzlich gedämpft.

Meine Kehle fühlte sich wie zugeschnürt an und mein ganzer Körper brannte, als Baldor leicht das Gewicht verlagerte. Einer seiner kräftigen Oberschenkel befand sich zwischen meinen. Nur eine Haaresbreite trennte ihn davon, sich an meine Mitte zu schmiegen. Mein Magen verkrampfte sich.

Ich konnte mich weder rühren noch sprechen. Baldors überwältigende Nähe fesselte mich an den Sand, an diesen Moment. Ihm schien es ähnlich zu gehen. Seine Kiefermuskeln spannten sich an und ein Knurren stieg aus seiner Kehle auf.

„Teriisa, ich ..."

Eine schwarze Klinge legte sich an Baldors Hals.

„Du magst zwar ein Gahn sein, doch du bist kein Gahn dieses Lagers. Entferne dich von der neuen Frau."

Nein!

Dieses Messer an seinem Hals zu sehen, machte mir Angst. Ich kannte den Kerl kaum, aber ich wollte trotzdem nicht zusehen müssen, wie er verletzt wurde. Vor allem nicht wegen mir.

„Schon gut!", rief ich, aber es war zu spät. Ein Ausdruck verärgerter Ungeduld huschte über Gahn Baldors Gesicht, bevor er sich mit einem Ruck hochstemmte. Seine Reaktion machte mir noch einmal deutlicher bewusst, wie knallhart diese Typen waren. *Wer zum Teufel reagiert auf ein Messer am Hals genervt, statt sich vor Angst in die Hose zu machen?* Der Schreck hatte mich immer noch fest im Griff und ich war noch nicht mal in Gefahr.

Ich kam gerade rechtzeitig auf die Füße, um zu sehen, wie Gahn Baldor den Mann zu Boden rang, der ihn gerade bedroht hatte. Es war einer der Wachposten vor dem Zelt. Die zweite Wache fauchte und zog ebenfalls die Waffe.

Oh Scheiße.

Ich verstellte dem zweiten Wächter den Weg und hob beschwichtigend die Hände. „Alles in Ordnung, wirklich. Lasst es bitte gut sein!"

Vermutlich hatte der Anblick, wie ich vor einem Krieger mit gezogenen Klingen stand, Gahn Baldors Zorn weiter angefacht, denn ich hörte ihn brüllen und dann knackten Knochen. Als ich mich zu ihm umdrehte. zog er gerade den Ellenbogen von der gebrochenen Nase des Kriegers am Boden zurück, bevor er mit gefletschten Zähnen herumwirbelte. Sein Zopf hatte sich im Eifer des Gefechts gelöst und lange Strähnen fielen über eine der rasierten Seiten seines Kopfes.

Ich hielt die beiden Männer mit ausgestreckten Händen voneinander fern. „Hört auf zu kämpfen. *Sofort!*"

Das lenkte Gahn Baldors Aufmerksamkeit wieder auf mich und er riss den Blick von dem Krieger hinter mir los. Sein schönes Gesicht hatte sich zu einer verzerrten Maske ungezähmter Wut verwandelt. Und diese Wut weckte etwas Animalisches in mir. Es fühlte sich nicht nach Furcht an, aber ich hatte keine Zeit, meine seltsamen Gefühle ausführlich zu analysieren. Gerade musste ich mich darauf konzentrieren, die Situation zu entschärfen.

„Jeder, der einem Gahn die Klinge an die Kehle setzt oder die Waffen vor seiner Gefährtin zieht, hat sein Leben verwirkt", entfuhr es Baldor.

„So läuft das hier aber nicht", fauchte ich zurück. „Du musst dich beruhigen. Du hast dem Kerl da schon die Nase gebrochen. Jetzt lass es gut sein."

Andere Krieger hatten den Aufruhr bemerkt und rannten auf uns zu. Gahn Baldor war zweifellos stark, doch mit einem ganzen Lager voller Krieger konnte er es allein sicher nicht aufnehmen. Ich trat näher an ihn heran. Und in diesem Moment erinnerte ich mich an etwas.

Mit zehn war ich in einer Pflegefamilie untergekommen, an die ich immer noch gern zurückdachte. Sie hatte eine kleine Farm mit Hühnerstall. Ich half bei der Versorgung der Tiere und ging oft dort vorbei, um die Eier einzusammeln und nach den Hennen zu sehen. Und eines Morgens entdeckte ich einen Kojoten, der sich bei dem Versuch, sich unter dem Zaun hindurchzuzwängen, im Maschendraht verheddert hatte. Ich wollte nicht, dass er den Hühnern etwas tat, aber ich hatte Tiere schon als Kind sehr geliebt. Ich konnte ihn dort nicht leiden lassen.

Noch heute, achtzehn Jahre später, erinnerte ich mich daran, wie er nach mir geschnappt hatte. Wie er in mir eine Bedrohung gesehen hatte, obwohl ich ihm nur helfen wollte. Er hatte mir in den Unterarm gebissen, als ich ihn befreite, und die Narbe sah man immer noch, wenn man genau hinschaute.

Zum Glück war meine Pflegemutter nach draußen gerannt und hatte mit einem Kochlöffel auf einen Topf geschlagen, um das arme Tier zu vertreiben, bevor es mir oder den Hühnern noch mehr Schaden zufügen konnte. Im Gedächtnis geblieben waren mir aber die Wut und Angst, die er ausgestrahlt hatte.

Genau so fühlte es sich an, als ich mich jetzt Gahn Baldor näherte. Als würde ich mich einem knurrenden Tier nähern, das in einer Falle gefangen war.

Wird er mir auch eine Narbe verpassen?

Zumindest hatte er die gewaltige Klinge auf seinem Rücken noch nicht gezogen. Der Krieger mit der gebrochenen Nase kam unsicher wieder auf die Füße. Der Schlag ins Gesicht hatte ihn offensichtlich sehr mitgenommen. Ich spürte die Anwesenheit der zweiten Wache noch immer in meinem Rücken. Die anderen umringten uns mittlerweile und schienen bereit, bei der kleinsten Provokation zu den Waffen zu greifen.

Warum fühlt es sich an, als müsste ich hier gerade eine verdammte Bombe entschärfen?

Ich konzentrierte mich auf Gahn Baldor. Mit erhobenen Händen machte ich noch einen Schritt auf ihn zu. Er hielt die Arme angespannt an seinen Seiten und streckte die klauenbewehrten Finger. Seine Miene war düster und verzerrt und schien noch finsterer zu werden, als er den Blick auf mich richtete.

„Ganz ruhig", sagte ich und schüttelte langsam den Kopf. Weil ich mir nicht anders zu helfen wusste, legte ich ihm die Hände auf die Brust. Ich erlaubte mir nicht, dem Gefühl seiner glatten warmen Haut und den steinharten Muskeln darunter nachzuspüren. Dafür war ich gerade viel zu beschäftigt damit, wie ich alle dazu bringen konnte, mal einen Gang runterzuschalten.

Nun, ihn zu berühren schien auf jeden Fall ein guter Anfang zu sein. Seine Nasenflügel blähten sich und seine Sichtsterne zerstoben zu funkelndem Nebel. Wieder knurrte er und diesmal schickte mir das Geräusch einen Schauer über den Rücken. Aus irgendeinem Grund kam mir nur ein einziger Satz in den Sinn.

Also setzte ich ihn ein.

„Platz, Junge."

Baldor verzog das Gesicht und Verwirrung überlagerte den Blutdurst in seinem Blick. Und ich war mir gar nicht mehr so sicher, ob er wirklich nur auf Blut aus war, als er einen Schritt auf mich zukam und sich damit gegen meine Hände drückte.

„Platz, Junge!", wiederholte ich, diesmal etwas lauter.

„Du willst, dass ich Platz nehme?", knurrte er und seine Brust hob und senkte sich angestrengt unter meinen Handflächen. „Auf dem Boden? Von dort aus kann ich nicht gut kämpfen."

„Nein, ich will, dass du mal tief durchatmest. Dich entspannst. Aufhörst zu kämpfen."

Jetzt schien er noch verwirrter zu sein. „Dein Wunsch ist es, dass ich die Kränkung durch diese Krieger hinnehme und sie am Leben lasse?"

„Ja", antwortete ich fest.

Er starrte mich lange schweigend an. Dann holte er tief Luft und ließ den Atemzug langsam wieder entweichen. Er hob die Hände, legte sie auf meine und drückte sie an seine Brust. „Ich habe die anderen Gahns gestern nicht verstanden. Ich begriff nicht, wie sie unsere Fehden beilegen konnten, um in Frieden hier zu leben. Aber jetzt verstehe ich es." Er senkte die Stimme, als wären die Worte nur für mich gedacht. „Es gibt nichts auf der Welt, das ich nicht für dich aufgeben würde, Teriisa."

Oh Mann. Emotional genau ins Schwarze getroffen.

Ich hielt seinem eindringlichen Blick nicht länger stand. Stattdessen schaute ich auf seine Hände runter, die auf meinen lagen. So stark und riesig und ...

Geschwollen?

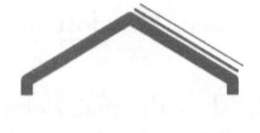

KAPITEL ELF
Baldor

SIE IST ZU MIR GEKOMMEN.

Es war unwichtig, dass sie es tat, um mich abzulenken und den Kampf zu beenden. Sie war zu mir gekommen. Sie berührte mich und schickte damit Feuer durch meinen Körper. Ihre weichen Hände bereiteten mir sengende Qualen. Ich drückte sie fester an meine Brust und unterdrückte ein Stöhnen.

Urplötzlich verlor der Kampf an Bedeutung. Genauso die Kränkung und mein Stolz und alles andere. Was zählte, waren nur noch Teriisa und ihre unglaublich weichen Hände auf meiner Haut.

Spürt sie schon irgendetwas? Sie kann mir doch unmöglich so nah sein und nichts empfinden? Ich neigte den Kopf, schloss die Augen und atmete tief ein. Dieser Duft würde mich noch ins Dunkel des Todes schicken.

Doch als Teriisa plötzlich aufschrie, riss ich die Augen auf.

„Deine Hand!"

Entgeistert blickte ich nach unten. Sie hatte sich vorgebeugt und inspizierte meine rechte Hand.

Und jetzt erkannte ich auch, warum. Sie war geschwollen und aus den Wunden sickerte Flüssigkeit. Ich hatte gestern keine Heilerin mehr aufgesucht und jetzt sah es so aus, als hätte die Verletzung sich verschlimmert. Teriisas Nähe und die Einmischung des Kriegers hatte mich so abgelenkt, dass es mir gar nicht aufgefallen war. Aber jetzt spürte ich, wie der Schmerz heiß an meinem Arm hinaufkroch und im Takt meines Herzschlags pulsierte.

„Sie hat sich entzündet", stellte Teriisa fest und sah mit großen Augen zu mir auf.

War sie etwa ... besorgt um mich?

Meine hinreißende, wunderschöne Gefährtin. Ich würde ihre Sorgen lindern.

„Gräme dich nicht, mein Sonnenlicht. Das ist gar nichts für einen Gahn."

Ihre Miene wurde ernst. Aus irgendeinem Grund wirkte sie überhaupt nicht beschwichtigt ...

„Ich habe mit eigenen Augen gesehen, wie größere Wesen als du an kleineren Verletzungen gestorben sind."

Was für Wesen? Vielleicht eine *krixel*? Es gab nicht viele Wesen auf dieser Welt, die größer waren als ich. Doch dann fielen mir die Echsen-Männer der Bittersee wieder ein. *Jedenfalls nicht viele, von denen ich Kenntnis habe.*

Kopfschüttelnd entzog sie mir ihre kleinen Hände. Ich griff nach ihr, wollte den Kontakt nicht abreißen lassen, doch sie hatte sich bereits von mir abgewandt.

„Geht es dir gut?", fragte sie den Krieger, dem ich ins Gesicht geschlagen hatte.

Ich warf ihm einen finsteren Blick zu. Schwarzes Blut strömte aus seiner Nase und sein Kopf fühlte sich sicher an, als wäre er voller Sand, aber er würde sich vermutlich wieder erholen. Ich hatte nicht die Gelegenheit bekommen, ihr für seine Taten zu töten. Und jetzt widmete meine hübsche Gefährtin ihm ihre Aufmerksamkeit, obwohl er sie nicht verdiente. Das lag mir wie ein Stein im Magen, sodass ich näher an sie herantrat und den Krieger mit Blicken erdolchte. Er sollte ruhig wissen, dass ich ihn wirklich töten würde, sollte er noch mehr Zeit meiner Gefährtin für sich beanspruchen.

Er fing meinen Blick auf und runzelte die Stirn.

„Mir fehlt nichts", sagte er verdrießlich.

„Siehst du? Ihm fehlt nichts", brummte ich. „Also musst du deine Aufmerksamkeit nicht länger an ihn verschwenden."

„Oh, keine Sorge, zu dir komme ich jetzt wieder." Teriisa drehte sich zu mir um und betrachtete mich grimmig, was gar nicht zu ihrem weichen Gesicht passte. „Was für ein *verdammter* Dummkopf schafft es, sich eine Entzündung einzuhandeln, obwohl gleich drei Heilerinnenzelte in der Nähe sind?"

Dummkopf? Sie hielt mich für einen Dummkopf?

Vielleicht stimmte das ja. Denn ich hatte kaum begonnen, meine Gefährtin kennenzulernen, und enttäuschte sie bereits. Ich wusste nicht, wie ich ihr gefällig sein konnte. Oder wie ich sie für mich gewinnen sollte.

Verwundert schaute ich sie an, woraufhin sie ein leises Seufzen ausstieß.

„Komm mit. Gehen wir."

Teriisa ergriff meine unverletzte Hand und zog daran. Ich stand da und beobachtete, wie ihre zierliche Gestalt an meinem Arm zerrte.

„Was tust du da?"

„Ich will, dass du mitkommst!", rief sie. Nachdem sie ein weiteres Mal bezaubernd kraftlos an mir gezogen hatte, setzte ich mich schließlich in Bewegung und ließ mich von ihr führen.

Sie stapfte voran und sah dabei wie eine sehr kleine, sehr zornige Kriegerin aus. Ich konnte den Blick einfach nicht von ihr abwenden. Mittlerweile war die Nacht hereingebrochen und das Licht der Monde und Sterne ergoss sich über sie, brachte ihr bleiches Haar zum Leuchten und ließ ihre Haut schimmern. Meine Finger zuckten unwillkürlich, eine sehnsuchtsvolle Bewegung, die ich nicht verhindern konnte. Wenn sie es bemerkte, ignorierte sie es. Sie verlangsamte ihre Schritte nicht und irgendwie gefiel mir diese unbeirrbare Entschlossenheit. Allerdings vermutete ich stark, dass mir jede Facette an ihr gefallen würde.

Wir blieben vor dem Zelt stehen, in dem ich ihr zum ersten Mal begegnet war. Dem Zelt von Gahn Talioks Heilerinnen. Ich unterdrückte ein Stöhnen. Noch immer wollte ich mich nicht in die Hände von Heilerinnen eines fremden Clans begeben. Doch wenn meine Gefährtin es forderte, würde ich nachgeben.

Wir gingen hinein. Erfreut stellte ich fest, dass jetzt weniger Männer hier lagen als zuvor. Viele von ihnen hatten sich weit genug erholt, um das Zelt zu verlassen. Und denjenigen, die sich noch hier aufhielten, ging es schon viel besser. Einige schliefen, aber die anderen hatten sich aufgesetzt und unterhielten sich. Diejenigen, denen es möglich war, standen auf und hoben den Schwanz vor die Augen.

„Setzt euch, Männer, und kommt wieder zu Kräften", sagte ich und schlug mit dem Schwanz. Ich wollte nicht, dass sie ihre Energie für die Ehrenbekundung vergeudeten. Aber da sie es jetzt schon getan hatten, stieg unbändiger Stolz in mir auf. Ich war froh, dass Teriisa diesen ruhmreichen Moment miterlebte, wenn meine Männer mir, ihrem Gahn, Respekt zollten. Ich schaute auf sie hinunter, doch merkwürdigerweise wirkte sie nicht beeindruckt.

Hmm.

„Rika! Hi! Wie geht's? Ich hab einen neuen Patienten für dich", sagte sie stattdessen.

Eine alte Heilerin, die mir bekannt vorkam, trat zu uns. Wenn ich mich recht erinnerte, gehörte sie zu Gahn Buroudeis Clan. Ich hatte schon einmal mit ihr gesprochen, um mich nach dem Zustand meiner Verwundeten zu erkundigen.

Teriisa ließ meine unverletzte Hand los und umfasste dann behutsam das Gelenk der anderen. *Mögen doch die Sterne vom Himmel regnen ... Diese Berührung. Diese weichen Finger, diese Sanftheit, dieses schüchterne Feuer ...*

Was wäre nötig, um diese Sanftheit in Lust zu verwandeln?

Ich würde es herausfinden. Diesen Schwur leistete ich bei allem, was mir heilig war. Ganz egal, was es mir abverlangen würde. Andernfalls würde ich den Verstand verlieren. Und das gesamte Sandmeer war nicht groß genug für zwei irre Gahns.

Teriisa zog meine Hand nach oben und Rika begutachtete sie eingehend. Die Wunden bluteten nicht mehr, sonderten jetzt aber rötlichen Eiter ab, und meine Finger waren angeschwollen und erinnerten damit an die Innereien eines *dakrival*.

„Er braucht das Blut der Lavrika. Keine Kräuter oder Umschläge sind heilkräftig genug dafür", sagte Rika.

„Kein Problem. Ich kann mich gern darum kümmern, wenn du zu beschäftigt oder müde bist", erwiderte Teriisa.

„Es ist keins mehr da. Unsere Vorräte sind vollkommen erschöpft."

Teriisas sagte ein Wort, das ich nicht verstand. Mit ihren winzig kleinen Zähnen biss sie sich auf die pinkfarbene Unterlippe.

„Das ist bloß ein Kratzer", warf ich ein. Es freute mich, dass das Blut der Lavrika zuerst für die anderen Männer eingesetzt worden war. Ich würde das auch ohne überstehen.

„Das ist nicht ‚bloß ein Kratzer'!", entgegnete meine Gefährtin scharf. Dann wandte sie sich wieder an Rika. „Gib uns ein paar Krüge, dann holen wir Nachschub."

Ich? Ich sollte mehr vom Blut der Lavrika beschaffen? Das war die Aufgabe der Heilerinnen und nicht die eines Gahns. Allerdings war der Mangel eine direkte Folge des Angriffs, den ich zu verantworten hatte. Und wenn Teriisa sich auf den Weg machte, würde ich auf gar keinen Fall hierbleiben. Jetzt, da ich sie gefunden hatte, war die Vorstellung, sie auch nur einen Moment aus den Augen zu lassen, geradezu unerträglich. Wenn ich nicht bei ihr war, konnte ich sie nicht beschützen. Diesen Fehler hatte ich schon einmal begangen.

Ich straffte die Schultern und erwiderte den Blick der alten Heilerin. „Ja, Rika. Bring uns die Krüge. Wir werden uns der Aufgabe annehmen."

Rikas Sichtsterne pulsierten überrascht, als ihr Blick zwischen uns hin und her huschte. „Der Gahn will Blut der Lavrika herbeischaffen ...", murmelte sie langsam, als könnte sie die Worte nicht recht glauben. Auch sie verstand, wie ungewöhnlich das war. Ein König, der eine alltägliche Pflicht des Clans übernahm, die normalerweise von den Frauen erledigt wurde. Ich konnte selbst kaum fassen, dass ich das tat. Vor meiner Ankunft in diesem Lager hätte ich mir nichts von all dem auch nur vorstellen können.

Sie hat mich noch nicht einmal als ihren Gefährten angenommen und rüttelt bereits an den Grundfesten meines Lebens.

Rika blieb noch einen Moment stehen, als wollte sie sich vergewissern, dass ich es ernst gemeint hatte. Doch dann setzte sie sich in Bewegung und sammelte leere Gefäße zusammen. Als sie diese jedoch Teriisa reichen wollte, hielt ich ihr meine unverletzte Hand hin. „Gib mir eine der Häute, ich trage das."

Wieder riss sie erstaunt die Augen auf, leistete aber trotzdem meiner Anweisung Folge. Sie holte eine der Tierhäute, die nicht mehr als Bett für die Verwundeten gebraucht wurde, und gab sie mir. Ich kniete mich hin, legte alle Krüge in die Mitte des großen Vierecks und zog die Ecken zueinander. Dann erhob ich mich und warf mir das große Bündel über die Schulter, wobei die Gefäße mit dumpfen Klappern gegeneinander stießen.

„Du bist hier der Verletzte. Ich sollte auch welche nehmen", sagte Teriisa stirnrunzelnd. Ja, es stimmte, dass mir alles an ihr gefiel. Sogar dieses ernste Stirnrunzeln. Auch wenn ich hoffte, in Zukunft mehr von ihrem Lächeln zu sehen zu bekommen.

„Wie ich bereits sagte, so etwas bedeutet keine Anstrengung für einen Gahn." Ich rückte das Bündel auf meinem Rücken zurecht. „Lass uns aufbrechen."

Teriisa begutachtete mit unverändert missmutiger Miene meine verletzte Hand, die ich an meiner Seite hielt. Mit der unverletzten Hand hielt ich das Bündel mit den Krügen fest. Da meine andere Hand herunterhing, pochte sie bei jedem Herzschlag schmerzhaft. Auch wenn ich behauptete, die Verletzung sei nicht der Rede wert, wäre ich doch erleichtert, wenn sie bald versorgt werden würde.

„Na gut. Auf geht's."

Wir verließen das Zelt und durchquerten das Lager. Die meisten Mitglieder der drei Clans hatten sich bereits an der großen Feuerstelle zusammengefunden.

Nur ein Feuer ... Für drei Clans ...

Wir ließen die lodernden Flammen hinter uns und hielten auf die offene Wüste zu. Der Eingang zu den Höhlen der Lavrika befand sich am anderen Ende der Klippen. Um dorthin zu gelangen, mussten wir die schroffe Felswand entlangwandern.

Die drei Krieger, die vor dem Lager Wache hielten, drehten sich zu uns um und zogen die Waffen, als wir uns ihnen näherten. Sofort ließ ich das Bündel zu Boden rutschen und nahm zwischen Teriisa und den Männern eine geduckte Verteidigungshaltung ein. Teriisa empfand das vielleicht als dumm, aber die wahren Dummköpfe waren die Krieger, die dem Irrglauben anhingen, sie könnten vor meiner Gefährtin zu den Waffen greifen und das überleben.

„Immer langsam mit den jungen *Pferden* ... äh, *irkdu*", sagte Teriisa und tippte mich an der Schulter an.

Seufzend kämpfte ich den Drang nieder, mich auf die fremden Männer zu stürzen. Mein *irkdu* war noch nicht einmal in der Nähe. Mir blieb keine Zeit, sie zu fragen, was genau ich langsam mit meinem *irkdu* machen sollte, bevor einer der bewaffneten Männer das Wort ergriff.

„Kein Mann darf mit einer der neuen Frauen allein das Lager verlassen", rief der Krieger direkt vor mir.

„Vor allem keiner, der nicht unserem Bündnis angehört", sagte der zu meiner Linken.

Ich richtete mich zu meiner vollen Größe auf, wobei ich darauf achtete, dass Teriisa hinter mir blieb. Der sanfte Druck ihrer Handfläche, die nun direkt unterhalb meines *batliffs*, direkt zwischen meinen Schulterblättern lag, war das Einzige, was mich zurückhielt.

„Ihr solltet die Nase eures Kameraden fragen, was mit Männern geschieht, die mich aufhalten wollen", fauchte ich. Allmählich war ich es leid. Es mochte zwar neue Frauen und einen neuen Pfad geben, dem hier alle folgten, doch einem Gahn gebührte immer noch Respekt. Niemand hatte das Recht, sich zwischen ihn und seine Gefährtin zu stellen. Insbesondere kein einfacher Wächter aus einem anderen Clan.

„Was geht hier vor sich?"

Gahn Buroudei kam auf uns zu, dicht gefolgt von Gahn Fallo.

„Was hier vor sich geht? Deine Wachen setzen ihr Leben aufs Spiel, indem sie mir mit Respektlosigkeit begegnen", sagte ich.

„Er hat versucht, das Lager mit einer neuen Frau zu verlassen", erklärte der Wachposten zu meiner Linken.

„Ich habe *versucht*, gemeinsam mit meiner Gefährtin die heiligen Höhlen der Lavrika aufzusuchen, um die Vorräte *eurer* Heilerinnen aufzufüllen", korrigierte ich ihn knurrend.

„Ich begleite ihn freiwillig", warf Teriisa hinter mir ein. Ihre Worte ließen wohlige Wärme in mir aufsteigen. Am liebsten hätte ich gesagt: *Seht ihr? Sie will mich begleiten.*

Aber noch lieber würde ich sagen: *Seht ihr? Sie will mich.*

Für den Moment war es jedoch genug.

Buroudei presste die Lippen zu einer schmalen Linie zusammen. „Es entspricht der Wahrheit, dass wir Männern verbieten, die neuen Frauen aus dem Lager zu führen, ohne dass ein Mitglied eines anderen Clans sie beaufsichtigt. Doch sie ist deine Gefährtin und du bist ein Gahn. Ich werde dich nicht von deinem Vorhaben abhalten."

Endlich eine vernünftige Entscheidung.

Gahn Fallo wirkte, als wolle er protestieren, aber fürs Erste hielt er seine ungebührlichen Zungen im Zaum.

„Oh, wo ihr schon einmal hier seid", fügte ich hinzu, „kann ich euch auch gleich berichten, dass ihr womöglich Beschwerden von euren Männern zu hören bekommt. Ich habe vorhin einen eurer Wachmänner angegriffen, vor dem Zelt der neuen Frauen."

„Was?", fauchte Fallo.

„Es war mein gutes Recht", entgegnete ich und schnappte in seine Richtung. „Er hielt mir eine Klinge an die Kehle und stellte sich zwischen meine Gefährtin und mich. Bisher habe ich mich an die Waffenruhe gehalten, doch in diesem Fall blieb mir keine andere Wahl. Er kann froh sein, dass er noch am Leben ist, und nur auf den ausdrücklichen Wunsch meiner Gefährtin hin habe ich ihn geschont, Frieden hin oder her."

Buroudei seufzte und Fallo entspannte sich kaum merklich.

„Das war nur gerecht, Baldor", sagte Fallo schließlich, während seine roten Sichtsterne mein Gesicht fixierten. „Selbst ich habe nichts an deinem Handeln auszusetzen. Mich stört nur, dass du den Krieger nach so einer Schmähung am Leben gelassen hast."

„Schweig still, Fallo. Du weißt genauso gut wie ich, dass unsere Gefährtinnen und ihre Freundinnen Frieden im Lager fordern!", wies Buroudei ihn verärgert zurecht. Ich konnte mir lebhaft vorstellen, dass es nicht immer leicht war, diesen Frieden mit drei Gahns zu wahren – auch wenn er bis jetzt gehalten hatte.

Sobald sich der Staub gelegt hat, werde ich alles daransetzen, Teriisa für immer von hier wegzubringen.

Ich konnte es kaum erwarten, zur Ebene meines Volks zurückzukehren und das Salz in der Luft zu riechen.

„Lasst ihn passieren", befahl Buroudei den Wachen, die uns aufgehalten hatten. Dann wandte er sich wieder an Teriisa und mich. „Aber wir erwarten eure Rückkehr vor dem Morgengrauen, Gahn Baldor, schließlich reist ihr nur zu den Höhlen der Lavrika, die nicht sehr weit entfernt liegen. Solltet ihr nicht in angemessener Zeit zurück sein, wird euch ein Suchtrupp folgen."

Ich wollte mich gegen seine Respektlosigkeit auflehnen und meine dunkle Klinge ziehen. Doch selbst in meinem Zorn erkannte ich, dass seine Aufforderung Teriisas Sicherheit galt und sich nicht gegen mich richtete. Obwohl es mir nicht gefiel, konnte ich anerkennen, dass solche Regeln festgelegt worden waren, um diese kostbaren Frauen zu schützen. Da ich selbst den schweren Verlust meiner Gefährtin hatte erleiden müssen, verstand ich es wohl sogar besser als irgendwer sonst.

„Ich bin einverstanden", erwiderte ich steif. Teriisa ließ einen geräuschvollen Atemzug entweichen. Sie ballte ihre kleine Hand an meinem Rücken zur Faust und ließ sie dann sinken.

Ich bückte mich, um mir das Bündel mit den Krügen wieder über die Schulter zu werfen. Unter den wachsamen Blicken der anderen legte ich die andere Hand ungeachtet meiner Verletzung auf Teriisas Schulter, um sie an mich heranzuziehen. Dabei achtete ich sorgsam darauf, dass meine nässenden Wunden nicht in Kontakt mit ihrer herrlichen Haut kamen. Sie versteifte sich leicht, machte sich aber nicht von mir los.

„Komm, mein Sonnenlicht. Lass uns gehen."

Und mit diesen Worten ließen wir die anderen Männer, die anderen Clans und den Rest der Welt hinter uns.

KAPITEL ZWÖLF
Theresa

GAHN BALDOR UND ICH entfernten uns vom Lager. Wir hielten uns dicht an der Felswand und er achtete darauf, immer zwischen der Wüste und mir zu bleiben. Wahrscheinlich, weil in der offenen Wüste viele Gefahren lauerten. Ich schauderte allerdings eher bei der Erinnerung daran, dass diese Klippen nicht weniger gefährlich waren. Ich dachte nur ungern daran zurück, wie die *krixel* mich beinahe erwischt hätte, aber durch die Nähe gigantischen Felswände bedrohlich neben uns aufragten, konnte ich es nicht verhindern.

„Du zitterst. Warum?" Gahn Baldors Stimme riss mich aus meinen Gedanken.

„Oh. Es ist nichts. Ich habe nur nachgedacht."

Er schaute auf mich runter. Seine silbernen Sichtsterne glänzten metallisch in der nächtlichen Dunkelheit. Es sah nicht so aus, als würde er das auf sich beruhen lassen. *Dann werde ich es ihm wohl erzählen.*

„Ich saß mal dank einer *krixel* in den Klippen fest. Na ja, nicht in diesen Klippen. Damals, als wir noch bei Gahn Fallos Clan gelebt haben."

Gahn Baldor blieb wie angewurzelt stehen und da sein Arm noch schwer um meine Schultern lag, konnte ich auch nicht weitergehen.

„Was ist los?", fragte ich ihn verwirrt. Und dann keuchte ich auf, als Gahn Baldor das Krugbündel in den Sand fallen ließ und mich rücklings gegen die Felswand drängte. Auf einmal nahm ich nur noch seinen riesigen Körper wahr und er stützte die großen Hände links und rechts neben meinem Kopf ab, bevor er sich zu mir runterbeugte.

Ich wollte ihn ermahnen, seine entzündete Hand nicht auf den dreckigen, staubigen Felsen zu legen, doch er war schneller.

„Was ist passiert? Wurdest du verletzt?"

Bei dem unverhohlenen Schmerz in seiner Stimme machte ich große Augen. Seine Gesichtszüge wirkten härter als der Stein in meinem Rücken.

„Nein, es geht mir gut. Alles okay. Sie hat mich in eine Felsspalte getrieben, aber abgesehen davon, dass ich zu lange in der Sonne und völlig dehydriert war, ist mir nichts passiert." Mein Gott, das waren furchtbare eineinhalb Tage gewesen. Zum Glück hatte Chapman mich gefunden. Es war mir immer noch echt peinlich, dass ich überhaupt in diese Lage geraten war. Dass ich sie in Gefahr gebracht und eine Rettungsaktion gebraucht hatte.

„Ich hätte da sein sollen. Dazu wäre es nie gekommen, wenn ich da gewesen wäre." Stöhnend senkte er den großen Kopf. Er lehnte die Stirn auf meinen Scheitel und ich beobachtete, wie die Muskeln in seinen Schultern zuckten und sich anspannten, als er das Gesicht an meine Haare schmiegte. „Ich hätte dich verlieren können, noch bevor ich dich überhaupt gefunden habe."

In seinen Worten schwang tiefe Verzweiflung mit. Sie kam mir ein bisschen übertrieben vor. Irgendwie fehl am Platz. Schließlich ging es mir gut. Es gab keinen Grund, sich jetzt so darüber aufzuregen.

„Ist schon okay", sagte ich, um den Schmerz zu lindern, der ihn gerade so quälte. „Wie gesagt, mir fehlt nichts. Und außerdem bin ich selbst schuld gewesen. Ich bin weggelaufen und in einer gefährlichen Situation gelandet."

Gahn Baldor rührte sich nicht, presste nur noch eine Weile die Stirn an meine Haare. Schließlich zog er sich mit einem zittrigen Atemzug zurück. Sein Blick war todernst und seine Kiefermuskeln angespannt. „Deshalb ist es ihnen also so wichtig, uns einen Suchtrupp hinterherzuschicken? Weil sie dich schon einmal verloren haben?"

Das brachte mich zum Lachen. „Kann sein", sagte ich kopfschüttelnd. Ich meine, mir war schon bewusst, dass Gahn Buroudei nicht deshalb auf den Suchtrupp bestand, aber irgendwie war die Vorstellung witzig.

„Nun, diese Gahns kennen mich nicht besonders gut." Er kam wieder näher und senkte die Stimme. „Niemand wird je wieder nach dir suchen müssen. Denn jetzt habe ich dich gefunden."

Mein Lachen erstarb. Seine Worte waren so ernst, dass mir der Atem stockte.

„Und da ich dich jetzt gefunden habe, werde ich dich nie wieder verlieren. Nicht einen Augenblick lang."

Er war mir jetzt so verdammt nah. Seine Arme schlossen mich wie Metallstangen zu beiden Seiten ein und seine Brust war eine unnachgiebige Wand vor mir. Sein Blick bohrte sich in meinen, nahm mich ganz ein.

Wie aus Reflex bog sich mein Rücken durch. Als würde sich mein Körper nach einer Berührung sehnen, bevor mein Verstand es registrierte. Gahn Baldors Sichtsterne flackerten auf, bevor sein Blick zu meinen Brüsten huschte. Er betrachtete sie eine Weile und seine Kiefermuskeln zuckten.

Ich könnte ihm erlauben, mich zu berühren. Nur ein bisschen ...

Das übermächtige Verlangen war berauschend und überflutete meine Sinne. Ich kannte diesen feindlichen Gahn doch kaum. Und er hatte uns angegriffen. Aber hier draußen, allein unter dem dunklen Baldachin des Nachthimmels, verflüchtigten sich meine Zweifel. Irgendetwas zog mich zu ihm hin. Es war nicht nur sein Äußeres. Es ging weit darüber hinaus.

Nur wie weit genau eigentlich?

Das konnte ich nicht abschätzen.

Ich stieß einen überraschten Laut aus und sog scharf Luft ein, als er mich schließlich tatsächlich berührte. Er lehnte sich näher, indem er den Unterarm statt der Hand auf den Felsen stützte. Die andere Hand legte er an meine Wange. Sie war so riesig, dass sie mühelos die gesamte Seite meines Gesichts umspannte und seine Finger zuckten, als würde er angestrengt etwas zurückhalten.

Ich wollte ihn an mich ziehen. *Aber wäre das so klug?* Ich kannte ihn immer noch kaum. Konnte ich ihn überhaupt als meinen Gefährten akzeptieren oder ihm auch nur vertrauen? Doch die Hitze zwischen uns wurde immer intensiver. Ganz offensichtlich spürte er sie auch. Ich stieß ein ersticktes Keuchen aus, als mein Blick an der Wölbung in seinem Lendenschurz hängen blieb, über der sich das Leder spannte. Baldor senkte den Kopf weiter, sodass seine Stirn sanft gegen meine stieß. Sein Mund war mir so nah, dass ich seine nächsten Worte eher auf meiner Haut spürte als hörte.

„Teriisa", stöhnte er. „Meine Welt war so lange Zeit in Dunkelheit gehüllt."

Da war er wieder. Dieser verzweifelte Schmerz ...

„Aber nun bist du hier, mit Haaren wie die Sonne und Augen wie neu geborene Sterne. Du hast mir das Licht zurückgebracht."

Oh mein Gott, diese *Worte*. Mein Körper stand in Flammen dank ihnen, dank *ihm*.

Und um ein Haar hätte ich nachgegeben. Nicht zu fassen, beinahe hätte ich diesen feindlichen Gahn in den Sand geschubst und wäre einfach so unter freiem Himmel über ihn hergefallen. Doch als er die andere Hand an meinen Hals legte und mit dem Daumen sehnsüchtig meinen Puls ertastete, fiel mir der deutliche Temperaturunterschied zwischen seinen Händen sofort auf. Und die Realität holte mich gnadenlos ein.

„Deine Hand!", rief ich und wich so hastig zurück, dass ich mir den Kopf an der Felswand stieß. „Autsch!"

Gahn Baldor umfasste meinen Kopf mit beiden Händen und zog ihn ein Stückchen zu sich heran. „Hast du dir wehgetan? Es ist kein Blut zu sehen."

Ich versuchte, den Kopf zu schütteln, doch sein Griff war zu stark. „Mir geht's gut. Wird bloß eine kleine Beule. Deine Verletzung ist viel schlimmer, also lass mich jetzt bitte los."

Er gehorchte, wenn auch widerwillig. Als ich den Kopf hob, um ihn anzusehen, beugte er sich vor, bis sich unsere Nasen beinahe berührten.

„Was machst du denn?", entfuhr es mir erschrocken. Fast wäre ich erneut zurückgezuckt und hätte mir ein zweites Mal den Kopf angeschlagen. *Sehr elegant.*

„Wenn ein Bewohner des Sandmeers sich den Kopf anschlägt, kann sich eine schwere Verletzung auf die Sichtsterne auswirken." Er zog konzentriert die Augenbrauen zusammen. „Aber deine Augen sind so anders. Ich weiß nicht, wonach ich suchen soll ..."

„Ach so, ja. Das passiert bei Menschen auch. Eine gefährliche Kopfverletzung kann sich an den Pupillen zeigen."

„Pupillen ... Deine dunklen Sichtsterne?"

„Ja. Die Kreise in der Mitte."

Er rückte noch näher, sodass seine Nase meine streifte, was mir eine Gänsehaut am ganzen Körper verpasste.

„Deine *Pupillen* sind sehr groß. Was bedeutet das?"

„Das liegt daran, dass es hier draußen dunkel ist." Ich wollte gar nicht wissen, wie meine Augen gerade aussahen. Vermutlich lag ein hungriger Ausdruck in ihnen und die Pupillen waren vor Erregung geweitet. Die Hitze zwischen meinen Beinen war durch die Nähe des riesigen Kriegers immer noch nicht abgeflaut. Aber das musste ich ihm ja nicht stecken. Und genau genommen stimmte das mit der Dunkelheit auch.

„Alles gut. Wirklich. Wir müssen weiter", sagte ich hastig. Er schaute mir noch eine ganze Weile eindringlich in die Augen, als würde sich darin die Antwort auf die Frage nach dem Sinn des Universums verbergen, doch dann wich er zurück. Wenn auch nur ein bisschen.

„Ich werde deinen Worten Glauben schenken. Es ist schwer zu sagen, was dich verletzen kann. Du bist so klein und dein Schädel wirkt nicht so widerstandsfähig wie meiner."

Ich lachte prustend und wir setzten uns wieder in Bewegung. Ein Lächeln umspielte meine Lippen, als er den Arm erneut um meine Schultern legte.

„Oh, ich weiß nicht", erwiderte ich. „Ich wurde schon hin und wieder als Dickschädel bezeichnet."

Gahn Baldor brummte. „Wenn das bedeutet, dass du stur bist, dann freut es mich. Das ist eine gute Eigenschaft für eine Gahnala."

Seine Gahnala. Seine *Königin*.

Konzentrier dich, Mädchen. Wenn der Gahn an einer Blutvergiftung stirbt, gibt's überhaupt keine Gahnala.

Ich legte einen Zahn zu und zog ihn schneller vorwärts

KAPITEL DREIZEHN
Baldor

ICH DRÜCKTE TERIISA fest an mich und die gesamte Seite meines Körpers, die mit ihrem in Berührung kam, brannte lichterloh. Und das lag nicht an der Entzündung, die Schmerz durch meine Adern schickte. Das lag nur an Teriisa und meinem Sehnen nach ihr.

Vor wenigen Momenten waren wir uns so nah gewesen. Diese elende Verletzung. Wenn sie sich nicht daran erinnert hätte, was wäre dann wohl passiert?

Geduld, Gahn. Geduld. Die Zeit wird kommen.

Doch mit ihrem quälend weichen Körper an meiner Seite war Geduld eine harte Probe. Ich fühlte mich gleichzeitig leer und bis zum Bersten gefüllt. Ich verzehrte mich nach ihr und kam nicht zur Ruhe. Altes Leid und neues Verlangen fochten einen erbitterten Kampf in mir aus.

Etwas später erreichten wir den Eingang zu den Höhlen der Lavrika. Die Lavrikala, eine der heiligen Wächterinnen, musterte uns eingehend, als ich den Schwanz vor die Augen hob.

„Wir sind hier, um unsere Vorräte an Blut der Lavrika aufzufüllen." Ich hielt das Bündel mit den Krügen in meiner unverletzten Hand hoch, damit die Wächterin einen Blick darauf werfen konnte.

„Es ist unüblich, dass ein Gahn diese Aufgabe übernimmt", bemerkte die Lavrikala mit schmalen Augen.

„Das ist mir bewusst", antwortete ich. Das traf genau das, was ich mir seit der Ankunft im Lager immer wieder durch den Kopf ging.

„Wir mussten eine Menge Verwundete versorgen, unter anderem ihn hier", sagte Teriisa und deutete mit einem Kopfnicken auf mich. „Wir brauchen Nachschub und bitten deshalb um Zutritt."

Die Lavrikala schaute uns einen Moment lang stumm an, schlug dann aber zustimmend mit dem Schwanz. „Ihr dürft passieren."

„Vielen Dank", erwiderte Teriisa nickend und zeigte ihre kleinen stumpfen Zähne in einem so bezaubernden Lächeln, dass mir beinahe schwindelig wurde. *Die Entzündung muss sich schneller in meinem Körper ausbreiten, als ich dachte.* Auf gar keinen Fall bekam ich nur vom Lächeln einer Frau so weiche Knie ...

Oder doch?

Teriisa und ich gingen an der Lavrikala vorbei hinein in die Finsternis der Klippen. Der Gang war so schmal, dass wir nicht nebeneinander hindurchpassten, also schob ich sie vor mich und behielt eine Hand fest auf ihrer zierlichen Schulter. Unter anderen Umständen wäre ich vorangegangen, um mich zu vergewissern, dass ihr nichts geschah. Doch hier in den heiligen Höhlen war es wahrscheinlich sicherer als irgendwo sonst. All die Gefahren lauerten dort draußen, in der See und in der Wüste. Auf jeden Fall hinter mir. Also war es im Moment das Beste, sie vorgehen zu lassen.

„Ich habe ganz vergessen, wie dunkel es hier ist", flüsterte Teriisa. Obwohl sie so leise sprach, hallte ihre Stimme von den Wänden wider.

„Kein Ort, an dem du dich aufhältst, ist je wirklich dunkel", erwiderte ich schlicht. Und das meinte ich ernst. Wir hätten genauso gut durch vollkommene Schwärze laufen können, und es wäre für mich nicht von Bedeutung. Nicht, wenn die strahlende Schönheit meiner Gefährtin mir den Weg wies.

Kurz darauf wurde es etwas heller. Vor uns lag die große Höhle, in der sich die Teiche der Lavrika befanden. Der schmale Felsengang öffnete sich und entließ uns in das hohe Gewölbe.

Erinnerungen strömten auf mich ein. Erinnerungen an meine beiden Besuche, bei denen mir mein Schicksal offenbart worden war. Und einem davon war keine Zukunft bestimmt.

Doch meine neue Bestimmung? Die vor mir stand und den kleinen Kopf drehte, um den heiligen Ort zu betrachten? Ich würde sie so, so sehr festhalten. Meine Klauen waren stark. Ich würde nicht zulassen, dass mir die Liebe ein zweites Mal entglitt.

Dann fiel mir etwas ein, das sie vorhin gesagt hatte, und ich fragte: „Du warst schon einmal hier?"

„Ja", antwortete sie und drehte sich zu mir um. Der Schein der heiligen Teiche ließ ihre Haut schimmern und ihre Augen feucht glitzern. „Wir Menschen waren alle schon mal hier. Wir sind in die Teiche gestiegen und die Lavrika haben dafür gesorgt, dass wir die Sandmeer-Sprache beherrschen. Deshalb können wir beide uns jetzt so problemlos unterhalten."

Interessant. So etwas war mir noch nie zu Ohren gekommen. Oder dass überhaupt eine Frau in die Teiche hineingewatet war, abgesehen von den Heilerinnen, wenn sie ihre Krüge füllten. Diesen Teil der Geschichte hatten die anderen Gahns wohl vergessen zu erwähnen. Ich machte ihnen keinen Vorwurf – der Bericht war auch so schon lang gewesen.

„Dann bin ich den Lavrika gleich zweifach dankbar. Einerseits, weil sie mich zu dir geführt haben, und andererseits für das Geschenk der gemeinsamen Sprache."

„Oh, stimmt, du warst wohl auch erst vor Kurzem hier, oder?"

„Ich habe die Teiche schon zweimal aufgesucht."

Teriisa neigte den Kopf zur Seite. „Zweimal?"

Mein Herz verkrampfte sich. Ich wollte ihr so gern von meiner Vergangenheit erzählen. Ihr alles sagen, was mir in meinem Leben widerfahren war. Ihr von meiner Zeit als einfacher Jäger, dann als Gahn und vom Verlust meiner Gefährtin dazwischen berichten. Doch wieder regten sich dunkle Zweifel in mir. *Ich konnte meine erste Gefährtin nicht zu mir holen. Ich konnte sie nicht beschützen. Wenn Teriisa das erfährt, wird sie sich gewiss von mir abwenden.* Ich hatte meine erste Gefährtin nicht retten können, war nicht rechtzeitig für sie da gewesen, als sie mich brauchte – die Scham schnürte mir die Kehle zu und verhinderte, dass ich mich weiter zu diesem Thema äußerte.

Irgendwann werde ich es ihr erzählen müssen. Meine tiefsten Geheimnisse kann ich meiner Gefährtin nicht vorenthalten.

Doch jetzt war ich noch nicht bereit dafür.

„Wir sollten die Krüge füllen", sagte ich und ließ das Bündel zu Boden gleiten.

Teriisa nickte auf diese reizend seltsame Weise mit dem Kopf, bückte sich dann und nahm zwei der Gefäße an sich. „Ja. Und du solltest dringend deine Hand in den Teich halten."

Also würde sie den Balsam nicht mit ihren weichen Händen auf meinen Wunden verteilen? *Ein Jammer.*

Ich nahm mit der unverletzten Hand einen der Krüge und zusammen traten wir ans Ufer des nächstgelegenen Teiches. Teriisa kniete sich hin, tauchte ihre Gefäße ein und füllte sie. Einen Augenblick starrte sie in den leuchtenden Inhalt der Steinkrüge, dann verschloss sie sie mit den zugehörigen Deckeln. Ich beobachtete bewundernd, wie der silbrige Schein über ihre feinen Züge tanzte. Während ich mein eigenes Gefäß auffüllte, wandte ich den Blick nicht von ihr ab, bis sie sich um alle mitgebrachten Krüge gekümmert hatte.

Als Teriisa fertig war, stutzte sie auf einmal und runzelte die Stirn.

„Was ist los?", wollte ich wissen und straffte unwillkürlich die Schultern.

Sie murmelte etwas in ihrer eigenen Zunge, bevor sie seufzte. Dann kam sie auf die Knie hoch und umfasste das Gelenk meiner verletzten Hand mit ihren kleinen Fingern.

„Deine Hand! Komm. Lehn dich nach vorn."

Ich erlaubte ihr, meine Hand mit sanftem Griff in den Teich zu ziehen. Ein intensives Prickeln jagte durch mich hindurch, doch ich konnte nicht sagen, ob das Blut der Lavrika oder Teriisa der Grund dafür war. So oder so wurde mir bewusst, dass diese Hände mich in die Zukunft führen würden. Und mich zu dem Mann, dem Gahn machen würden, der ich sein sollte.

Teriisa tauchte meine Hand so tief ein, dass ihre eigenen ebenfalls unter der trüben Oberfläche verschwanden. Doch ich brauchte sie nicht zu sehen, um zu spüren, dass sie mich so festhielt, wie ich es bei ihr geschworen hatte. Vom Schicksal vorherbestimmt und nun im heiligen Blut der Lavrika miteinander verbunden. Meine Hand pulsierte und in meiner Brust breitete sich wilde Liebe aus. Die Art von Liebe, von der ich mich niemals lossagen konnte.

Und das wollte ich auch nicht.

Sie mag mich noch nicht als Gefährten angenommen haben, doch sie gehört zu mir. Sie wird die Meine sein, wie es noch nie jemand zuvor gewesen ist.

Ich würde sie für mich gewinnen. Ich würde mich mit ihr vereinen. Und ich würde sie zu meiner Gahnala machen.

Überwältigende, besitzergreifende Verzweiflung bäumte sich in mir auf. Ich ließ meine unverletzte Hand in die Flüssigkeit schnellen und umschloss ihre Hände mit meinen klauenbewehrten Fingern. Drückte sie fester gegen meine Haut. Ihr Kopf ruckte zu mir herum und ihr Blick fand meinen.

Ihre merkwürdigen Augen wurden groß, als sie begriff, was ich sagte, ohne dass mir auch nur ein Wort über die Lippen gekommen war.

Von diesem Tag an bis ans Ende aller Tage gehörst du zu mir.

KAPITEL VIERZEHN
Theresa

UNSERE HÄNDE WAREN ins Blut der Lavrika getaucht. Baldors unverletzte Hand umklammerte meine Finger und sein Blick bohrte sich in meinen. Der Schein der Teiche um uns herum schimmerte auf seinen markanten Wangenknochen und dem kantigen Kiefer. Das dämmrige Licht ließ seine Sichtsterne in hellem Quecksilbergrau funkeln und seine Haare, die sich bei der Prügelei vorhin aus dem Zopf gelöst hatten, glänzen. Mein Herz hämmerte wie wild und mir stockte der Atem. Sengende Hitze breitete sich von den Stellen, an denen wir uns berührten, in meinen ganzen Körper aus. Meine Arme kribbelten, als würde ein Stromstoß unter meiner Haut entlangjagen.

Wird er mich jetzt küssen? Werde ich es zulassen?

Ich bekam keine Gelegenheit, es rauszufinden. Denn mein Bauch wählte genau diesen extrem unpassenden Moment, um laut zu knurren.

Sofort riss Baldor die Hände aus dem Blut der Lavrika, drückte mich an sich und zog seine Waffe.

„Ich habe es nicht für möglich gehalten, dass ein Raubtier diese Höhlen betritt. Bleib nah bei mir!"

Könnte mich jemand erschießen? Bitte?

„Hier ist kein Raubtier", sagte ich mehr als verlegen. Es war schon peinlich genug, wenn so was vor einem Menschenmann passierte. Aber vor einem umwerfenden Alien, dem ich jetzt auch noch menschliche Körperfunktionen erläutern musste? Argh.

„Aber dieses Geräusch ..."

„Das war ich", unterbrach ich ihn und hätte mich am liebsten auf Nimmerwiedersehen in den Teich gestürzt. „Also, mein Magen. Ich habe Hunger."

Langsam lehnte Baldor sich von mir weg, damit er mir besser ins Gesicht sehen konnte. „Also kam dieses Knurren von dir ... Ein Zeichen deines Hungers?"

„Genau." *Oh mein Gott, mach, dass es aufhört.*

„Weist die rote Farbe auf deinen Wangen auch auf deinen Hunger hin?"

„Nein, das ist etwas anderes, nämlich ... Ist auch egal."

Gahn Baldor steckte zögerlich sein Messer weg, sah sich aber trotzdem wachsam in der Höhle um, als würde er mir nicht so recht glauben. Doch als mein Magen erneut knurrte, zuckte er zusammen und starrte meinen Bauch an.

„Faszinierend ...", sagte er und wandte den Blick so lange nicht ab, dass ich irgendwann die Arme verschränkte.

„Das ist wohl so eine Menschensache. Ich habe seit gestern nichts mehr gegessen."

Es war so viel passiert, da hatte ich es einfach vergessen. Aber jetzt, wo es mir wieder eingefallen war, konnte ich den Hunger auch nicht mehr ignorieren. Mir wurde fast ein bisschen schwindelig.

„Ich habe bisher nicht ausreichend für deine Bedürfnisse gesorgt, meine Gefährtin. Komm." Gahn Baldor stand auf, ergriff meine Hände und zog mich auf die Füße.

„Oh, warte, was ist mit deiner Wunde?", fragte ich und schaute auf seine Hände. Ganz egal, wie hungrig ich war, es wäre dämlich, uns auf den Rückweg zu machen, wenn die Entzündung noch nicht abgeklungen war. Aber seine Hand sah schon viel besser aus. Die Wunden hatten sich geschlossen und die Schwellung war merklich zurückgegangen.

„Das Zeug ist echt fantastisch", sagte ich kopfschüttelnd. „Ist schon irgendwie verständlich, dass die Menschheit das in die Finger kriegen will. Ich meine, das rechtfertigt es natürlich nicht. Aber wow. So was haben wir dort, wo ich herkomme, nicht."

„Auf deiner Heimatwelt? Die Gahns haben mir ein wenig darüber erzählt. Und von der Bedrohung durch dein Volk."

Ich seufzte. Ich konnte immer noch nicht fassen, dass die Machthaber der Erde uns nicht nur entführt und hier ausgesetzt hatten, sondern wahrscheinlich auch zurückkamen, um uns alle in Stücke zu sprengen.

„Ja. Wir haben vielleicht kein Blut der Lavrika, aber andere Dinge. Waffen. Technologie."

Gahn Baldor legte sanft die Hände an meine Wangen, was mich erschrocken zusammenzucken ließ. Dass er mich einfach so aus heiterem Himmel berührte, war ich nicht gewöhnt. Doch sein Griff war unnachgiebig und sein Blick fest auf mein Gesicht gerichtet.

„Du brauchst weder dein Volk noch sonst einen Feind zu fürchten. Niemand, der deine Sicherheit bedroht, wird das überleben. Das verspreche ich dir."

„Heißt das, du und dein Clan werden sich uns anschließen? Dem Bündnis beitreten und euer Lager an den Klippen aufschlagen?", fragte ich und ein Fünkchen Hoffnung flackerte in mir auf.

Baldors Miene wurde wieder finster. „Das habe ich nicht gesagt. Nun, da ich dich gefunden habe, ist mein einziger Wunsch, dich von hier fortzubringen. Bei meinem Clan am Ufer der Bittersee bist du in Sicherheit."

„Nein!", platzte es aus mir heraus. Ich wand mich aus seinem Griff und wich vor ihm zurück. Ich musste etwas Abstand zwischen uns bringen. Wenn ich ihm so nah war, war ich wie benebelt. Ich konnte nicht klar denken.

Aber selbst mit Watte im Kopf war ich fest entschlossen, dass es nie dazu kommen würde. Ich würde diesen Ort, diese Leute nicht verlassen. Die anderen Menschenfrauen und sogar viele vom Volk des Sandmeers waren zu engen Freunde geworden. Zu meiner Familie. Wir hatten uns hier ein Leben aufgebaut, mit jedem herausfordernden Tag ein Stückchen mehr. Wir hatten uns ein Zuhause geschaffen. Und Gefährtenband hin oder her, ich würde all das nicht einfach so aufgeben, weil ein verflucht heißer Alien-König mich in sein Reich mitnehmen wollte.

„Nein?", wiederholte Gahn Baldor und runzelte noch heftiger die Stirn. „Das verstehe ich nicht ..."

„Ich werde hier nicht weggehen. Das ist jetzt mein Zuhause. Diese Leute sind meine Familie."

Gahn Baldor öffnete und schloss ein paarmal den Mund und das Dämmerlicht brach sich dabei glitzernd auf seinen Fangzähnen. „Ich begreife, dass du das heilige Band nicht spürst. Aber du musst verstehen, dass dein Platz als meine Gefährtin und Gahnala an meiner Seite im Land meines Clans sein muss."

Das war eher eine Aussage als eine Frage. *Er fragt mich nicht, was ich will. Er informiert mich, was er will.*

„Nein, tut mir leid, aber da mache ich nicht mit." Kopf-schüttelnd verschränkte ich die Arme. All die anderen Gahns hatten ihre Meinungsverschiedenheiten für ihre Gefährtinnen und den Frieden im Lager beigelegt. Gahn Baldor würde diesem Beispiel folgen müssen. Sonst sah ich für uns keine Zukunft.

Und aus irgendeinem gottverdammten Grund machte mich das echt, echt traurig.

Er wirkte genauso aufgewühlt und starrte mich eine Weile wortlos an. Schließlich seufzte er und strich sich mit den Klauen durch die langen Haare. „Das muss der Grund sein, warum andere dich als Dickschädel bezeichnet haben."

Ich lachte freudlos auf. „Kann sein. Aber hast du nicht vorhin gesagt, das wäre eine gute Eigenschaft für eine Gah-nala?"

Baldor rieb sich mit der frisch verheilten Hand übers Kinn und musterte mich von oben bis unten. Dann machte er einen großen Schritt auf mich zu, bis uns nur noch eine Haaresbreite voneinander trennte.

„Ich könnte dich einfach mitnehmen, ob du willst oder nicht."

Oh, oh. Heiße Angst vermischt mit völlig verkorkster Erregung explodierte in meinem Bauch.

„Das würden die anderen nie zulassen", flüsterte ich. *Ich wusste es. Ich hätte ihm nicht vertrauen sollen. Er hat uns angegriffen. Ich hätte nicht mal allein mit ihm herkommen sollen.*

Eine dunkle Klaue strich über meine Unterlippe. Baldors Miene war angespannt, fast gequält. Meine Instinkte drängten mich lautstark, endlich abzuhauen, doch mein Körper rührte sich nicht vom Fleck.

„Ob sie mich lassen oder nicht, ist bedeutungslos. Du unterschätzt, was ich opfern würde, um dich bei mir zu behalten."

Was zum Teufel? Wollte er damit sagen, dass er auch sein Leben aufs Spiel setzen würde, um mich zu entführen? Das gefiel mir überhaupt nicht. Die Vorstellung, dass er starb, war ... unschön.

„Warum kannst du dich uns nicht einfach anschließen? Deinen ganzen Clan mitbringen und dem Bündnis beitreten?", fragte ich.

Die Klaue streifte noch einmal meine Lippe. Ich schnappte unwillkürlich nach Luft. Ein Muskel an Baldors Kiefer zuckte und seine Sichtsterne richteten sich auf meinen Mund.

„Du verlangst viel von mir, Teriisa. Und ebenso viel von meinen Männern."

Meine Augen brannten. Mit einem Hauch von Verbitterung stellte ich fest, dass ich mich ... hintergangen fühlte. Hintergangen von diesem gewalttätigen Gahn, den ich nicht mal wirklich kannte.

„Hast du nicht gerade rumgetönt, was du alles für mich opfern würdest?" Mein Hals war wie zugeschnürt, sodass ich die Worte kaum rausbekam.

Aber vielleicht verlangte ich tatsächlich zu viel von ihm. Ich hatte mit keiner Silbe angedeutet, dass ich mich auf ihn einlassen würde. Mich an ihn binden würde. Und jetzt wollte ich, dass er seinen ganzen Clan umsiedelte, seine Lebensweise änderte und mitten unter seinen Feinden lebte?

Okay, wenn man es so ausdrückt, klingt es nach einer echten Zumutung. Vielleicht war es auch nicht ganz fair, von ihm zu erwarten, dass er alles Vertraute aufgab, nachdem er mich gerade mal einen Tag lang kannte. Allerdings war es auch nicht ganz fair von ihm, damit zu drohen, mich einfach zu kidnappen.

Seine Klaue wanderte von meiner Unterlippe zu meiner Wange und spielte mit einer Haarsträhne. „Sollte ich das tun ... Sollte ich einwilligen, mich mit den anderen Gahns zu verbünden und meinen Clan hierherzuführen ..." Seine Stimme wurde rauer. „Wirst du mich dann als deinen Gefährten annehmen?"

Das dunkle Verlangen auf seinen Zügen war unmissverständlich. Doch ich wollte ihm nichts versprechen, bei dem ich mir noch nicht hundertprozentig sicher war. Außerdem würde ich mich ganz bestimmt nicht für ein politisches Bündnis verkaufen. Wenn ich jemanden als meinen Gefährten akzeptierte, dann weil ich bis über beide Ohren in ihn verliebt war. Nicht, um die Macht seines Clans für uns zu gewinnen.

„Ich weiß es nicht", antwortete ich ehrlich. „Selbst, wenn du all das machst, kann ich dir nichts garantieren. Aber du könntest es tun, um mich und die anderen Frauen zu beschützen. Je mehr wir sind, desto sicherer sind wir."

„Im Territorium meines Clans, weit weg von hier, wäre es sicher für dich."

Wut kochte in mir hoch. Warum musste er so stur, so stolz sein? Wie konnte er davon überhaupt so überzeugt sein?

„Ich habe die Erfahrung gemacht, dass man nirgendwo auf diesem Planeten wirklich sicher ist. Er hat eine ganz eigene Schönheit, aber es lauern auch überall Monster. In der Wüste sind die *zeelk*. In den Klippen sind die *krixel*. Ganz bestimmt hat deine Heimat auch ihre Gefahren. Was ist mit der Bittersee? Welche Gefahren lauern dort?"

Gahn Baldor sog scharf Luft ein und seine Nasenflügel blähten sich. Etwas, das wie Schmerz aussah, huschte über seine Züge. Doch ich war mir nicht sicher. Sein Gesicht wurde zu einer ausdruckslosen Maske.

Dann ließ er die Hände sinken. Aus irgendeinem Grund fühlte sich der Verlust seiner Berührung falsch an. Ich verspürte den absurden Wunsch, mich zu entschuldigen, nur damit er mich wieder anfasste, obwohl ich mir wirklich nichts vorzuwerfen hatte.

Wie um alles in der Welt gehen die anderen Mädels bloß in solchen Situationen mit ihren Gefährten um? Unsere Lebensweisen, unsere Kulturen waren so unterschiedlich. Und unsere Erwartungen auch. Gahn Baldor war davon ausgegangen, dass er nach der Schlacht siegreich ins Lager ritt und ich mich ihm, getrieben vom Gefährtenband, an den Hals warf. Und ich hatte geglaubt, dass mein potenzieller Gefährte … liebevoller sein würde. Dass er wie Buroudei oder

Kor sein würde und mich um jeden Preis zufriedenstellen wollte. *Wahrscheinlich sind wir beide einfach dämlich gewesen.* All die Hoffnungen, was wir miteinander finden würden, verblassten unter der erbarmungslosen fremden Sonne.

Und ich hatte keine Ahnung, wie wir das wieder hinbiegen sollten.

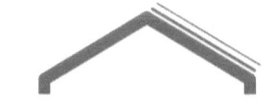

KAPITEL FÜNFZEHN
Baldor

ICH WÜRDE MIT DEN ANDEREN Gahns darüber sprechen müssen. Über ein mögliches Bündnis. Zuvor hatte ich das nicht einmal im Traum in Betracht gezogen, doch Teriisas Worte hatten mich tief getroffen. Die Worte über die Monster, die Gefahren meines Territoriums. Die Gefahren, die mir meine erste Liebe entrissen hatten. Ich hatte Zolinna nicht beschützen können, und wenn ich Teriisa in meine Heimat mitnahm, schaffte ich es womöglich bei ihr auch nicht.

Alles in mir sträubte sich gegen diese Vorstellung. Tief in meinem Inneren war ich der festen Überzeugung, dass ich alles und jeden vernichten würde, der ihr etwas zuleide tun wollte. Aber konnte ich das wirklich oder sprach da nur der Stolz aus mir? Und der Schmerz? Sie hatte mich nicht als Gefährten angenommen und auch nicht versprochen, es irgendwann in der Zukunft zu tun. Das kam einer Zurückweisung gleich. Und diese Zurückweisung weckte in mir den Drang, sie von hier fortzubringen, ihr meine Macht zu demonstrieren und sie zu zwingen, mich zu lieben.

Doch wie sie vorhin selbst gesagt hatte: Sie war stur. Ich würde ihr das Gefährtenband nicht aufzwingen können. Und ich würde heute Nacht auch nicht noch mehr von ihr fordern.

„Komm. Die Krüge sind gefüllt. Gehen wir zurück."

Teriisa nickte, doch die Bewegung wirkte steif. Ihr Gesicht war nicht mehr rot. Tatsächlich sah es seltsam blass aus, selbst für sie. Vielleicht hing das auch mit dem Hunger zusammen? Oder gab es einen anderen Grund?

Mein fundamentaler Mangel an Wissen bestürzte mich. Abgesehen von meiner allumfassenden Liebe zu ihr wusste ich gar nichts über sie. Obwohl ich mich dagegen gesträubt und meine Einwände vorgebracht hatte, wusste ich doch, dass ich es tun würde. Ich würde hierbleiben und mich dem Bündnis der Gahns anschließen, wenn sie es verlangte.

Selbst wenn sie nicht versprach, dann meine Gefährtin zu werden.

Bei dieser Vorstellung biss ich die Zähne zusammen – womöglich in ihrer Nähe zu sein und sie doch nicht lieben zu dürfen. Nicht ganz und gar. Nicht so, wie ich es wollte. Sogar in diesem Moment sehnte ich mich danach, jedes noch so kleine bisschen ihres Körpers mit meinen Zungen zu verwöhnen und zu spüren, wie ihre feuchte Hitze meine Männlichkeit umschloss.

Doch auch wenn das niemals geschehen sollte, würde ich mich hier niederlassen. An ihrer Seite. Es gab jetzt keinen anderen Platz mehr auf dieser Welt für mich.

Gemeinsam ließen wir die Klippen hinter uns. Zu ihrer Sicherheit legte ich ihr wieder einen Arm um die Schultern, doch die Unbeschwertheit, die allmählich zwischen uns erblüht war, hatte sich verflüchtigt. Das Bündel wog jetzt schwerer auf meinem Rücken und spiegelte die drückende Stimmung zwischen meiner Gefährtin und mir wider.

Warum haben die Lavrika mir das nur angetan? Mir eine Gefährtin geschenkt, die umgekommen ist, und nun eine, die mich nicht will?

Welch grausames Schicksal. Ich hatte mich für einen starken Gahn gehalten. Ich hatte Zolinnas Tod überwunden. Und ich dachte, mich könnte nichts mehr erschüttern. Aber diese zierliche Menschenfrau mit ihrer fremdartigen Sanftheit besaß die Fähigkeit, mich auf eine Weise zu verletzen, wie keine Klinge es vermochte.

Das Aufblitzen von Fell vor uns riss mich aus meinen Grübeleien. Augenblicklich, ohne auch nur darüber nachzudenken, nahm ich den Arm von Teriisas Schultern, zog eine kleine Klinge von meinem Rücken und schleuderte sie in die Nacht.

Teriisa gab einen leisen, erschrockenen Laut von sich, schlug sich aber sofort eine Hand vor den Mund. „Was war das?", fragte sie und schaute mich mit großen Augen an.

„Ein *rakdo*", sagte ich. „Bevor ich Gahn wurde, war ich der beste Jäger meines Clans. Mein Instinkt weist mich immer noch, Beute zu erlegen."

„Oh", stieß sie hervor und fasste sich an die Brust. „Du hast mich erschreckt."

Ich konnte mich gerade noch von einem niedergeschlagenen Knurren abhalten. Ein Teil von mir, der größere, wollte nicht, dass sie sich vor mir fürchtete. Ich wünschte mir ihren Respekt und ihre Liebe und die lustvolle Feuchtigkeit zwischen ihren Beinen. Nicht ihre Angst. Doch ein anderer Teil, ein leises Flüstern, das von Trauer und Verlust geprägt war und sich verzweifelt nach jeder noch so kleinen Reaktion von ihr sehnte, *wollte* ihr Angst einflößen. Angst vor meiner Macht, meiner Stärke. Meiner Lust. Mir war klar, dass Furcht sie nicht in meine Arme trieb. Allein der Versuch würde sie in die Flucht schlagen. Und doch hätte es dieser verachtenswerte Teil von mir gern getan. Hätte sie gern gegen die Felswand gepresst und mich ihr aufgedrängt, bis ihr nichts anderes übrig blieb, als sich an mich zu klammern und zu schreien, dass sie auf ewig nur mir gehörte. Ich wollte über sie herfallen, ihr so nah sein, bis ich mir sicher war, dass nichts – nicht einmal der Tod – sie mir wieder nehmen konnte.

Du bist ein gebrochener Gahn. Und du verdienst sie nicht.

Wir erreichten den Kadaver des *rakdo*, das ich niedergestreckt hatte. Es war von einer guten Größe, kräftig und mit glänzendem Fell. Daraus ließ sich eine ansehnliche Menge Fleisch gewinnen. Ich bückte mich und warf mir das Tier zu dem Bündel mit den Krügen über die Schulter.

Der Eingang zum Lager kam in Sicht und damit auch die drei Wachen, die uns vorhin hatten aufhalten wollen. Bittere Wut auf sie, auf alles, auf das Schicksal selbst ballte sich in meiner Brust zusammen, doch ich zwang sie nieder. Ich hatte den Pfad des Zorns, den Pfad der Gewalt bereits beschritten, als ich mit gezogenen Klingen hier eingefallen war. Und es hatte mir nichts genützt.

Welcher blieb mir dann noch, der mich zu ihr führte? Zu dem Herzen des Wesens, das zwar neben mir herlief und doch genauso gut Welten von mir entfernt sein könnte?

Darauf hatte ich keine Antwort.

KAPITEL SECHZEHN

Theresa

„TJA, DANN GUTE NACHT", sagte ich, als wir wieder vorm Zelt der Menschenfrauen standen.

Gahn Baldor schlug mit dem Schwanz. „Hier trennen sich unsere Wege." Er klang niedergeschlagen. „Ich bringe die Krüge zu den Heilerinnen." Er hielt inne, musterte mich und fügte hinzu: „Aber danach kehre ich hierher zurück."

„Du willst wieder hier draußen schlafen?" Seine Hand war geheilt, aber sein Körper brauchte nach der Entzündung und der Schlacht ganz sicher mal ordentlich Ruhe. „Du solltest irgendwo schlafen, wo es bequemer ist!"

Er lächelte matt und mir ging auf, dass ich ihn zum ersten Mal lächeln sah. Allerdings wirkte er nicht glücklich. „Mein Sonnenlicht. Du scheinst nicht zu verstehen, dass ich unmöglich Ruhe finden werde, wenn ich dich nicht in meiner Nähe weiß."

Oh.

Ich presste die Lippen aufeinander. Ein Teil von mir wollte protestieren, wollte ihn anweisen, an einem besseren Ort zu schlafen. In einem Zelt, auf einem Bett aus Tierhäuten. Aber der Rest von mir war viel zu müde, um sich weiter mit ihm zu streiten. Er war schon ein großer Junge. Wenn er hier draußen im Sand sitzend schlafen wollte, dann war es eben so.

„Ah, hier. Ein Geschenk." Gahn Baldor zog das tote *rakdo* von seiner Schulter und hielt es mir am Genick gepackt hin. Das Fleisch dieser großen, luchsähnlichen Tiere schmeckte ziemlich gut und sie hatten schimmerndes kupferfarbenes Fell, aus dem wir bestimmt etwas Nützliches herstellen konnten.

Vielleicht ein Bett für Ceces Baby?

Dieser Gedanke weckte etwas in mir, das mich eiskalt erwischte. Bei der Vorstellung eines winzigen Säuglings, halb Mensch, halb Sandmeer-Alien, der sich auf diesem Fell zusammenrollte, musste ich ein paar Tränen wegblinzeln. Dem Gefühlschaos folgte Erschöpfung. Ich konnte das *rakdo* jetzt nicht noch zerlegen.

„Ich bin so müde", sagte ich ehrlich und meine Stimme brach. Ich ließ einen geräuschvollen Atemzug entweichen und wollte auf gar keinen Fall losheulen. *Du kannst nicht immer so wehleidig sein. Reiß dich zusammen.* Ich starrte auf meine Stiefelspitzen und zählte in Gedanken bis zehn. Das hatte ich als Kind immer gemacht, um mich von schwierigen Situationen abzulenken. Wenn ich es bis zehn schaffte, war alles wieder gut. Es war ein kleines Spiel, das ich mit mir selbst spielte. Und wenn ich mich immer noch so fühlte, wenn ich bei zehn angekommen war? Tja, dann fing ich einfach wieder von vorn an.

Das *rakdo* verschwand aus meinem Blickfeld.

„Sorg dich nicht. Ich werde die Beute für dich ausnehmen und zerlegen."

„Danke", erwiderte ich mit immer noch gesenktem Blick. *Ein, zwei, drei* ... „Du kannst jetzt gehen."

Gahn Baldors dunkel gefärbte, klauenbewehrte Füße kamen näher. Schließlich hob ich doch den Kopf.

„Erst, wenn du wohlbehalten im Zelt bist."

„Oh, klar."

Wie ein wahrer Gentleman.

Gentleman? Du meinst den Alien-Krieger, der mit gezückten Waffen angestürmt kam und damit gedroht hat, dich einfach zu entführen, wenn du dich weigerst, mit ihm zu gehen? Das ist ja eine tolle Kombi.

„Dann geh ich mal rein."

Er hatte sich etwas nach vorn und zu mir runter gebeugt. Es wäre so leicht, ihm über die Wange zu streichen. Nur um herauszufinden, wie sich das anfühlte.

Aber das tat ich nicht.

Keiner von uns sagte noch was, bevor ich mich schließlich umdrehte und ins Zelt ging.

Wenn ich auf Ruhe und Frieden gehofft hatte, wurde ich allerdings enttäuscht. Die anderen waren hellwach und ich stellte überrascht fest, dass alle hier waren. Sogar Chapman, Cece, Melanie, Kat und Zoey, die normalerweise die Nacht in den Zelten ihrer Gefährten verbrachten.

„Schön, alle mal wieder zusammen zu sehen", sagte ich und lächelte müde, als ich mich zu ihnen gesellte.

„Hey!", begrüßte mich Zoey freudig, währen die anderen mich lächelnd heranwinkten. Ich machte einen Schritt auf sie zu, kam aber ins Wanken, als mein Kreislauf plötzlich schlappmachte. Kat war sofort auf den Beinen und schlang mir einen Arm um die Taille. Die Kraft, die in ihrem zierlichen Körper steckte, erstaunte mich immer wieder.

„Alles klar?", fragte sie. „Wo warst du eigentlich den ganzen Abend?"

„Mir geht's gut. Bin bloß am Verhungern. Ich hab seit gestern nichts mehr gegessen."

Chapman lehnte sich zur Seite und schnappte sich etwas von einem Regal neben ihr. Dann stand sie auf und kam zu Kat und mir rüber. „Setz dich erst mal hin und iss das."

Ich nahm die geöffnete *valok*-Pflanze entgegen und ließ mir dankbar von Kat beim Hinsetzen helfen.

„Entschuldigt, ihr Süßen", sagte ich. „Ich will euch keine Umstände machen."

Kat schnaubte und Chapman winkte ab.

„Du machst doch keine Umstände", versicherte mir Cece und rückte näher. „Du hättest mal sehen sollen, was ich für einen Aufstand losgetreten habe, als ich schon wieder am Feuer kotzen musste. Das ist also gar nichts."

Puh. Das Wort *kotzen* quittierte mein Magen mit einem äußerst flauen Gefühl. Ich nahm ein paar Schlucke von dem *valok*-Gel, was ein bisschen half.

„Wie geht's dir jetzt?", fragte ich Cece und leerte den Rest der Pflanzenhülle.

Chapman nahm sie mir ab und drückte mir dann etwas Räucherfleisch in die Hand.

„Im Moment ganz gut. Die Übelkeit kommt meistens aus heiterem Himmel. Die Hitze ist nicht gerade hilfreich und der Geruch nach Fleisch am Feuer ist mir manchmal einfach zu viel", antwortete Cece.

„Aber du warst vorhin nicht am Feuer, oder? Wo hast du dich rumgetrieben?", wollte Kat wissen und stieß mich sanft mit dem Ellbogen an.

„Da, nimm die hier auch noch", wies Chapman mich an und gab mir eine Wasserflasche. Nachdem ich einen Schluck daraus getrunken hatte, fühlte ich mich schon viel besser.

„Lange Geschichte", erwiderte ich seufzend. „Wobei, vielleicht auch nicht. Ich bin mit Gahn Baldor zu den Höhlen gegangen, um Lavrika-Blut für die Heilerinnen zu holen."

„Na sieh mal einer an", sagte Kat gedehnt. „Also, was, seid ihr zwei etwa in den Höhlen übereinander hergefallen? Hast du deshalb so 'nen Mordshunger? Das ist ja fast, als hättet ihr in einer Kirche gevögelt. Freut mich für dich!"

Bei der Vorstellung, *in einer Kirche zu vögeln*, blieb mir beinahe mein kleines Südstaaten-Herz stehen.

„Ähm, nein, auf gar keinen Fall!", protestierte ich. „Wir sind nur zusammen zu den Teichen gegangen, um die Krüge aufzufüllen. Auf dem Rückweg hat er ein *rakdo* erlegt. Keine große Sache."

„Wie ist er denn so?", erkundigte sich Zoey, die sich die Brille auf der Nase hochschob und mich neugierig ansah. „Ich weiß, wie schräg es sein kann, wenn irgendein dahergelaufener Typ plötzlich behauptet, er wäre dein Gefährte."

Ich lachte leise auf. Ja, das wusste sie definitiv besser als jede andere.

„Er ist ... Ich weiß auch nicht." Wie sollte ich meine Gefühle bloß in Worte fassen? Dass ich mich so zu ihm hingezogen fühlte, dass es mir manchmal fast wie ein Rausch vorkam. Aber dass wir auch so uneinig waren. Dass sich unsere Wünsche, unsere Erwartungen so drastisch voneinander unterschieden. „Ich habe ihm vorgeschlagen, sich mit den anderen Gahns zu verbünden. Das Lager seines Clans hier aufzuschlagen."

„Und?", hakte Chapman mit einem harten Unterton in der Stimme nach. Sie hatte bisher den Hauptteil der Planung verschiedener Strategien übernommen, um einen eventuellen Angriff der Menschen abzuwehren, weil sie die Einzige von uns mit militärischer Ausbildung war.

Ich brachte es kaum über mich, ihr ins Gesicht zu sehen und sagen zu müssen: „Er hat keine klare Zusage gemacht." Ich biss mir fest auf die Lippe und hatte irgendwie das Gefühl, versagt zu haben. „Tut mir leid."

„Theresa, hör auf, dich zu entschuldigen. Ist doch alles gut", sagte Cece und rutschte noch etwas näher zu mir. Melanie, die neben ihr saß, nickte und die anderen lächelten mich aufmunternd an

„Wenn er wirklich dein Gefährte ist", fuhr Cece fort, „wird er sich auf jeden Fall dafür entscheiden. Vielleicht braucht er bloß ein bisschen Zeit. Wir haben ihre Lebensweise quasi über Nacht auf den Kopf gestellt. Aber ich bezweifle, dass sich auch nur einer der Sandmeer-Männer die Chance entgehen lässt, für seine Gefährtin zu kämpfen, koste es, was es wolle."

„Das hoffe ich." Und zwar nicht nur aus egoistischen Gründen. Ich wünschte mir für uns alle die bestmögliche Chance aufs Überleben. Und das hieß: zusammenarbeiten.

„Er wird's tun", sagte Chapman nach einem Moment der Stille und nickte entschlossen. Von allen Alien-Gefährten war ihrer der unberechenbarste. Wenn sie also so überzeugt davon war, stimmte mich das zuversichtlich.

„Was habt ihr denn in der Zwischenzeit so getrieben?", erkundigte ich mich nach einem weiteren Schluck Wasser. Zeit für einen Themenwechsel. *Genug von mir und meinem miesepetrigen Gefährten.*

„Oh Mann, alles Mögliche", antwortete Zoey. „Wir überlegen, wie wir uns effektiv verteidigen sollen, falls die Menschen tatsächlich zurückkommen. Kors Onkel und seine beiden Wachen sind auf dem Rückweg zur Bittersee. Sie konnten das alles nicht so recht glauben, aber die anderen Gahns haben ihnen heute das Raumschiff gezeigt. Nachdem sie gesehen haben, wozu die Menschen technologisch fähig sind, haben sie offiziell entschieden, sich uns anzuschließen. Sie wollen jetzt ihre Truppen versammeln."

„Also werden sie hier zu uns stoßen?", fragte ich. Das war gut. Wahrscheinlich. Hoffentlich. Solange alle einen kühlen Kopf behielten und sich nicht gegenseitig an die Gurgel gingen. Bei den Kriegern von Zaphrinax konnte man sich da nie so ganz sicher sein.

„Jepp. Obwohl wir noch eine Lösung für die Sache mit dem Wasser brauchen", erwiderte Zoey. „Sie können hier draußen überleben, aber Kor meinte, dass es für die drei ohne Wasser ziemlich unangenehm wurde."

„Oh, das ist kein Problem", meldete Kat sich zu Wort. „Galok hat mir diesen coolen Ort in Buroudeis Territorium gezeigt: eine Oase. Die ist viel näher als das Meer, da können sie also mal ins Wasser hüpfen, wenn sie es brauchen."

„Okay, wieso hat Buroudei mich nie zu dieser Oase mitgenommen?", empörte sich Cece lautstark. „Das klingt fantastisch."

„Wenn dieser ganze Mist vorbei ist und wir wieder sicher – oder zumindest *sicherer* – sind, sollten wir alle mal hingehen", schlug Kat grinsend vor.

„Bin dabei", meinte Melanie.

„Ebenso", meldete sich Jocelyn. Eine Welle der Zustimmung ging durch die Runde. Ein Ausflug zu einer Oase klang gerade sehr, sehr verlockend. Besonders da mir jetzt, nachdem ich was gegessen hatte, immer deutlicher bewusst wurde, wie eklig verschwitzt ich war. *Darum kümmere ich mich morgen. Jetzt bin ich zu müde.*

„Zoey und Kat gehen morgen noch mal zum Schiff", sagte Chapman und riss uns damit aus unseren Zukunftsplänen.

„Was wollt ihr denn da?", fragte ich und sah zu den beiden rüber.

„Ich schaue mir mal die Drohnen an und suche nach einer Möglichkeit, den Zugriff vom Orbit aus zu sperren", erklärte Zoey. „Falls überhaupt noch jemand im Orbit ist. Außerdem werde ich mich mal mit der restlichen Technologie an Bord auseinandersetzen. Vielleicht kann ich ja eine Art Störsender zusammenbasteln. Mal sehen."

„Und ich untersuche das Blut der Lavrika weiter", sagte Kat. „Ich will rausfinden, ob es noch was anderes kann außer heilen. In ihm stecken auf jeden Fall Unmengen an Energie. Vielleicht lässt es sich irgendwie zur Verteidigung einsetzen, als eine Art Waffe oder so."

„Cool", erwiderte ich leise. Doch es fühlte sich furchtbar falsch an, das wertvolle Allheilmittel zur Zerstörung einzusetzen. Aber verzweifelte Situationen erforderten wohl verzweifelte Maßnahmen. „Sagt mal, kann ich mitkommen?", fragte ich aus einem Impuls heraus. „Ich bin vielleicht keine große Hilfe, aber ich werde auch nicht im Weg stehen, versprochen."

„Na klar." Zoey wirkte überrascht. „Brauchst du mal einen Tapetenwechsel?"

„So was in der Art", antwortete ich. Ich konnte mir nicht vorstellen, den ganzen Tag hier von Gahn Baldor auf Schritt und Tritt verfolgt zu werden. Ich brauchte etwas Zeit, etwas Abstand, um mir klarzuwerden, was ich empfand und was genau ich von ihm wollte.

„Kein Problem, T", sagte Kat. „Wir holen dich morgen früh ab." Sie stand auf und streckte sich. „Ich weiß nicht, wie's euch geht, aber ich muss ins Bett. Ich bin hundemüde."

„Ich auch", stimmte Cece zu und erhob sich vorsichtig.

„Kommt, wir gehen auch", sagte Chapman und nickte Melanie und Zoey zu, die ebenfalls auf die Beine kamen.

„Gute Nacht", rief ich ihnen hinterher. Sie verabschiedeten sich und verließen das Zelt.

Nachdem sie weg waren, kehrte allmählich Ruhe ein, während wir uns umzogen. Erst jetzt entdeckte ich die neuen Betten.

„Wo kommen die denn her?", fragte ich Jocelyn, die es sich neben mir auf ein paar Tierhäuten bequem machte.

„Gahn Baldors Männer haben sie gereinigt und zurückgebracht."

„Oh wow. Wie nett von ihnen. Aber ehrlich gesagt wäre es mir lieber, wenn die Leute sie kriegen, die sich jetzt noch von ihren Verletzungen erholen."

„Tja, das haben wir ihnen auch gesagt", erklärte Jocelyn. „Aber sie meinten ... warte, wie haben sie es ausgedrückt?" Sie hielt inne, räusperte sich und senkte die Stimme zu einem übertriebenen Knurren. „Würde Gahn Baldor zu Ohren kommen, dass wir eure Bettstätten weiterhin in Beschlag nehmen, würde er welche aus unseren Häuten für euch gerben."

Ich musste lachen und ein Funken Wärme flackerte beim Gedanken an Baldor in mir auf. Allerdings drängte ich ihn ganz schnell wieder zurück.

„Es klang aber so, als würde es den meisten sowieso schon wieder ganz gut gehen. Sogar die, die am schwersten verwundet waren, sind inzwischen wieder auf den Beinen", fügte Jocelyn noch hinzu.

„Gut", sagte ich ehrlich erleichtert. Die Schuldgefühle, die mir vorhin so zu schaffen gemacht hatten, schwanden ein wenig. Ich nahm mir ein paar der Tierhäute und baute mir daraus ein bettähnliches Lager. Es fühlte sich gut an, sich darin einzukuscheln. *Hoffentlich kann ich tatsächlich ein bisschen schlafen, obwohl ich weiß, dass Gahn Baldor die ganze Nacht da draußen rumlungern wird ...*

„Ist es für alle okay, wenn wir das Licht ausmachen?", fragte Serena, neben deren Bett die letzte noch brennende Kerze stand. Alle stimmten zu. Sie löschte die kleine Flamme und im Zelt wurde es dunkel.

KAPITEL SIEBZEHN
Baldor

NACHDEM ICH DIE KRÜGE mit dem Blut der Lavrika bei den Heilerinnen abgeliefert hatte, sah ich kurz nach meinen Männern in ihrer vorübergehenden Unterkunft. Das Zelt war überfüllt und einige hatten sich dazu entschieden, die Nacht im Freien zu verbringen, doch ich war zufrieden und erleichtert, dass es allen besser ging. Ihre Wunden heilten zügig.

Während ich den Blick so über meine Männer schweifen ließ und den Fortschritt ihrer Genesung begutachtete, versuchte ich, mir ein Leben hier vorzustellen. Inmitten der anderen Clans. Keinem würde ein solcher Befehl gefallen, da war ich mir sicher. *Vielleicht müssen ja nicht alle hierherziehen. Vielleicht kann nur ich bleiben.* Ich könnte meinen Titel als Gahn ablegen und meinen Clan verlassen. Für Teriisa würde ich das sofort tun, ohne zu zögern. Doch mir ging ihre Sicherheit nicht aus dem Kopf. Sie wollten mich für dieses Bündnis gewinnen, für den Fall eines Angriffs durch die Menschen. Und ein einzelner Mann, der kein Gahn mehr war, wäre nicht von so großem Nutzen wie die volle Stärke seiner Krieger.

Über all das grübelte ich nach, als ich zu dem *rakdo* zurückkehrte, das ich vor dem Zelt der Menschenfrauen liegen gelassen hatte. Auf dem Weg dorthin fiel mir siedendheiß ein, dass ich Teriisa bisher noch nicht mit Essen versorgt hatte. Das Gefühl, ihrer nicht würdig zu sein, verstärkte sich.

Ich könnte ihr jetzt etwas zu essen bringen. Aber mein Instinkt sagte mir, dass meine Anwesenheit im Zelt der neuen Frauen unerwünscht war. Außerdem beäugten mich die beiden Wachen vor dem Eingang schon misstrauisch. Es waren nicht dieselben wie vorhin, doch ihre Reaktion würde vermutlich nicht anders ausfallen. Sie würden die Klingen ziehen, wenn ich den neuen Frauen zu nah kam. Sollte das erneut geschehen, würde mir vielleicht nicht einmal Teriisas Flehen Einhalt gebieten. Meine Stimmung war zu finster.

Vor dem Zelt blieb ich stehen und lauschte. Die neuen Frauen unterhielten sich in ihrer eigenen Zunge, sodass ich die Worte nicht verstand. Ich konnte Teriisas Stimme unter ihnen ausmachen und mein Herz schlug unwillkürlich schneller. Ich ließ leise einen Atemzug entweichen, als mir der Geruch von geräuchertem Fleisch und *valok* in die Nase stieg. Zudem konnte ich Teriisa zwischen den mir fremden Worten kauen und trinken hören.

Also isst sie etwas. Gut.

In diesem Moment brauchte sie kein Fleisch von mir, doch ich konnte zumindest das *rakdo* ausnehmen, das ich für sie gejagt hatte. Ich ließ mich neben dem Kadaver nieder und zog ein kurzes Messer. Die Wachen spannten sich an und behielten mich scharf im Auge, aber als sie verstanden, was ich vorhatte, ließen sie mich gewähren.

Die Klinge glitt durch die Haut des *rakdo* und brach es mühelos auf. Ich legte das Fell beiseite, um es nicht mit Blut zu besudeln, falls Teriisa es noch verwerten wollte. Womöglich für ein weiteres Kleidungsstück, das ihre Haut vor der Sonne schützte. Obwohl das Fell in dieser Hitze vermutlich zu warm sein würde. Die Gewänder aus gewobenem *peet*-Gras, die unsere Frauen trugen, eigneten sich dafür besser. Allerdings bräuchte Teriisa längere Ärmel und eine Kapuze, um ihr Gesicht abzuschirmen. Natürlich besaß sie bereits ihren eigenen Kapuzenumhang aus ihrer Heimatwelt, doch in mir hatte sich der Wunsch festgesetzt, sie in die Gewänder unseres Volks gekleidet zu sehen. Das grünlichgraue Geflecht des *peet*-Grases würde herrlich zu ihrem seltsam bleichen Haar passen.

Und noch herrlicher würde es auf dem Sand aussehen, nachdem ich es ihr vom Leib gerissen habe.

Ich knurrte, was mir einen strengen Blick von einem der Wachposten einbrachte.

Bei allen Monden, ich verzehrte mich so sehr nach ihr. Unbändig. Es hatte Augenblicke heute Nacht gegeben, da hatte ich gedacht ...

Da hatte ich gedacht, sie würde das Gleiche empfinden.

Nun, möglicherweise nicht ganz das Gleiche. Noch war das Gefährtenband nicht in ihr erwacht. Doch in einigen Momenten hatte ich geglaubt, Verlangen auf ihren Zügen zu entdecken.

Oder vielleicht blendet dich dein eigener Stolz. Es schmerzte, sich einzugestehen, wie wenig ich über meine Gefährtin wusste. Das, was ich als Verlangen deutete, könnte auch etwas vollkommen anderes gewesen sein.

Ich beendete meine Arbeit am *rakdo* und band die Fleischstücke gerade zusammen, als Xyans Füße in meinem Blickfeld auftauchten.

„Grüße, mein Gahn."

Ich sah zu ihm auf, woraufhin er den Schwanz vor die Augen hob.

„Xyan", sagte ich. Genau wie Zolinna war Xyan seit unserer Kindheit einer meiner engsten Freunde. Er hatte mit mir auf der Ebene und an den Ufern der Bittersee gejagt und als ich den Platz des Gahns eingenommen hatte, war er zu meinem engsten Vertrauten und Berater geworden. Sein Urteil wog für mich mehr als das jedes anderen.

Ihm muss ich zuerst von meinen Plänen berichten. Meiner Absicht, mich mit den anderen Clans zu verbünden ...

Ich erhob mich. „Leiste mir Gesellschaft", forderte ich ihn auf. Er hob noch einmal zustimmend den Schwanz und wir setzten uns in Bewegung. Ich würde mich nicht weit vom Zelt der neuen Frauen entfernen, während sich meine Gefährtin darin aufhielt. Doch ich wollte mich außer Hörweite der dort postierten Wachen begeben.

Wir liefen auf die Klippen zu, doch ich achtete darauf, dass das große Zelt der Frauen in meinem Blickfeld blieb. In der Felswand entdeckten wir eine kleine Nische, die uns ausreichend abschirmte. Wir traten in den Schatten der Klippe. Dabei ließ ich den Blick an den Felsen hinaufwandern und dachte an die *krixel*, die dort hausten, und an Teriisas Erzählung. Dass sie in den Klippen von Gahn Fallos Clan von einer *krixel* angegriffen worden war. Bei diesen Worten war mir das Herz stehen geblieben. Sie waren so nah, zu nah an dem, was Zolinna zugestoßen war. Nur war es damals keine *krix-*

el gewesen. Den Berichten meines Clans zufolge hatte ein *forsek*, eine Kreatur ähnlich den *zeelk* aus den Flachwassern der Bittersee, sie erwischt.

Ich hätte dort sein sollen. Beide Male hätte ich dort sein sollen. Doch wieder und wieder war ich zu spät. Zu weit entfernt. Zu *schwach*.

Das würde sich ändern. Um Teriisas Wünsche zu erfüllen, benötigte ich große Stärke und Führungskraft.

„Was beschäftigt dich so sehr, mein Gahn?", fragte Xyan, als ich kein Wort sagte.

Ich riss den Blick von den gewaltigen Klippen los, schaute erst zum Zelt der neuen Frauen und dann zu ihm. „Ich ziehe in Betracht, mich den anderen Gahns hier anzuschließen."

Xyans Sichtsterne pulsierten, das einzige Anzeichen, dass ihn meine Worte schockierten. Abgesehen davon zeigte er keinerlei Reaktion, zweifellos, um mich nicht zu verärgern.

Aber in diesem Moment wollte ich keine Respektsbekundungen. Ich wollte Aufrichtigkeit.

„Sag mir, wie du darüber denkst, Xyan."

Sein Blick schweifte über das Lager und er biss die Zähne zusammen, bevor er sich wieder auf mich konzentrierte. „Wie du halte ich es für keine gute Idee. Meine Instinkte raten mir davon ab."

Ich brummte nachdenklich, weil es mir genauso erging. Deswegen musste es mir noch lange nicht gefallen.

„Aber", fuhr er fort, während sein Blick wieder zum Lager huschte, und ein weicher Zug legte sich auf seine

Miene, als er das große Zelt betrachtete, „diese neuen Frauen ..."

Ich folgte seinem Blick. Eine der Frauen verließ das Zelt und näherte sich den Klippen, vermutlich um dem Druck ihrer Blase irgendwo Linderung zu verschaffen. Wenn die neuen Frauen denn überhaupt Blasen besaßen.

Moment mal, haben sie wohl welche?

Hmm.

Als die Frau aus unserem Blickfeld verschwunden war, wandte sich Xyan wieder mir zu. „Diese neuen Frauen könnten für unser Volk, für unseren Clan alles bedeuten."

Ich erstarrte und kam mir plötzlich töricht vor. Das war mir gar nicht in den Sinn gekommen. Ich hatte nur mein eigenes Verlangen nach Teriisas Nähe und meinen eigenen Instinkt, einen Frieden mit den anderen Gahns zu umgehen, bedacht. Doch Xyans Worte trafen mich wie ein Schlag in den Magen. *Meine Männer ...*

Seit Generationen gab es zu wenige Frauen in allen Clans. Viele meiner Männer hatten keine Gefährtin. Wie konnte ich ihnen die Möglichkeit verwehren, diesen neuen Frauen nah zu sein? Mittlerweile war unbestreitbar, dass das Bündnis aus drei Clans und jetzt noch den kampferprobten Kriegern der Bittersee jede Hoffnung schwinden ließ, alle neuen Frauen mit mir auf die Ebene meines Clans zu führen. Wenn meine Männer sich Hoffnung auf eine Gefährtin in der Zukunft machen sollten, dann käme es nur hier dazu, an den Klippen von Uruzai.

Die Entscheidung, meinen Clan hierher umzusiedeln, erschien mir immer unvermeidlicher. Das entrang mir ein Knurren und das Bedürfnis, mich von den feindlichen

Gahns zu entfernen, wurde beinahe übermächtig. Doch Xyans geradezu gequälte Miene, als er die neue Frau beobachtete, die von den Klippen zurückkehrte, ließ mich innehalten. Die Zeit schien stillzustehen, während ich meinen Freund aufmerksam musterte.

Wir waren beide keine jungen Männer mehr. Ich sah die harten Linien, die kleinen Falten in Xyans Augenwinkeln. Aber wie bei mir standen seine Stärke und sein Körper noch in voller Blüte und er war ein fähiger Krieger. Und doch war ihm in all den Zyklen seines Lebens nie eine Gefährtin geschenkt worden. Anders als ich, der inzwischen mit zweien gesegnet worden war. Die Sehnsucht in seinem Blick war unübersehbar. Er würde sich nie wegen seiner eigenen Gefühle gegen mein Urteil oder die Zukunft unseres Clans stellen. Doch ich als Gahn konnte ich sie ebensowenig außer Acht lassen. Vielen meiner Männer erging es sicher ähnlich. Männer, die ihr Leben für die Aussicht auf eine Gefährtin riskieren würden. Hier zu lagern, barg durchaus Gefahr, wenn der Frieden nicht anhielt. Doch welche Zukunft hatte unser immer kleiner werdender Clan allein dort draußen auf der Ebene mit einer Handvoll Frauen?

Ein neuer Pfad. Ein Pfad in die Zukunft ...

„Weise Worte, Xyan. Wenn weitere unserer Männer Gefährtinnen unter den neuen Frauen finden, wäre es unklug, sie von denen fortzubringen, die geschworen haben, sie zu beschützen." Bei dem Gedanken, dass Teriisa gerade unter dem Schutz eines anderen Mannes als mir stand, musste ich aufwallenden Ärger niederringen. „Und es hat unserem Volk noch nie Gutes getan, den Willen der Lavrika zu missachten. Es muss einen Grund geben, warum sie Männer und Gahns von unterschiedlichen Clans mit den Frauen nur eines einzigen Clans verbunden haben."

Und soweit ich das verstanden hatte, ging es sogar darüber hinaus. Es gab noch andere Lavrika in der Bittersee, die einen dieser Wasser-Krieger mit Jara zusammengeführt hatten. Ich war ihr heute im Lager begegnet und hatte erfahren, dass der mächtige Kor ihr Sohn war. *Die Lavrika von See und Wüste haben uns alle zueinandergebracht, uns durch ein Band aneinandergekettet, vor dem niemand die Augen verschließen kann: das Gefährtenband.*

Der Grund erschloss sich mir noch nicht. Doch meine Entscheidung gewann immer mehr an Klarheit. Wir würden hierbleiben und ich würde einen kleinen Trupp zurückschicken, um die Frauen, Kinder und Weisen meines Clans zu holen. Ihnen das beizubringen, würde nicht leicht werden. Aber dann sah ich Xyan wieder an, seine quälende Sehnsucht, und mir wurde bewusst, dass es möglicherweise gar nicht so schwer werden würde, meinen Clan zu überzeugen – zumindest die ungebundenen Männer.

Die Welt ist wahrlich im Wandel, wie die Gezeiten an unseren Ufern. Ich hoffte nur, dass diese Veränderung etwas Gutes mit sich brachte. Und dass ich keinen schweren Fehler beging.

„Komm", sagte ich zu Xyan. „Wir sollten uns ausruhen. Morgen früh berufen wir ein Treffen mit den anderen Gahns ein."

KAPITEL ACHTZEHN
Theresa

AM NÄCHSTEN MORGEN wachte ich putzmunter auf und zog mich rasch an. Die Aussicht, mal aus dem Lager rauszukommen und meine Freundinnen zum Schiff zu begleiten, hob meine Laune gewaltig. Seit unserer unglücklichen Landung war ich nicht mehr dort gewesen und obwohl ich darauf verzichten könnte, die Gewalt und die traumatischen Ereignisse von damals noch einmal aufleben zu lassen, wollte ich mich unbedingt dort umsehen. Ich war gespannt, was ich finden würde und wie ich vielleicht helfen konnte.

Ich trank etwas Wasser und aß von dem Vorrat an Räucherfleisch, den wir immer im Zelt bereithielten. *Wir sollten auf jeden Fall die Augen nach mehr Essen von der Erde offen halten ...* Zoey hatte uns einen Haufen Schmuggelware mitgebracht, die sie in den Kabinen der Crew gefunden hatte, aber die hatten wir recht schnell vernichtet. *Das kann man wohl niemandem vorwerfen, der wochenlang nur Fleisch und Kaktusgelee zwischen die Kiemen gekriegt hat.* Danach hatten Cheetos und Schokolade einfach nur himmlisch geschmeckt.

Ob ich wohl noch Zeit habe, dem Dampfzelt einen Besuch abzustatten?

Die Sandmeer-Frauen hatten extra ein Dampfzelt für uns gebaut, in dem wir uns waschen konnten. Natürlich waren wir auch in den Waschzelten der drei Clans jederzeit willkommen und manchmal war es ganz schön, mit den Alien-Ladys und ihren Kindern und Enkeln zusammen im Rauch zu sitzen. Aber es war auch ziemlich bequem, eins direkt nebenan zu haben.

Kat kam herein und lächelte, als sie mich entdeckte. „Sehr schön, du bist schon wach."

Zoey folgte ihr. Beide hatten ihre Solarschutzjacken an und einen Rucksack auf dem Rücken.

„Kann ich mich noch kurz waschen?" Ich konnte mir gut vorstellen, wie ich aussah – verschwitzt und mit zerzausten Haaren und so verdreckt, wie man es nach mehr als einem Tag harter Arbeit ohne Dusche eben war.

„Klar, kein Problem. Wir müssen eh noch was essen. Wir warten hier auf dich", antwortete Zoey.

„Perfekt." Ich nickte ihr dankbar zu. Dann warf ich mir meine Solarschutzjacke über, schlüpfte in meine Stiefel und schnappte mir eine saubere Uniform, Unterwäsche und Socken. Die Kleidung klemmte ich mir unter den Arm und zog mir mit der freien Hand die Kapuze über den Kopf, als ich das Zelt verließ.

Gahn Baldor stand auf und hob den Schwanz vor mir. *Natürlich.*

Eigentlich hatte ich gehofft, mich heute Morgen zumindest eine Weile nicht mit ihm beschäftigen zu müssen. Weil ich angesichts dieser Muskeln und dieses Gesichts und der schwarz-silbernen Augen, die gefühlt in mich hineinblicken konnten, keinen klaren Gedanken zustande bekam.

„Teriisa."

Oh Gott. Unwillkürlich zog ich den Bauch ein, in dem sich ein Flattern bemerkbar machte. Wie er meinen Namen sagte ... Das berührte mich tief. Mir wurde heiß, und zwar nicht wegen der Sonne, die erbarmungslos auf mich runterbrannte.

„Gahn Baldor", entgegnete ich und gab mir größte Mühe, gelassen zu klingen. Wahrscheinlich versagte ich dabei kläglich. Ich war eben nicht gelassen oder cool. Ich war die liebe, die nachsichtige, die überfürsorgliche, einfühlsame, bemutternde Freundin. Und dieser sanfte, gefühlvolle Teil von mir wollte sich diesem muskulösen Alien-Mann an den Hals werfen und alles nehmen, was er mir anbot. Stattdessen riss ich mich zusammen. Ich musste ihn besser kennenlernen. Herausfinden, ob ich ihm vertrauen konnte. Ich wusste noch genau, in welche Richtung sich die letzte Nacht entwickelt hatte.

„Du musst mich nicht mit Gahn ansprechen. Bitte", sagte er und senkte dabei die Stimme.

Die Hitze in meinen Wangen wurde intensiver. „Okay. Guten Morgen, Baldor." *Oh.* Etwas daran fühlte sich seltsam intim an. Dabei sagte ich doch nur seinen Namen.

„Ich habe das erlegte *rakdo* für dich ausgenommen. Das Fleisch habe ich geräuchert und das Fell gesäubert." Er schaute zur Seite und deutete mit der Schwanzspitze auf ein Bündel, das auf dem Boden lag.

„Oh, danke. Das wäre doch nicht nötig gewesen", stammelte ich. Fast wünschte ich, er hätte das nicht getan. Das war ja fast schon ... nett. Zu nett. Zu verwirrend.

Baldor legte den Kopf schief. „Wie gesagt: Bevor ich Gahn wurde, war ich ein Jäger meines Clans. Ich weiß, wie man Beute macht und zerlegt. Das gehört alles zu meiner Aufgabe, für meine Gefährtin zu sorgen."

Ich schürzte die Lippen. „Das weiß ich zu schätzen, danke." Ich würde ganz bestimmt kein Fleisch ablehnen, das er für den Clan gejagt hatte. Und es war so viel, dass ich es sowieso niemals allein aufessen konnte, also würden die anderen auch was davon haben.

Wieder huschte mein Blick zu dem schimmernden, weichen *rakdo*-Fell, das Bilder von einer Art Babybett vor meinem inneren Auge heraufbeschwor. Die Vorstellung weckte eine tief sitzende Sehnsucht in mir. Ich klammerte mich an die Kleidung in meinen Händen und wünschte mir sehr, etwas anderes im Arm zu halten. Etwas Kleines, Lebendiges, mit Pausbäckchen und strahlenden Augen ...

Jetzt träumst du aber nicht mehr von Ceces Baby, meine Liebe ...

Ich seufzte. Es war sinnlos, sich in diesem Moment eigene Kinder vorzustellen. Soweit ich das verstanden hatte, kam es äußerst selten vor, dass eine Frau ohne Gefährtenband schwanger wurde. Und auch wenn da ein Mann direkt vor mir stand, der mir das Gefährtenband anbot, würde ich mich niemals auf ihn einlassen, nur um ein Baby zu bekommen. Ich würde ihn nicht so schamlos ausnutzen. Ich wollte auf jeden Fall Mutter werden, das stand fest. Aber nur mit dem richtigen Partner. Und ich war noch nicht davon überzeugt, dass dieser grimmige Gahn ein geeigneter Kandidat war.

„Ich muss dann mal los. Ich gehe kurz ins Dampfzelt und begleite dann ein paar der anderen Frauen zurück zum Schiff."

„Das *Schiff* ... das fliegende *irkdu*, das euch hergebracht hat?"

Bei der Beschreibung musste ich lachen. „So kann man es auch nennen."

„Die Wüste ist viel zu gefährlich." Baldor machte einen Schritt auf mich zu, was mich scharf Luft einziehen ließ. Die Wachen vor unserem Zelt beobachteten uns misstrauisch und ich wollte ihnen keinen Anlass geben, Baldor wieder anzugreifen. Also blieb ich stehen, wich nicht zurück und zeigte keinerlei Anzeichen von Beunruhigung. Und ich hatte wirklich keine Angst. Baldor war so groß, dass ich den Kopf in den Nacken legen musste, um ihn anzusehen. Die Ärmel meiner Jacke streiften seinen Bauch, da ich mir das Kleiderbündel immer noch fest an die Brust drückte. Seine Nähe trieb meinen Puls in die Höhe. Er hatte seinen Zopf neu geflochten, sodass nichts den Blick auf sein markantes Gesicht und die starken Schultern versperrte.

„Schon okay", flüsterte ich. „Wir haben einen Wachtrupp dabei."

Baldor knurrte tief und die Vibration kribbelte an meinen Armen hinauf. „Das gefällt mir nicht. Ich würde mich euch ja anschließen, doch mir steht heute ein Treffen der Gahns bevor."

„Nein, kein Problem, ist schon gut", stotterte ich kopfschüttelnd. Der Sinn dieses Ausflugs mit Zoey und Kat war ja schließlich, ein bisschen auf Abstand zu Baldor zu gehen. „Du unterhältst dich mit den Gahns und ich gehe zum Schiff. Wir sehen uns dann später wieder." Den letzten Teil fügte ich hinzu, ohne vorher groß darüber nachzudenken. Ganz automatisch. Seit seiner Ankunft war mir Baldor praktisch nie von der Seite gewichen und hatte sogar nachts vor unserem Zelt geschlafen. Deshalb fühlte es sich inzwischen seltsam normal an, davon auszugehen, dass wir uns nach meiner Rückkehr wiedersahen. Aber diesmal ging es von mir aus. *Was versucht mir mein Unterbewusstsein hier bitte zu sagen? Und warum gönnt es mir nicht mal eine kleine Atempause?*

Baldor verengte die Augen zu Schlitzen. Mir stockte der Atem, als er eine Hand hob und mit einem rauen Daumen über meinen Kiefer bis zu meinem Kinn strich. Die Berührung war so zärtlich. Kaum spürbar. Und doch spürte ich sie am ganzen Körper.

„Ich muss zwingend an der Versammlung der Gahns teilnehmen. Aber ich schicke meinen engsten Vertrauten mit euch mit. Xyan."

„Alles klar", stieß ich erstickt hervor. In meiner Brust ballte sich Hitze zusammen und mein Herz klopfte wie wild. Mir war es inzwischen echt egal, wer noch dabei war. Ich musste unbedingt dieser ... Nähe entfliehen. Denn ich war drauf und dran, all meine Bedenken über Bord zu werfen – über Baldors Angriff, wie skeptisch er den Frieden sah und dass er mir gedroht hatte, mich einfach zu entführen – und ihn um den Verstand zu küssen. Ich leckte mir die Lippen und spürte, wie sich Baldors Finger an meiner Wange anspannten, als sein Blick auf meinen Mund fiel.

„Sag deinem Freund Bescheid, dass wir uns hier treffen", sagte ich und löste mich hastig von ihm. Ich machte einen Schritt nach hinten und klammerte mich an mein Kleiderbündel, als könnte es mich irgendwie vor Baldor schützen. Er musterte mich schweigend und vollkommen reglos, bis ich den Blick von seinen Augen losriss, herumwirbelte und in das verhältnismäßig sichere Dampfzelt flüchtete.

Seufzend bemühte ich mich, wieder zur Ruhe zu kommen. Meine Reaktion auf seine Anwesenheit war völlig übertrieben. Mein ganzer Körper pulsierte und die Hitze hatte sich überallhin ausgebreitet. Am stärksten war sie in meiner Brust. Und weiter unten, zwischen meinen Beinen ...

Alles klar, du findest ihn heiß. Das ist okay. Ansonsten ändert sich nichts. Du wirst nicht mit ihm in die Kiste springen, während er noch was von Krieg faselt und dich kidnappen will. Kommt gar nicht in die Tüte.

Ich schüttelte den Kopf, um ein bisschen klarer zu werden. Dann legte ich meine saubere Kleidung auf den Boden und zog mich aus. Die Dreckwäsche kam auf einen eigenen Haufen. Um die kümmerte ich mich gleich noch.

Ich sah mich in dem beengten Raum um. Außer mir war niemand hier. Das Zelt lief über mir spitz zu und am höchsten Punkt befand sich eine Öffnung, damit Rauch und Dampf abziehen konnten.

Wer auch immer als Letztes die Vorräte aufgefüllt hat: Danke!, dachte ich, als ich erleichtert feststellte, das alles Nötige da war. Das nach Kräutern duftende Gras, das man anzündete, um den Rauch zu erzeugen. Jede Menge *talka*-Stängel, die an Aloe Vera erinnerten und deren milchiger Pflanzensaft herrlich duftete. Saubere Lederfetzen, die man als Waschlappen benutzen konnte. Außerdem gab es auch einige menschliche Ergänzungen zur Ausstattung des Dampfzelts: Steine, die man im Feuer erhitzen konnte, und Wasserflaschen, um fast so was wie eine Sauna hinzubekommen. Die Sandmeer-Aliens benutzten nach wie vor nur Rauch zur Reinigung. Als wir einigen der Frauen gezeigt hatten, wie man ein feuchtheißes Saunaerlebnis erhielt, hatten sie keinen Spaß daran gehabt. Vom Rauch mussten sie nie so stark husten wie vom Dampf, und sie mochten das nasse Gefühl auf der Haut nicht. Zum Teil war das der Grund, warum sie uns überhaupt ein eigenes Zelt aufgestellt hatten – damit wir unsere komische, feuchte Menschensauna nicht bei ihnen veranstalteten.

Stirnrunzelnd stemmte ich die Hände in die Hüften. Um diese komische, feuchte Menschensauna zum Laufen zu bringen, brauchte ich ein Feuer. Und es brannte keins.

Bisher war jedes Mal, wenn ich zum Waschen hergekommen war, jemand vor mir da gewesen und hatte bereits ein Feuer entzündet. Ich hatte mich noch nie selbst darum kümmern müssen und hatte auf der Erde auch noch nie eine Feuerstelle errichtet.

Na ja, das bekomme ich schon irgendwie hin. Schließlich hatte ich anderen schon mal dabei zugesehen.

Nach kurzer Suche fand ich die dunklen Feuersteine. Dann häufte ich etwas Gras in der Grube mitten im Zelt auf.

Na, das ist doch schon mal ein guter Anfang. Zufrieden kniete ich mich vor das Grashäufchen und schlug die Steine gegeneinander.

Nichts passierte.

Meine Ich-bin-so-eine-tolle-Überlebenskünstlerin-Euphorie verpuffte. *Mist. Das kann doch nicht so schwer sein. Noch mal.* Ich hatte noch nie zu den Leuten gehört, die schnell aufgaben. Und bei diesen dummen kleinen Steinen würde ich ganz bestimmt nicht damit anfangen.

Ich schlug sie noch einmal gegeneinander. Und wieder. Und wieder. Einmal sprühte sogar ein winziger Funken, doch er erlosch im Sand, ohne das Gras in Brand zu setzen. Ich kämpfte meine zunehmende Frustration nieder und versuchte es erneut. Nur diesmal rutschte mein Daumen zwischen die Steine.

Mir entkam ein leiser Aufschrei und ich steckte mir den Daumen in den Mund. Es war keine ernste Verletzung, aber Mann, tat das weh.

Leider wusste Gahn Baldor nicht, dass nichts Schlimmes passiert war, denn im nächsten Moment stürmte er aufgebracht ins Zelt.

„Oh mein Gott", entfuhr es mir in meiner eigenen Sprache, weil ich hier splitterfasernackt vor ihm stand. Ich fing mich gerade schnell genug, um in der Sprache des Sandmeers „Raus hier!" zu rufen.

Doch Baldor hatte nach meinem Schrei offenbar komplett auf taub geschaltet, denn er rührte sich keinen Zentimeter. Ich kauerte mich noch weiter zusammen und schlang meine Arme um die Knie. Meine Kleidung war nicht in Reichweite und selbst wenn, würde ich mich nur noch mehr entblößen, wenn ich danach griff.

„Ich dachte, du brauchst Hilfe", brachte Baldor erstickt hervor und seine Sichtsterne vibrierten geradezu. Es verlangte ihm ganz eindeutig gewaltig etwas ab, den Blick nur auf mein Gesicht zu richten.

„Oh, ich brauche Hilfe", stöhnte ich und ließ die Stirn auf die Knie sinken. „Offensichtlich für meine geistige Gesundheit." Ich hatte gerade wirklich das Gefühl, komplett durchzudrehen. Denn so peinlich es mir auch war und so sehr ich mir wünschte, er würde einfach weggehen, war es doch auch ... na ja ... erregend. Das konnte ich nicht leugnen. Nackt zusammen mit Baldor, der so verflucht ... na, eben wie *Baldor* aussah, in diesem Zelt zu sein, löste eine Menge Dinge in mir aus.

Und offenbar hatte es auch Auswirkungen auf meinen Gleichgewichtssinn, denn in diesem Moment verlor ich in meiner wackligen hockenden Position die Balance. Meine Fußballen rutschten im Sand weg und ich musste die Hände ausstrecken, um mich abzufangen.

Natürlich hätte ich mir das auch sparen können, denn Mr. Null-Reaktionszeit war sofort an meiner Seite. Schneller als sofort. Er umfasste meine Handgelenke, damit ich nicht zur Seite kippte, und drückte mich auf die Knie. *Na super.* Jetzt sah er absolut alles.

Diesmal konnte Baldor sich nicht beherrschen und ich beobachtete wie erstarrt, wie sein Blick an mir runterwanderte, wie seine Sichtsterne pulsierten, als er bei meinen Brüsten ankam, und wie sich die kleinen Funken zusammenzogen, als er zwischen meinen Beinen verharrte.

„Du kannst mich jetzt loslassen", zischte ich und riss die Hände aus seinem Griff. Zum Glück gab er sofort nach. Sein Blick kehrte zu meinem Gesicht zurück und ich schnappte nach Luft. Sein Gesichtsausdruck war so unverhohlen hungrig, dass es mir fast Angst einjagte. Doch da fuhr kein Entsetzen durch meinen Körper. Sondern Verlangen. Baldors Sehnsucht fachte meine eigene an. Lockte sie tief aus meinem Inneren hervor. Und sorgte dafür, dass sich alles in mir zusammenzog.

Ich brauche was zum Anziehen. Jetzt.

Ich drehte mich auf den Knien um und griff nach meiner Solarschutzjacke, die hinter mir lag. Zu spät – nämlich als Baldor leise und tief aufstöhnte – fiel mir auf, dass ich ihm so einen ziemlich netten Ausblick auf meinen nackten Hintern präsentierte. *Ach, was soll's? Jetzt ist es auch egal.*

Ich wirbelte wieder zu ihm herum, schlüpfte in meine Jacke und ließ mich in den Sand fallen. Dann zog ich die Knie an meine nackte Brust unter die Jacke und zerrte den Saum so weit runter, dass ich wie ein kleiner, menschlicher Ball aussehen musste. Damit war ich zwar immer noch nicht richtig angezogen, aber zumindest sah Baldor jetzt nur noch meinen Kopf, meine Hände und Füße.

Ich wollte mich waschen und jetzt bin ich noch verschwitzter als vorher ...

Auch Baldor ließ sich im Schneidersitz nieder, ohne mich aus den Augen zu lassen. Ich beäugte ihn – und die gewaltige Wölbung unter seinem Lendenschurz – misstrauisch. *Warum sieht es so aus, als würde er es sich hier gerade gemütlich machen?*

„Ich habe beschlossen, mich den anderen Gahns in Frieden anzuschließen. Das heutige Treffen soll dazu dienen, die Einzelheiten zu klären. Doch ich habe fest vor, meinen Clan so bald wie nur möglich hierherzuholen."

Ich riss die Augen auf und traute meinen Ohren kaum. Dann durchflutete mich eine Welle der Euphorie. *Cece hat gesagt, dass er das macht, und sie hatte recht!* Ich schenkte ihm ein strahlendes Lächeln, was ihn erneut aufstöhnen ließ.

„Ich will mehr von dieser Freude. Was es auch kostet", raunte er.

Mir stockte der Atem und mein Lächeln verblasste, während ich das Gewicht dieser Worte allmählich begriff. „Ich freue mich wirklich sehr darüber. Danke", sagte ich schließlich und meinte es auch so. Ein weiterer Clan in unserem Lager bedeutete einer weniger, mit dem man potenziell Krieg führen musste. Weniger Gewalt, weniger Blutvergießen.

Mir war sehr bewusst, dass er das für mich tat oder dass die Tatsache, dass ich seine Gefährtin war, zumindest einen großen Einfluss auf seine Entscheidung gehabt hatte. *Er ist zwar hergekommen, um Blut für dich zu vergießen. Aber jetzt beugt er sich auch dem Frieden für dich.*

Ein schmerzhaftes Ziehen machte sich in meiner Brust breit, als Zuneigung für ihn in mir aufwallte. Ich wusste, wie schwer es für diese Männer war, alte Fehden ruhen zu lassen, ihr Leben komplett auf den Kopf zu stellen und Seite an Seite mit ihren Feinden zu leben. Das war keine Kleinigkeit. Tatsächlich war das ein gewaltiger Schritt. Diese Entscheidung bedeutete etwas. Etwas, das ich nicht ignorieren konnte.

Vielleicht haben wir ja doch eine Chance ... eine Chance auf Frieden, auf Glück, auf das Wunder des Gefährtenbands.

„Danke", wiederholte ich. Dann verlagerte ich das Gewicht und kam wieder auf die Knie. Baldor spannte sich an, als ich auf ihn zurutschte und ihm die Hände auf die Schultern legte. „Das bedeutet mir echt viel. Uns allen." Diese Entscheidung hatte nicht nur Auswirkungen auf mich – sie brachte Frieden für uns alle. Und bessere Chancen, falls wir tatsächlich gegen die Menschen kämpfen mussten.

„Teriisa", knurrte Baldor und seine Stimme war so rau, dass sie jedes Nervenende an meiner Wirbelsäule entzündete, als würde jemand mit Sandpapier hauchzart über meine Haut streichen. Sein Blick war auf den Saum meiner Solarschutzjacke gerichtet, die mir gerade so bis zu den Oberschenkeln reichte.

„Ja?", erwiderte ich und mir fiel auf, dass ich ihm noch näher gekommen war, ohne es bewusst zu merken.

Seine Sichtsterne zuckten wieder nach oben zu meinen Augen und im gleichen Moment packte er mich an den Hüften. Ich wölbte mich ihm entgegen und mein Körper sagte mir schon laut und deutlich, dass ich mich endlich auf seinen Schoß setzen sollte. Ich verlor zunehmend die Beherrschung.

„Sag mir, dass ich gehen soll. Befiehl es mir. Wenn du mich jetzt nicht nachdrücklich abweist ..." Er verstummte und ein sehnsüchtiges Ziehen jagte durch meine Mitte, als ich seinen Satz in Gedanken beendete. *Wenn du mich jetzt nicht abweist, kann ich für nichts garantieren ...*

Und, oh, ein Teil von mir wollte dringend herausfinden, was er tun würde. Und das war kein kleiner Teil. Sondern einer, der mit jeder Sekunde größer und lauter wurde.

Es wäre ganz leicht, auf seinen Schoß zu rutschen. Ich müsste nur das Gewicht ein bisschen verlagern und schon würde ich auf ihm sitzen. Könnte seine Härte an mir spüren.

Ich schnappte nach Luft und presste die Oberschenkel zusammen. Jeder Muskel in Baldors Körper war zum Zerreißen gespannt, er runzelte angestrengt die Stirn und seine Brust hob und senkte sich unter beherrschten, flachen Atemzügen.

Aber als plötzlich vor dem Zelt Stimmen erklangen, fuhr ich erschrocken zusammen und die Realität brach den Bann. Wir saßen hier quasi auf dem Präsentierteller. Jederzeit konnte eine der anderen Frauen reinschneien. Und Zoey und Kat würden mich wahrscheinlich jeden Moment holen kommen.

Und ich hab mich immer noch nicht gewaschen!

Allein dieser Gedanke reichte aus, um auf Abstand zu gehen. Ich müffelte fürchterlich und bei der Vorstellung, ihm in meinem derzeitigen Zustand nahzukommen, überrollte mich Scham.

„Du solltest gehen", flüsterte ich und nickte bekräftigend. Hoffentlich sah die Geste nicht so schwach aus, wie sie sich anfühlte.

Baldors Nasenflügel blähten sich und sein Schwanz peitschte über den Sand. Einen Augenblick lang dachte ich, er würde meine Aufforderung ignorieren. Er sah aus, als würde er mich am liebsten hier und jetzt zu Boden drücken, als wäre er der Jäger und ich seine Beute – und ach du Scheiße, diese Vorstellung machte mich verflixt heiß. Doch schließlich stand er auf, ohne den Blick von mir abzuwenden.

„Wenn du es befiehlst, werde ich dich jetzt allein lassen."

Wieder nickte ich, weil ich die Worte einfach nicht über die Lippen bekam. Denn mit jeder verstreichenden Sekunde fielen mir weniger Gründe ein, warum er gehen sollte.

Er drehte sich um, hob die Zeltklappe an und setzte einen Fuß nach draußen.

„Baldor, warte!"

Er fuhr zu mir herum. Bei dem begierigen, hoffnungsvollen Ausdruck, der über seine Züge huschte, verzog ich das Gesicht.

„Könntest du mir erst noch helfen, das Feuer in Gang zu kriegen?"

Baldor wirkte kurz überrascht, dann lächelte er leicht. „Natürlich, mein Sonnenlicht."

Er kniete sich mir gegenüber hin. Ich beobachtete seine Finger und wie die Muskeln in seinen Armen spielten, als er die beiden Steine gekonnt gegeneinanderschlug, sodass der Funke direkt auf dem Gras landete und es rasch entzündete. Hitze loderte auf, die diesmal allerdings nichts mit dem unerträglichen Knistern zwischen uns zu tun hatte.

Der Feuerschein tanzte über sein Gesicht und spiegelte sich glänzend in seinen Augen, während der Rest seiner Züge im Schatten lag. Es wurde jetzt echt schnell heiß hier drin. Ich sollte dringend die Jacke ausziehen.

Ich sammelte die anderen Steine zusammen und legte sie im Kreis dicht ums Feuer, damit sie sich erhitzten.

„Was genau tust du mit diesen Steinen?", fragte Baldor, der mich neugierig beobachtete.

„Menschen machen das oft so. Wir lassen die Steine heiß werden und gießen dann Wasser darauf, um Dampf zu erzeugen."

Der riesige Gahn rümpfte die Nase, was mich zum Lachen brachte.

„Warum sollte man so etwas tun?"

Ich zuckte mit den Schultern. „Normalerweise benutzen wir Wasser oder zumindest irgendwas Feuchtes, um uns zu waschen. In unserer Heimat gibt es etwas, das wir Sauna nennen. Die kann trocken sein, ganz ähnlich wie die Rauchzelte. Und dann gibt es welche mit Dampf."

Mir fiel wieder ein, dass ich ihn eigentlich nicht mehr hier haben wollte. Doch ich war immer noch wie gelähmt von dem Gefühl, dass ich mir tief im Inneren wünschte, dass er blieb.

„Soll ich es dir zeigen?"

„Ja", antwortete er prompt. *Er will auch nicht gehen. Wenigstens ist jetzt das Feuer zwischen uns und ich muss nicht aufpassen, dass ich ihm einfach auf den Schoß klettere.*

„Okay, pass auf. Wahrscheinlich gefällt es dir nicht", warnte ich ihn, griff nach einer Wasserflasche und schraubte sie auf. Die Steine waren inzwischen vermutlich heiß genug. Es war schon gut warm hier drin gewesen, bevor er das Feuer entzündet hatte.

Baldor verfolgte meine Bewegungen aufmerksam, hatte die Lippen fest zusammengepresst und sah fast schon verwirrt aus. Das war ... echt niedlich, wenn ich ehrlich war.

Ich goss etwas Wasser auf die erhitzten Steine, wobei ich darauf achtete, nicht aus Versehen das Feuer zu löschen. Durch den plötzlich aufsteigenden Dampf konnte ich erkennen, wie sich Baldor bei dem Zischen anspannte. Aber immerhin sprang er nicht auf oder reagierte sonst irgendwie überrascht.

Die Luftfeuchtigkeit zusammen mit meinem Schweiß sorgte dafür, dass ich fast sofort klatschnass war. Wassertropfen rannen unter meiner Jacke über meine Haut und ich öffnete den Reißverschluss. Allerdings nur ein kleines Stückchen, weil ich auch trotz Dampf mitbekam, wie Baldors Blick sofort zu meiner Hand zuckte.

„Brauchst du noch weitere Unterstützung?" In seiner Stimme lag ein verzweifelter Unterton, vermischt mit einem Hauch von Hoffnung. *Wir wissen beide, dass er hier raus muss, aber er will nicht gehen.*

„Nein", gab ich zu. Brummend stand er auf und wandte sich ab.

Als er mir den Rücken zudrehte, seufzte ich erleichtert und streifte mir endlich die Jacke ab, die schon an meiner Haut klebte. Beim Rascheln des Stoffs, der in den Sand fiel, versteifte sich Baldor sichtlich, schaute aber nicht noch mal zu mir zurück.

„Bei deiner Rückkehr heute Abend sehen wir uns wieder", sagte er heiser und ich hatte da so eine Ahnung, dass das nicht am Dampf lag.

Im nächsten Moment war er fort. Ich ließ einen langen, geräuschvollen Atemzug entweichen und versuchte, mich zu beruhigen. Noch immer pulsierte Erregung durch meine Adern.

Zeit für etwas Ablenkung.

Ich machte mich daran, meine Dreckwäsche mit einer Mischung aus Sand und *talka*-Gel abzureiben. Dann widmete ich mich meinem Körper, angefangen bei meinen Haaren. Das Zeug war echt toll. Es hatte gleichzeitig den Effekt von Shampoo und Conditioner und man musste es nicht mal ausspülen. Aber ich nutzte trotzdem etwas Wasser aus der Flasche, einfach um Kopfhaut und Gesicht ordentlich sauber zu kriegen. Obwohl das Wasser durch die Hitze ziemlich warm war, fühlte es sich großartig an.

Ich nahm mir einen der Lederlappen, schmierte etwas von dem *talka*-gel darauf und genoss einen Moment lang den kräftigen Duft, der an Rosmarin erinnerte, bevor ich mich abschrubbte. Meine Haut wurde Stück für Stück heller – besonders an den Händen, Handgelenken und Unterarmen –, als ich den Schmutz und die letzten Blutspuren wegwischte. Rasch wusch ich mich am ganzen Körper, rieb den Lappen über meine Beine nach unten und zwischen meine Zehen. Nur zwischen den Beinen war ich noch nicht gewesen, aber ehrlich gesagt vermied ich das gerade sehr bewusst. Meine Haut prickelte dort, immer noch empfindsam durch Baldors Nähe. Der Kerl war gar nicht mehr hier und doch hatte seine Wirkung auf mich nichts von ihrer Intensität verloren.

Aber ich war hergekommen, um mich von Kopf bis Fuß zu waschen. Ich säuberte den Lappen und meine Kleidung und legte ihn zur Seite. Nachher würde ich beides draußen in die Sonne legen, die sowohl als Trockner als auch als natürliches Desinfektionsmittel diente. Dadurch rochen die Klamotten und auch gereinigte Tierhäute erstaunlich frisch.

Ich drückte den letzten Rest *talka*-Gel aus dem Stängel und verteilte es in meiner Beinbeuge. *Oh shit.* Ich war noch nicht mal in der Nähe einer empfindlichen Stelle und mein Körper reagierte schon.

Bring es schnell hinter dich.

Hastig rieb ich *talka* in meine Schamhaare. Als meine Fingerspitzen meine Klit streiften, jagte ein Stromschlag meinen Rücken hinauf, als wäre ich vom Blitz getroffen worden. Überwältigende Lust überrollte mich und ich konnte mich nicht davon abhalten, dass meine Finger sofort zu dieser Stelle zurückkehrten.

Das sollte ich echt lassen. Es kann jederzeit jemand reinkommen.

Aber, oh Gott, ich war noch nie so erregt gewesen. Mir fielen die Augen zu, während meine Finger ihre Arbeit aufnahmen. In der Schwärze hinter meinen Lidern erschien Baldors Gestalt in erschreckender Klarheit. Seine breiten Schultern und die kräftige Brust. Der wie aus Stein gemeißelte Kiefer. Der durchdringende Blick aus funkelnden Augen.

Der riesige Schaft.

Ich unterdrückte ein Stöhnen und die Bewegungen meiner Finger wurden schneller. Ich war wie besessen, als hätte ich keinerlei Kontrolle über meine Taten oder Gedanken. Mit einem Finger drang ich in mich ein und presste die Handfläche an meine Klit. Und bei der Erinnerung daran, wie Gahn Baldors Atem über meine Lippen gegeistert war, kam ich. Alles in mir zog sich zusammen und ich biss mir fest auf die Lippe, um keinen Mucks von mir zu geben.

Als ich einen Moment später offenbar wieder einigermaßen zur Vernunft kam, riss ich die Hand weg, wusch mir die Finger und spritzte mir etwas Wasser zwischen die Beine. Ich zuckte zusammen, weil meine Haut noch so empfindlich war, und meine Brustwarzen kribbelten. Das ignorierte ich jedoch ganz bewusst, zog mich schnell an und putzte mir dann mit dem leeren *talka*-Stängel die Zähne.

Mit den Fingern fuhr ich mir durch die feuchten Haare und hoffte, dass ich meine roten Wangen auf die Sauna schieben konnte. Denn ich hatte wirklich keine Lust, irgendjemandem erklären zu müssen, dass ich es mir gerade auf Fantasien über Gahn Baldor besorgt hatte.

Aber vielleicht musste ich ihm gegenüber gar nicht mehr so misstrauisch sein. Vielleicht sollte ich diesem Verlangen einfach nachgeben. *Er hat gesagt, dass er für dich herzieht und die Waffen ruhen lässt. Dass er für dich all seine Instinkte und die ganze Geschichte seines Volkes ignoriert.*

Viel mehr konnte man doch gar nicht von einem Partner verlangen.

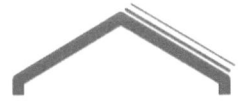

KAPITEL NEUNZEHN
Baldor

ICH RANNTE ÜBER DEN Sand, legte all meine Kraft in jeden meiner Schritte. Angestrengt verbannte ich jeden Gedanken an die Schönheit, die ich in diesem Zelt zurückgelassen hatte. Wenn ich zu lange darüber nachdachte, über sie, entglitt mir am Ende noch die Kontrolle entgleiten und ich kehrte um. Selbst jetzt noch lauerte dieses Verlangen am Rand meiner Gedanken. Das Verlangen, mich auf sie zu stürzen, sie zu Boden zu werfen und ihr zu zeigen, dass sie zu mir gehörte.

Wir waren uns so nah gewesen. Nur noch ein kleines Stück und …

Knurrend grub ich die Klauen in meine Handflächen, bis Blut hervortrat. Ich spürte es kaum. Mein ganzer Körper brannte für Teriisa und für etwas so Unwichtiges wie Wunden hatte ich keinen Funken Aufmerksamkeit übrig.

Mir war bewusst, dass ich die anderen Gahns aufsuchen musste. Aber nicht jetzt, noch nicht. Nicht während sich Erregung und Frust einen erbitterten Kampf in meinem Körper lieferten. Ich wünschte mir sehnlichst, auf etwas einschlagen zu können, wenn ich schon meine Männlichkeit nicht in

Teriisa versenken konnte. In meiner derzeitigen Verfassung
konnte ich unmöglich mit den Männern verhandeln, die ich
bis zur vergangenen Nacht noch für meine Todfeinde gehalten hatte. Männer, die ich wegen ihrer Clanzugehörigkeit
hasste. Doch wenn sie von jetzt an meine Verbündeten sein
sollten, musste ich ihnen mit kühlem Kopf gegenübertreten.
Ich war nicht wie Fallo mit seiner gedankenlosen Zer-
störungswut. Prinzipiell war ich ja nicht gegen Gewalt. Aber
ich dachte zumindest erst einmal darüber nach.

Ich lenkte meine Schritte fort vom Lager, hin zur
Abgeschiedenheit der Klippen. Wahllos betrat ich eine der
Felsspalten. Das hier war das reinste Labyrinth, eine
gewaltige Felsformation aus wirren Tunneln, Senken und
Gipfeln. Ich lief weiter, ohne mich darum zu scheren, wohin
der Weg mich führte, hastete durch Schatten und Licht. Irgendwann ging es steil hinauf und ich rannte wieder los.
Meine Muskeln brannten, weil der Hang kein Ende nehmen
wollte. Doch es reichte nicht aus, um das kochende Blut in
meiner Männlichkeit zu besänftigen. Wie überhaupt genug
Blut in meinem restlichen Körper übrig sein konnte, um
weiterzulaufen, ging über meinen Verstand. Es fühlte sich
an, als würde jeder Tropfen Lebenskraft und jede Empfind-
ung zwischen meinen Beinen zusammenlaufen.

Schließlich wurde ich langsamer und blieb an einem
beschatteten Platz stehen. Schwer atmend starrte ich an die
kahle rote Felswand. Die Hände hatte ich noch immer zu
Fäusten geballt. Ich war nicht bereit, sie zu lockern, bevor
ich auf irgendetwas eingeschlagen hatte. Also hieb ich auf
den Stein ein. Einmal, zweimal, dreimal, bis meine Knöchel
blutig waren. Und dennoch war ich nicht befriedigt. Ich

verkniff mir ein gereiztes Brüllen, riss meinen Lendenschurz zur Seite und umfasste meine Härte. Schnell und energisch rieb ich sie, wobei ich das Blut von meiner Handfläche auf meinem Schaft verteilte. Als ich mir vorstellte, es wäre Teriisas Feuchtigkeit, pulsierte meine Männlichkeit.

Mir fielen die Augen zu und sofort nahm mich die Erinnerung an ihren nackten Körper völlig ein. Ich stützte mich mit der freien Hand an der Felswand ab und beugte mich leicht vor, ohne die Bewegungen der anderen einzustellen.

Sie war so unendlich bezaubernd. Keine Frau hatte das Recht, so bezaubernd zu sein. Bezaubernder als ich es verdiente. Doch ob ich ihrer nun würdig war oder nicht, ich wollte sie. Und sobald sich mir die Gelegenheit bot, würde sie mein sein.

Ich stellte mir vor, wie sie ihre wundervoll weichen Oberschenkel für mich spreizte. Wie ich eine ihrer Brüste mit dem Mund verwöhnte. Dass Frauen Brüste hatten, obwohl sie gerade kein Junges austrugen oder stillten, war mir völlig neu, und es war atemberaubend sinnlich. Ich konnte ihre zarte Haut geradezu auf meinen Zungen spüren. Als ich den Griff meiner Hand verstärkte, konnte ich beinahe fühlen, wie ihre enge Hitze mich umschloss.

Wie würde sie wohl meine Härte in sich aufnehmen? Würde sie sich zurückhaltend, zögerlich, fast schon schüchtern geben wie bisher? Oder war sie begierig? Würde sie mich ganz in sich einlassen und um mehr flehen?

Bei der Vorstellung, wie sie nach mehr, nach *mir* verlangte, ergoss ich mich über den Felsen. Knurrend verlangsamte ich die Bewegungen meiner Hand. Ein paar Atemzüge später schob ich meine halb harte Männlichkeit wieder unter meinen Lendenschurz. Und noch immer fühlte ich mich nicht besser. Der sehnende Schmerz in meinem Schaft war nicht mehr übermächtig, doch ich biss immer noch frustriert die Zähne zusammen. Ich wollte die anderen Gahns nicht aufsuchen. Ich wollte niemanden sehen außer Teriisa – vorzugsweise erneut ohne ihre fremdartigen Gewänder.

Ich stieß ein zischendes Seufzen aus und fuhr mir mit den blutigen Knöcheln über die Stirn. Dann riss ich die Hand weg und legte hastig den Kopf in den Nacken, als ein grässliches Kreischen die Stille durchbrach.

Eine *krixel*.

Ja.

Genau das brauchte ich jetzt. Genau das würde mich befriedigen und meine Rastlosigkeit lindern. Eine Jagd. Nach Zolinnas Tod war ich oft jagen gegangen, um Frieden zu finden und mir die Zeit zu vertreiben.

Ich zog eine Klinge von mittlerer Länge aus den Riemen an meinem Rücken und kletterte die Steigung weiter hinauf. Zornig dachte ich daran, was Teriisa mir erzählt hatte – dass sie von einer *krixel* überrascht worden war. Sie hätte dabei sterben können. Diese *krixel* war nicht dieselbe. Doch sie würde trotzdem den Tod finden. Die Kreatur hatte mich bereits entdeckt und ihr Schicksal damit besiegelt. Denn *krixel* waren Raubtiere, die ihre Beute niemals aufgaben.

Doch ich war noch nie Beute gewesen. Und ich hatte nicht vor, heute damit anzufangen.

Die Bestie stürzte kreischend aus dem Himmel auf mich herab und drehte dann mit wild schlagenden Flügeln wieder ab. Ich kauerte mich zusammen und blickte nach oben, während ich meine Klinge für den zweiten Angriff der *krixel* bereithielt. Ihre grau-schwarzen Schwingen verdeckten die Sonne, als sie auf mich herabstieß. Ein irres Grinsen legte sich auf meine Lippen und einen Augenblick lang fragte ich mich, ob ich Fallo vielleicht doch mehr ähnelte, als ich gedacht hatte. Als ich gehofft hatte.

Womöglich war ich tatsächlich nicht bei Sinnen. Denn ich ließ die Klinge fallen, weil ich nicht wollte, dass der Kampf zu schnell endete. Ich sprang die Kreatur an, umklammerte ihre breite Mitte und riss sie mit mir zu Boden. Wir landeten in einem Gewirr aus Gliedmaßen. Ihre Krallen schlitzten meine Haut auf, während ich mich mit Klauen und Fangzähnen zur Wehr setzte.

Wilde Blutlust brach sich in mir Bahn, die von der vergangenen Trauer und dem Frust der Gegenwart nur noch verstärkt wurde. In diesem Moment war ich unaufhaltsam und versenkte die Zähne in die fleischige Kehle der *krixel*. Die Bestie wand sich und versuchte, einen Schrei auszustoßen, doch es gelang ihr nicht. Blut strömte aus ihrem Hals, aus ihrem Maul. Sie schlug mit den Flügeln, wollte sich in die Lüfte erheben und mich abschütteln, aber ich schlang ihr einen Arm ums Genick. Mit der freien Hand griff ich wieder nach meiner Klinge und stieß sie der Kreatur zwischen die Rippen. Schließlich erlahmte ihre Gegenwehr. Und endlich verspürte ich eine Art Befriedigung. Zumindest reichte es aus, um besonnen in das Treffen der Gahns zu gehen.

Den Kadaver ließ ich für die Aasfresser der Klippen liegen. Von den *krixel* erhielt man kein essbares Fleisch oder nutzbare Haut. Ich spuckte kräftig aus, denn ihr Blut lag mir bitter auf den Zungen. Mehr von ihrem Blut und auch von meinem eigenen besudelte meine Hände, Gesicht, Hals und Brust. Vermutlich wirkte ich damit durch und durch, als wäre ich dem Wahn verfallen. Und auch ich hatte Verletzungen erlitten.

Ich könnte mich Teriisa in ihrem seltsamen Dampfzelt anschließen. Sie um Hilfe bitten, all das abzuwaschen …

Das hätte ich auch getan, wenn ich nicht vermutet hätte, dass sie das Zelt bereits wieder verlassen hatte. Sie ging heute zu diesem *Schiff*. Ohne mich. Und das weckte in mir erneut den Wunsch, auf irgendetwas einzuprügeln.

Ich atmete bedächtig durch und zwang meine Gedanken zur Ruhe. Als Teriisa vorhin im Dampfzelt verschwunden war, hatte ich Xyan angewiesen, sie und die anderen zu begleiten. Mein engster Vertrauter würde dafür sorgen, dass ihr nichts zustieß, da war ich mir sicher.

Ich legte den Kopf in den Nacken, schaute in den Himmel hinauf und ließ mir von der Sonne das Gesicht wärmen. Das Blut trocknete rasch, spannte auf meiner Haut und bekam Risse, wenn ich atmete oder mich bewegte.

Ich beschloss, mich nicht zu reinigen oder meine Wunden versorgen zu lassen, bevor ich mit den anderen Gahns zusammenfand. *Sollen sie mich ruhig so sehen, siegreich, während das Blut meines erschlagenen Gegners von meinen Fangzähnen tropft.* Ich würde mich ihnen nicht sanftmütig und sauber und unversehrt zeigen, sondern lieber vom Kampf gezeichnet und umgeben vom Gestank meiner Stärke und Wut. Denn so war ich. Der gebrochene Gahn. Der so viel verloren hatte. Zu viel.

Sollte Teriisa mich nicht als ihren Gefährten annehmen, wird das mein Ende sein. Es war ein verzweifelter Gedanke voller Kummer. Hier stand ich und brüstete mich mit meiner Stärke, während diese fremde, zarte neue Frau die Macht besaß, mich mit einer Geste ihrer zierlichen Hand zu vernichten. Und ich war machtlos gegen sie.

Ich hatte den Verlust meiner ersten Gefährtin gerade so überlebt.

Teriisa zu verlieren, würde mir den Tod bringen.

Ich muss dafür sorgen, dass sie gar nicht anders kann, als mich zu anzunehmen. Ich werde ihre einzige Wahl sein. Ich werde dafür sorgen, dass sie sich so sehr nach mir verzehrt, dass sie sich ohne mich niemals wieder vollständig fühlt.

So ging es mir nämlich bereits mit ihr.

Ich straffte die Schultern und trat den Rückweg ins Lager an. Es war Zeit, mich zu den anderen Gahns zu begeben.

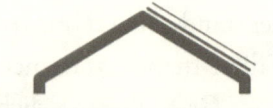

KAPITEL ZWANZIG
Theresa

ZOEY FLUCHTE AUF FRANZÖSISCH und da ich ein bisschen Kreolisch sprach, erschloss sich mir die Bedeutung ihrer Worte mehr oder weniger.

„Was ist los?", fragte ich.

„Oh, nichts Schlimmes. Es wird nur echt lange dauern, das ist alles."

Wir standen in einem kleinen Lagerraum, in dem die Drohnen des Schiffes aufbewahrt wurden. Nach dem Fiasko im Dampfzelt hatte ich mich schließlich zusammengerissen und wir waren planmäßig aufgebrochen.

Zoey, die gerade noch neben dem untersten Regalfach voller Drohnen gehockt hatte, richtete sich auf. „Ich muss den Zugriff bei jeder einzelnen separat sperren. Zumindest sieht es danach aus."

„Oh je", erwiderte ich und ließ den Blick über die endlosen Reihen an Drohnen in den Regalen schweifen. „Kann ich irgendwie helfen?"

„Kommt drauf an", sagte sie leise lachend. „Wie viel Erfahrung hast du im Programmieren?"

„Ähm, keine", gab ich enttäuscht zu. Ich hatte gehofft, dass sie mir einfach zeigte, welchen Knopf ich drücken muss, damit ich die Hälfte der Arbeit übernehmen konnte. Aber das konnte ich wohl vergessen.

„Tja, dann weiß ich ja, womit ich mich hier beschäftigen werde", sagte sie, warf sich einige ihrer Zöpfe über die Schulter und rückte ihre Brille zurecht. „Und danach steht noch eine Art Störsender auf dem Plan. Irgendwas, um unser Lager zu tarnen und dafür zu sorgen, dass sie uns nicht mehr so leicht ausspionieren können."

Mit *sie* waren die Leute an Bord eines Forschungsschiffs im Orbit gemeint. Nach unserer Ankunft hier hatten wir als Erstes die Scanner des Schiffs an einer der großen Steuerkonsolen aktiviert.

„Jepp, da sind sie", hatte Zoey gemeint und auf einen Punkt auf dem Bildschirm gezeigt. Das Forschungsschiff befand sich auf einer Umlaufbahn im Orbit, auch jetzt in diesem Moment.

„Mir gefällt es nicht, dass sie da oben sind und uns beobachten", sagte ich und mir lief ein kalter Schauer über den Rücken.

„Ich weiß", erwiderte Zoey grimmig. „Aber zum Glück sind ihre Scanner nicht besonders gut. Weißt du noch, wie schlecht die Auflösung des Fotos von dem Känguru-Kerl war, das sie uns damals gezeigt haben? Und von Kors Volk scheinen sie überhaupt nichts zu wissen – wahrscheinlich weil seine Leute in Höhlen tief unter der Erde leben. Ich vermute, dass sie die Drohnen brauchen, um hier unten die Drecksarbeit für sie zu erledigen, aber ein bisschen vorsichtiger vorgehen, seit Kor die letzte zerstört hat."

Bei der Erwähnung seines Namens erschien Kors riesiger Reptilienkopf in dem kleinen Raum. Ich zuckte überrascht zusammen und fasste mir an die Brust, während mein Puls bei seinem unerwarteten Anblick in die Höhe schoss. Ich hatte bisher nicht viel Zeit in seiner Nähe verbracht und seine große, geschuppte Schnauze jetzt ohne Vorwarnung direkt vor der Nase zu haben, jagte mir einen Heidenschreck ein. Eilig atmete ich tief durch und ermahnte mich, mal nicht die Nerven zu verlieren. Das liebevolle Lächeln, mit dem Zoey ihn begrüßte, und alles, was ich bisher über ihn gehört hatte, verrieten mir, dass unter all den Schuppen und Stacheln ein wirklich toller Kerl steckte.

Vorhin hatte er versucht, mit uns hier reinzukommen, weil er nicht draußen auf dem Flur Wache halten wollte. Aber der Mann war echt gewaltig, mindestens zwei siebzig groß und seine Schultern mehr als eins zwanzig breit. Der Raum mit den Drohnen war nicht besonders groß und er hatte einfach nicht reingepasst.

„Wie kommt ihr voran?", erkundigte sich Kor und senkte die Schnauze, um Zoeys Kopf sanft anzustupsen. *Mein Herz.* Es war einfach zu niedlich.

„Langsam, aber es wird. Und du?"

Kor richtete sich auf, stieß prompt mit dem Kopf gegen den Türrahmen und beugte sich mit einem verärgerten Knurren wieder runter.

„Ich widme mich immer mit vollem Einsatz und tadelloser Ausführung deinem Schutz."

Zoey lachte und ich schüttelte über die aufrichtige Ernsthaftigkeit dieser Worte den Kopf.

„Dann mach mal weiter damit und lenk mich nicht ab", neckte Zoey ihn.

Kor brummte und murmelte irgendwas davon, dass Zoey doch diejenige war, die hier ablenkte, während er den Kopf zurückzog und auf den Flur trat. Ich hörte gedämpfte Stimmen. Kor war nicht allein – Xyan stand auch auf dem Gang. Bestimmt hatte Baldor ihn angewiesen, mir nicht von der Seite zu weichen. Außerdem hatten sich noch zwei weitere Männer, einer aus Talioks Clan, einer aus Fallos, da draußen postiert. Kat und Galok waren in einem Labor in einem anderen Teil des Schiffes.

„Tja, dann legen wir mal los", sagte ich, bevor ich meine Jacke auszog und auf den Boden legte. Wenn ich schon nicht dabei helfen konnte, die Drohnen zu deaktivieren, konnte ich mich zumindest auf andere Weise nützlich machen. Ich begann, eine Drohne nach der anderen aus den Regalen zu ziehen. Als ich die unteren Fächer in meiner Nähe ausgeräumt hatte, holte ich die Leiter aus einer Ecke des Raums und machte mich an die oberen.

So ging es eine ganze Weile weiter. Ich brachte Zoey die Drohnen, sie schloss die Fluggeräte an einen Computer an und ihre Finger flogen nur so über die Tastatur, während sie die Programmierung anpasste. Zwischendurch machten wir nur kurz Pause, um was zu essen oder aufs Klo zu gehen (auf dem Schiff gab es funktionierende Toiletten, juhu!), aber ansonsten arbeiteten wir uns durch den Bestand. Es war monoton, doch wir waren so vertieft, dass wir gar nicht merkten, wie die Zeit verflog. Ich war überrascht, als Kor wieder den Kopf zu uns reinstreckte und uns darauf hinwies, dass die Dämmerung hereinbrach.

„Na, da haben wir heute doch einiges geschafft. Morgen geht's weiter", sagte Zoey, stand auf und schob den Bürostuhl unter den kleinen Schreibtisch, an dem sie gesessen hatte.

„Klingt gut", erwiderte ich lächelnd. Ich war erschöpft, aber es fühlte sich toll an. Produktiv. Oder als hätte ich wenigstens Zoey dabei geholfen, etwas Produktives zu tun. Und das war nah genug dran. „Ich komme morgen wieder mit."

Das würde Baldor wahrscheinlich nicht schmecken. Vielleicht schloss er sich uns ja sogar an. Bei dem Gedanken wurde mir warm. Mit Baldor zusammen zu sein, auf so engem Raum ...

Wenn er uns begleitete, war es nicht Kor, der hier irgendwen ablenkte.

Die eintönige Arbeit hatte dazu geführt, dass ich die Ereignisse des Morgens immer und immer wieder im Kopf durchspielte. Aber jedes Mal, wenn ich mich zu sehr in den Tagträumen verlor, hatte ich mich dazu angetrieben, härter zu arbeiten, mich so auszulaugen, dass ich zu müde für erotische Gedanken war.

Ob es geklappt hatte, wusste ich nicht so ganz. Denn noch immer konnte ich es kaum erwarten, ins Lager zurückzukehren. Ich wollte Baldor wiedersehen. *Wie wohl das Treffen mit den anderen Gahns gelaufen ist ... Bitte, bitte, mach, dass sie sich heute alle halbwegs normal verhalten haben. Hoffentlich hat niemand mit seinen Messern rumgefuchtelt.*

Ich schnappte mir meine Jacke und trat mit Zoey aus dem Raum auf den Gang. Sie hatte dafür gesorgt, dass wir in den Bereichen Strom hatten, wo wir ihn brauchten. Deshalb war der Flur auch hell erleuchtet, genau wie damals, als wir alle unfreiwillig durchs All hierher geschafft worden waren.

Ich zog den Reißverschluss meiner Jacke zu, weil ich plötzlich fröstelte. Es fühlte sich an, als wäre diese Reise schon Jahre her. Teil eines anderen Lebens. Und mein altes Leben auf der Erde? Das kam mir sogar noch viel weiter weg vor.

Sobald Kor sie wieder bei sich hatte, legte er einen gewaltigen, blau-schwarz geschuppten Arm um Zoey. Sie schmiegte sich an ihn und genoss es sichtlich. Die gewölbten Decken im Metallkorridor waren hoch genug, dass Kor sich hier nicht bücken musste. Und trotzdem tat er es, damit er Zoey so nah wie möglich war. Es war ein schöner Anblick und ich freute mich wahnsinnig für die beiden.

Auch ich setzte mich in Bewegung und Xyan gesellte sich sofort zu mir, bevor einer der anderen Krieger an meine Seite treten konnte. *Jepp, Baldor hat ihn eindeutig angewiesen, dass er mir auf Schritt und Tritt folgen soll.* Ich musterte sein Profil. Er wirkte schweigsam und ernst, hatte heute aber während unserer gemeinsamen Zeit auch hin und wieder mal gelächelt. Einmal zum Beispiel, als er mich auf sein *irkdu* gehoben und meine Tollpatschigkeit ihn offenbar amüsiert hatte. Baldors hatte ihm wahrscheinlich etwas in Richtung „Lass sie nicht aus den Augen und lass niemanden sonst in ihre Nähe" befohlen, aber Xyan war nie aufdringlich oder so. Er erfüllte einfach seine Aufgabe, ohne mir auf die Nerven zu gehen. Ich beschloss, dass ich ihn mochte.

Auf dem Weg hierher hatte ich nicht viel mit Xyan geredet. Als sich Kat und Galok zu uns gesellten und wir gemeinsam das Schiff verließen, entschied ich, dass sich das ändern würde.

„Wie lange kennst du Baldor schon?", fragte ich.

Xyan wandte sich mir mit einem Ruck zu, als wäre er überrascht, dass ich ihn angesprochen hatte. „Seit unserer Geburt. Wir stammen aus dem gleichen Clan."

Okay, das war eine dämliche Frage. Es war ja nicht so, als würden sich diese Kerle während der Collegezeit auf einer Verbindungsparty kennenlernen oder so was.

„Du kennst ihn also schon ziemlich lange", murmelte ich eher in mich hinein, doch er antwortete trotzdem.

„Ja."

Ach du Scheiße, warum merkte ich das erst jetzt? Das hier war ein Mann, der Baldor schon sein ganzes Leben lang kannte – jemand, der ihm nahestand, der Baldor wahrscheinlich besser kannte als sonst irgendjemand. Warum hatte ich diese Tatsache nicht schon längst genutzt?

„Erzähl mir was über ihn. Wie siehst du ihn als sein Freund?", fragte, während wir hinaus in die Wüste traten.

Xyan schaute wieder nach vorn, als wir uns seinem *irkdu* näherten.

„Er ist der beste aller Krieger. Der stärkste von uns allen. Er hat mehr durchgestanden als viele andere und sich davon nie in die Knie zwingen lassen."

Hmm, vielleicht war das doch nicht die allerbeste Idee. Das hier war wohl Baldors rechte Hand und wahrscheinlich sein bester Freund. Der würde mir wohl kaum Baldors schmutzige Geheimnisse verraten, oder? Wenn überhaupt, dann würde er hier den Wingman spielen. Allerdings hatte ich auch noch nie erlebt, dass einer dieser Aliens log. Ganz im Gegenteil. Sie waren eigentlich immer sehr direkt und aufrichtig.

Xyan hob mich auf sein *irkdu*. Wir hatten uns von einem der anderen Clans einen Sattel für mich ausgeliehen. Neben uns stiegen Kat und Galok auf ihr Reittier und Zoey kletterte auf Kors Rücken. Die beiden anderen Krieger machten sich ebenfalls startklar. Und dann waren wir auch schon unterwegs.

Wir kamen gut über den Sand voran, preschten aber nicht so schnell durch die Wüste, dass es unangenehm gewesen wäre oder man sich nicht hätte unterhalten können. Deshalb fragte ich Xyan weiter aus.

„Erzähl mir von dir, Xyan. Hast du Familie?"

„Meine Eltern sind noch im Lager auf der Ebene meines Clans. Mir wurde nicht die Ehre einer Gefährtin zuteil." Er hielt inne und fügte dann mit gesenkter Stimme und voll wilder Entschlossenheit hinzu: „Noch nicht."

Ich verstand ihn so gut. Ich wusste ganz genau, wie es war, wenn alle um einen herum ihre Gefährten fanden und sich verliebten, während man sich selbst so sehr danach sehnte. Und für die Alien-Männer musste es noch viel schlimmer sein, denn obwohl sie jetzt Zuwachs durch uns Menschenfrauen bekommen hatten, waren die Männer immer noch hoffnungslos in der Überzahl. Trotz allem würden viele von ihnen keine Gefährtin bekommen und damit auch keine Chance auf Kinder. *Kein Wunder, dass sie sich so in ihre Kämpfe reinsteigern. Wo sollen sie sonst hin mit der ganzen Energie?*

„Tut mir leid", sagte ich. „Das muss hart sein." Die missliche Lage all der ungebundenen Sandmeer-Männer ging mir wirklich nah.

Xyan verlagerte hinter mir das Gewicht. „Ich verstehe den Grund für deine Entschuldigung nicht. So ist das Leben. Unser Schicksal. Kein Mann kann etwas daran ändern. Er kann ihm nur tapfer entgegentreten."

Diese Worte schickten mir einen Schauer über den Rücken. Ihm entgegentreten, also seine Krieger zusammentrommeln und bei Nacht und Nebel die Wüste durchqueren? So viele von Baldors Entscheidungen kamen mir mittlerweile nachvollziehbarer vor. Und der Eindruck verstärkte sich noch, als Xyan weitersprach.

„Ich freue mich sehr für meinen Gahn. Nachdem er seine erste Gefährtin Zolinna verloren hat, hätte ich nicht gedacht, ihn noch einmal so glücklich zu sehen."

Die Luft wurde mir mit einem Schlag aus der Lunge gepresst. Um uns herum legte sich Dunkelheit über Himmel und Sand und tauchte alles in Schatten.

Er hatte schon einmal eine Gefährtin gehabt.

Und sie war gestorben.

Das Bild fügte sich plötzlich zusammen. Ich sah es ganz klar vor mir. Warum er so verzweifelt nach mir gesucht hatte. Warum es ihm so widerstrebte, mich auch nur eine Sekunde aus den Augen zu lassen. Warum es ihm solche Angst gemacht hatte, als ich ihm von dem Angriff der *krixel* erzählt hatte. Das lag nicht nur am Gefährtenband. *Er hat schon einmal jemanden verloren.*

Plötzlich musste ich Tränen wegblinzeln und meine Kehle wurde eng beim Gedanken an Baldors Schmerz.

Xyans Worte hallten in meinem Kopf wider. *Er hat mehr durchgestanden als viele andere und sich davon nie in die Knie zwingen lassen.*

Ich wusste nicht, was ich dazu sagen sollte. Es fühlte sich falsch an, Xyan weiter auszuquetschen. Dieses Thema war zu persönlich, zu sensibel. Darüber würde ich mit Baldor selbst reden.

Warum hat er mir nichts von ihr erzählt? Kurz überlegte ich, ob mich das verletzte. Weil er mir vielleicht sogar bewusst etwas so Wichtiges vorenthalten hatte. Doch dann schüttelte ich über mich selbst den Kopf. Seit er hier angekommen war, hatte ich ihn von mir weggestoßen. Meine Güte, ich hatte Xyan gerade mehr Fragen zu seinem Leben und seiner Vergangenheit gestellt als Baldor selbst. Ich hatte ihm gar nicht die Chance gegeben, mir etwas Bedeutungsvolles über sich zu erzählen.

Das würde sich ändern. Wenn ich Baldor das nächste Mal sah, würden wir uns ausgiebig unterhalten. Uns endlich richtig kennenlernen und uns nicht nur auf die intensive Anziehung zwischen uns konzentrieren.

Das Lager kam in Sicht, die Zelte vor dem dunklen Scherenschnitt der Klippen. Wir wurden langsamer und etwas bei den Klippen, außerhalb des Lagers, erregte meine Aufmerksamkeit.

Es war ein *irkdu*, das zusammengesackt an der Felswand lehnte.

„Was ist da los?", fragte ich Xyan und deutete auf das Tier. Normalerweise schliefen die *irkdu* nicht so ungeschützt draußen im Freien. Sie suchten sich nachts Verstecke in den Klippen.

Xyan spähte mit verengten Augen über meinen Kopf hinweg. „Ah. Das ist Gahn Baldors Reittier. Es wurde während der Schlacht verletzt."

„Oh nein", sagte ich bestürzt und biss mir auf die Unterlippe.

Direkt vor dem Lager stiegen wir alle ab und ließen unsere *irkdu* frei. Baldors hatte sich nicht von der Stelle bewegt, aber es war so riesig, dass ich von hier aus erkennen konnte, wie seine Brust sich hob und senkte.

„Und was passiert jetzt mit ihm? Ihr könnt es doch nicht einfach da liegen lassen", sagte ich.

Xyan legte stirnrunzelnd den Kopf schief. „Wenn es stark genug ist, wird es sich erholen. Wenn es stirbt, wird einer der anderen Krieger sein Reittier dem Gahn überlassen, während wir ein jüngeres als Ersatz abrichten."

Mir fiel die Kinnlade runter und ich starrte Xyan ungläubig an. Die *irkdu* waren jetzt nicht die niedlichsten Tiere mit ihren vielen Augen, den Krokodilschnauzen und den Tausendfüßer-Beinen. Aber ich war davon ausgegangen, dass die Krieger sie mehr oder weniger so behandelten, wie anständige Menschen mit Pferden umgingen: fürsorglich und respektvoll.

Seufzend rieb ich mir mit den Fingerspitzen über die Stirn. „Schon gut. Vergiss es. Es ist Baldors *irkdu*, also werde ich das mit ihm klären." Ich ließ die Hand sinken und deutete dann mit dem Finger nachdrücklich auf das Lager. „Und jetzt hol bitte deinen Gahn her."

KAPITEL EINUNDZWANZIG
Baldor

„ALSO IST ES ENTSCHIEDEN. Gahn Baldor wird sich unserem Bündnis anschließen und mit seinem Clan hier an den Klippen von Uruzai lagern", verkündete Gahn Buroudei.

Wir hatten uns wieder bei Gahn Taliok zusammengefunden. Gahn Fallo hatte bei dem Vorschlag, unsere Verhandlungen bei ihm abzuhalten, wie eine wilde Bestie geknurrt und in Gahn Burdoudeis Zelt ruhte seine Gefährtin. Da ich jetzt zum Verbündeten geworden war, hatten sie mir anvertraut, dass seine Gahnala Sziszi ein Junges erwartete. Diese Neuigkeit hatte mich tief bewegt. Denn das offenbarte, dass es möglich war. Nach all der Zeit konnte ich auf eigene Junge hoffen.

Doch zunächst würde ich meine widerstrebende Gefährtin für mich gewinnen müssen.

Einen Großteil des Tages hatten wir damit verbracht, unsere derzeitige Situation darzulegen. Das schwindende Licht im Zelt verriet mir, dass die Nacht allmählich hereinbrach, und Gahn Taliok entzündete eine Kerze. Die anderen drei Gahns wurden nun von ihrem orange flackernden Schein erhellt. Ich trat von einem Fuß auf den anderen und spürte, wie all das Blut auf meiner Haut – mein eigenes und das der *krixel* – spannte und bröckelte. Es wurde spät und ich wollte gehen. *Teriisa wird bald zurück sein* ... Ich wollte da sein, um sie zu begrüßen. Musste sie so bald wie möglich sehen.

„Es gibt noch etwas, das wir besprechen sollten", sagte Gahn Buroudei und ich unterdrückte ein ungeduldiges Knurren. Was wollte er denn noch? Ich hatte allmählich genug von den anderen Gahns. Die Einzige, mit der ich jetzt noch reden wollte, war Teriisa.

„Was denn?", fragte ich.

Buroudei zögerte, dann straffte er die Schultern und reckte das Kinn. „Wir müssen ein Treffen aller Gahns einberufen. Aller fünf Clans."

Fallo fauchte. Taliok schwieg. Bei vier Gahns an einem Ort war üblicherweise abzusehen, dass sie sich irgendwann die Schädel einschlugen. Bei fünf stieg diese Wahrscheinlichkeit auf nahezu sicher an.

„Müssen wir wirklich auch noch den hinterletzten Gahn der Wüste in unser Lager bitten? Wie vielen Clans wollen wir die neuen Frauen denn noch preisgeben?", knurrte Fallo, dessen Schwanz aufgebracht zuckte.

„Buroudei hat recht", sagte Taliok. „Genau das hat mein Vorgänger Gahn Irokai ursprünglich angestrebt. Und ich bin immer noch davon überzeugt, dass es eine weise Entscheidung war."

„Ja", erwiderte Buroudei. „Wir müssen uns mit dem fünften Gahn in Verbindung setzen. Gahn Itok muss von den Ereignissen erfahren, sowohl von den neuen Frauen als auch von dem Krieg, der uns womöglich bevorsteht." Sein Blick wanderte zu mir. „Wenn wir einen weiteren Angriff wie den vergangenen verhindern wollen, müssen wir von uns aus mit Gahn Itok in Kontakt treten. Bevor er oder einer seiner Männer in der Vision der Lavrika eine der neuen Frauen sieht und uns angreift."

„Lasst sie nur kommen. Jetzt steht es vier Clans gegen einen. Er hat uns nichts entgegenzusetzen", ereiferte sich Fallo.

Ein Teil von mir wollte ihm zustimmen. Ein wilder, besitzergreifender Teil, der sich vor Teriisa stellen und meine Klinge jedem Mann zwischen die Rippen stoßen wollte, der sich ihr und ihresgleichen auch nur näherte. Doch Buroudeis Plan war vernünftig.

„Ich sehe es wie die Gahns Buroudei und Taliok", sagte ich schließlich und verschränkte die Arme. Was wohl geschehen wäre, wenn die anderen Gahns mich aufgesucht, mir von den neuen Frauen erzählt und mir angeboten hätten, ihrem Bündnis beizutreten? Vielleicht hätte ich sie abgewiesen und trotzdem angegriffen, um Teriisa zu rauben, aber zumindest hätte dann die Möglichkeit bestanden, dass sich der Lauf der Dinge anders entwickelt hätte. „Wegen der Torheit unserer Ahnen, die sich dem Willen der Lavrika widersetzt haben, sind unsere Clans erheblich geschrumpft. Wenn uns tatsächlich ein Angriff von einer fremden Welt droht, dürfen wir keine unnötigen Auseinandersetzungen riskieren. Für den Kampf werden wir jeden Krieger bei Kräften brauchen."

Fallo brummte unwillig, aber die beiden anderen Gahns reagierten mit Zustimmung.

„Das entspricht auch unseren Überlegungen", sagte Taliok.

„Wer wird sich zu Gahn Itok aufmachen? Die Reise zu den Todestälern ist gefährlich." Gahn Itok herrschte über die dunklen Lande jenseits der Wüste, die Gahn Buroudeis Clan seit ewigen Zeiten bewohnte. Dort gab es nur graue Gipfel und finstere Senken und mehr Monster als in Sand und See.

„Sie ist gefährlich, aber nicht für scharfsinnige Krieger", erwiderte Gahn Buroudei und rieb sich mit den Klauen übers Kinn. „Davon abgesehen bin ich der Auffassung, dass wir es uns nicht leisten können, einen Gahn auf eine derart lange Reise zu schicken. Alle vier Clans brauchen hier unsere Führung. Ich schlage vor, eine kleine Gruppe aus vertrauenswürdigen, ungebundenen Männern zu entsenden. Einen Vertreter aus jedem Clan."

„Hmm." Gedankenverloren kratzte ich mich an der Schulterwunde, die mir die *krixel* zugefügt hatte. Wahrscheinlich hatte Buroudei recht. An diesem Punkt unseres Bündnisses einen Gahn auf eine lange Reise in feindliches Gebiet zu schicken, wäre nicht ratsam. Wir mussten uns um unsere Clans kümmern. Aber gleichzeitig könnte es als Kränkung aufgefasst werden, wenn kein Gahn die Gesandtschaft begleitete.

„Es muss genügen", sagte Gahn Taliok. „Ich war bereit, zusammen mit Kor die Reise zur Bittersee anzutreten, aber dafür musste ich das Lager nur für zehn Tage verlassen. Ich werde nicht länger von meiner Gahnala getrennt sein, noch werde ich sie vorsätzlich in Gefahr bringen."

„Also ist es entschieden?" Gahn Buroudei blickte zu Gahn Fallo und mir. „Jeder von uns wird einen ungebunde-

nen Mann wählen, um Gahn Itok unsere Botschaft zu überbringen. Wir werden Gahn Itok in unser Lager einladen, um
eine Versammlung der Gahns abzuhalten. Damit wir ihm
berichten können, was wir wissen, und er sich unserem
Bündnis anschließen kann."

„Ich stimme zu", sagte ich und schlug mit dem Schwanz.

„Na schön", brummte Fallo. „Aber mir gefällt das nicht.
Einen Boten zu schicken, um die Aufgabe eines Gahns
auszuführen."

„Bist du bereit, dich für eine Reise von vermutlich
zwanzig Tagen von deiner Gefährtin zu trennen und deinen
Clan hier unter unserer Obhut zurückzulassen?", entgegnete
Buroudei.

Fallos Augen blitzten auf, doch er sagte nichts weiter
dazu.

„Ich frage mich, ob wohl einige Männer der Todestäler
bereits den Ruf der Lavrika vernommen haben", sagte ich
eher zu mir selbst.

„Das wäre durchaus möglich", räumte Buroudei ein.
„Seitdem wir uns hier niedergelassen haben, hat keiner unserer Späher jemanden beobachtet, der zu den Höhlen
gerufen wurde. Aber wir können nicht wissen, ob ein Mann
– oder vielleicht mehrere – hier ihre Vision empfangen
haben, bevor wir unser Lager an den Klippen aufschlugen.
Womöglich sogar schon vor der Ankunft der neuen Frauen,
wie es bei mir geschehen ist."

Das muss in der Tat merkwürdig gewesen sein. Ich hatte
erfahren, dass Gahn Buroudei das Gesicht seiner Gefährtin
vierzehn Tage, bevor sie überhaupt auf dieser Welt wandelte,
in den Teichen gesehen hatte. Ich wollte mir gar nicht

vorstellen, wie er sich während dieser Zeit gefühlt hatte. Ich hatte zumindest von der Existenz der neuen Frauen gewusst und nach meiner Vision eine Ahnung gehabt, wo ich Teriisa finden würde.

Und jetzt musste ich unbedingt zu ihr. Ich war lange genug von ihr getrennt gewesen. Ich musste mich vergewissern, dass sie wohlbehalten zurückgekehrt war.

„Sind dann alle Angelegenheiten geklärt?" Ich bemühte mich redlich, die Ungeduld aus meiner Stimme zu verbannen.

„Fürs Erste, ja. Lasst uns die Männer noch heute Abend auswählen, damit sie morgen früh aufbrechen können", schlug Gahn Buroudei vor. Gahn Taliok hob stumm den Schwanz und verließ dann das Zelt, gefolgt von Fallo, der auf die respektvolle Geste verzichtete. Auch ich hob zum Abschied vor Buroudei den Schwanz vor die Augen und wandte mich dann ebenfalls zum Gehen.

„Gahn Baldor?"

Ich wandte mich noch einmal um. Der Blick des anderen Gahns bohrte sich geradezu in mich hinein.

„Einer deiner Männer hat beinahe meinen Vertrauten Galok getötet. Und im Gegenzug wurde deinem Krieger das Augenlicht fast gänzlich genommen. Du hast uns angegriffen und auf beiden Seiten sind Verluste zu beklagen. Du bist mit Gahn Taliok oft aneinandergeraten und ihr schuldet einander eine Menge vergossenes Blut."

Meine Finger zuckten. Ich war bereit, nach meiner Klinge zu greifen falls nötig. Hatte er gewartet, bis die anderen beiden Gahns fort waren, um mich dann anzugreifen? Mich zu töten, würde nicht leicht für ihn werden. Ich blieb reglos stehen und verfolgte wachsam jede seiner Bewegungen.

Zu meinem Erstaunen entspannten sich seine Züge ein wenig. Er trat einen Schritt vor und fasste mich am Ellenbogen.

„Wir haben uns alle gegenseitig Leid zugefügt. Wir hegen alle Groll gegeneinander. Aber ich bin dennoch erfreut über deine Anwesenheit. Vor der Ankunft der neuen Frauen hätte ich das nie für möglich gehalten, aber jetzt bleibt mir nichts anderes übrig, als es zu akzeptieren."

„Was genau?"

„Das wir gemeinsam stärker sind."

Ich schwieg eine ganze Weile. Dann drehte ich langsam den Arm, um auch seinen zu umfassen. Er verstärkte seinen Griff und hob den Schwanz, was ich ebenso erwiderte. Dann verließ ich endlich das Zelt.

Es war mittlerweile fast dunkel. Der Himmel war mit Sternen übersät und wurde von dem lang gezogenen Band unserer vielen zerbrochenen Monde erhellt. Xyan kam auf mich zu und hob respektvoll den Schwanz vor die Augen.

„Wir sind zurückgekehrt und deine Gefährtin erbittet deine Anwesenheit."

Mein Herz machte einen Satz. Teriisa verlangte nach mir? „Sag mir, wo sie ist. Und sprich schnell, mein Freund!"

Xyan deutete mit der Schwanzspitze auf die offene Wüste.

Ich murmelte meinen Dank und eilte in die mir gewiesene Richtung davon.

Hastig strebte ich auf den Eingang zum Lager zu, der von einigen Kriegern vor den Gefahren der Wüste bewacht wurde. Ich beschleunigte meine Schritte, als ich Teriisa inmitten dieser Wachen entdeckte. Sie hielt mehrere Gegenstände in den Armen, die sie sich fest an die Brust drückte.

In Windeseile war ich bei ihr. Als ich gerade den letzten Rest der Distanz zwischen uns überbrückte, bemerkte sie mich und wandte mir das kleine Gesicht zu. Der Hauch eines Lächelns legte sich auf ihre Züge und mein Herz hämmerte wie wild, als ich vor ihr zum Stehen kam. Doch das Lächeln verblasste sofort wieder. Ihr blieb der Mund offen stehen und sie riss die Augen auf.

„Was ist denn mit dir passiert?"

„Stimmt etwas nicht?", fragte ich und beugte mich vor, sodass mein Gesicht auf gleicher Höhe mit ihrem war.

„Du bist voller Blut!", keuchte sie entsetzt. Zunächst wich sie vor mir zurück. Dann aber lehnte sie sich vor und musterte meine Haut. „Ist das von dir?" Misstrauisch verengte sie die Augen.

Und plötzlich kam ich mir töricht vor. Ich hatte dieses Blut, diese Wunden als Zeichen der Stärke vor den anderen Gahns präsentiert. Aber jetzt unter dem unbeeindruckten Blick meiner Gefährtin fühlte ich mich wie ein kleiner Junge, der den großen Krieger spielte.

„Eine *krixel* hat mich in den Klippen überrascht", erklärte ich ihr.

Daraufhin verspannte sie sich und wie aus Reflex hob ich eine Hand, um ihr über die Wange zu streichen. Doch ich zuckte zurück, als ich bemerkte, dass meine Berührung kleine Bröckchen getrockneten Blutes hinterließ.

„Hab keine Angst. Sie kann dir nichts mehr tun", versicherte ich ihr, während ich den Blick nicht von der Stelle lösen konnte, wo ich ihre Wange beschmutzt hatte. Alles in mir sehnte sich danach, sie noch einmal zu berühren, doch ich wollte sie nicht mit meiner Brutalität besudeln.

„Aber das Blut ist nicht alles von ihr. Du bist verletzt", stellte Teriisa leise fest, während sie den Blick über meine Schultern und Brust wandern ließ. Meine Haut kribbelte und erwärmte sich. *Oh, was würde ich dafür geben, ihren Blick durch die sanfte Berührung ihrer Finger zu ersetzen?*

„Harmlose Kratzer", entgegnete ich. Sie sollte mich anfassen. Mich mit ihren kleinen Händen umsorgen. Aber ich wollte vor ihr auch nicht schwach wirken. Ich würde die Wunden später selbst verbinden. Damit wollte ich sie nicht belästigen.

„Weißt du noch, was beim letzten *harmlosen Kratzer* passiert ist?", fragte Teriisa und schaute vielsagend auf meine Hand. „Komm. Ich kann euch beide in einem Rutsch versorgen. Ich habe alles dabei, was wir brauchen."

„Was wir brauchen?" Da fiel mir auf, dass sie einen Krug mit dem Blut der Lavrika im Arm hielt, zusammen mit einem Lederbündel. „Ist noch jemand verletzt?" *Hoffentlich handelt es sich dabei um eine Frau oder ein kleines Kind.* Die Vorstellung, wie sie mit ihren zarten Händen einen anderen erwachsenen Krieger versorgte, weckte in mir den Wunsch, noch irgendetwas umzubringen.

„So in etwa. Du wirst schon sehen, was ich meine."

Teriisa ging voran und entfernte sich vom Lager. Vielleicht gingen wir noch einmal zu den Teichen der Lavrika?

Ich war erfreut, dass die Krieger diesmal keine Anstalten machten, uns aufzuhalten. Endlich hatten sie eingesehen, dass Teriisa meine Gefährtin war und ich jedes Recht hatte, mit ihr fortzugehen, wenn ich das wünschte. Nun, oder wenn sie das wünschte. Und das schien gerade der Fall zu sein, denn sie marschierte voran.

Ich blieb zwischen ihr und der offenen Wüste und wir hielten uns dicht an der Felswand. Ich beobachtete fasziniert, wie das Licht der Sterne auf ihrem seltsamen Haar schimmerte. Selbst in der Dunkelheit fiel mir auf, dass es heller war als zuvor.

„Dein Haar sieht jetzt anders aus", meinte ich. Teriisa sah zu mir auf und hob die schmalen Augenbrauen. Dann lachte sie. Und ich fühlte mich wundervoll. *Wundervoll.*

„Das liegt daran, dass es endlich mal sauber ist", erwiderte sie. „Ich habe es heute Morgen ordentlich durchgeschrubbt."

Ah. Heute Morgen. Im Rauchzelt. Wo ich sie ohne ihre lästigen Gewänder erblickt hatte.

Mein Schaft zuckte und ich musste schlucken. Ich konzentrierte mich lieber darauf, wo Teriisa mich hinbrachte.

„Holen wir noch mehr Blut der Lavrika für die Heilerinnen?", erkundigte ich mich.

„Oh nein. Sie haben jetzt genug. Ein paar der anderen Frauen sind noch mal losgegangen, nachdem wir wieder hier waren. Ihre Vorräte sind also aufgefüllt. Deshalb konnten sie mir diesen Krug hier überlassen."

„Und wo bringen wir diesen Krug hin?"

„Da vorn", sagte sie nur und deutete auf einen unförmigen Umriss vor uns.

Rasch erkannte ich darin mein *irkdu*. „Das Tier ist verletzt. Wir sollten es in Ruhe lassen. Wenn der Tod es ereilt, soll es in Frieden sterben dürfen."

Teriisa blieb wie angewurzelt stehen und wirbelte dann so zornig zu mir herum, wie ich es bei ihr noch nie erlebt hatte. „Erstens ..." Sie stellte die Sachen ab, die sie dabeihatte, und bohrte mir einen Finger in die Brust. „Wenn es ihm so schlecht geht, dass es sich sicher nicht erholt, gibt es gnädigere Methoden, als es hier draußen verdursten oder an einer Infektion zugrunde gehen zu lassen. Und zweitens: Warum lässt du es einfach sterben, wenn dir buchstäblich ein magisches Heilmittel zur Verfügung steht?"

Ich blinzelte ein paarmal und versuchte angestrengt, den Grund für ihre Verärgerung zu begreifen. Regte sie sich über das verletzte *irkdu* auf? Das verstand ich einfach nicht. Unsere *irkdu* waren Reittiere für den Kampf. Ausgebildet für den Krieg. Sie fanden häufig bei einer Schlacht den Tod, aber es warteten immer neue Eier auf den Schlupf und neue Tiere darauf, abgerichtet zu werden.

War sie besorgt, dass ich kein Reittier mehr hatte, falls es starb?

Oh, meine liebevolle Gefährtin. Sie sorgt sich um mich und meine Bedürfnisse.

„Wenn es verendet, ist das kein großer Verlust. Sorge dich nicht, meine Gefährtin. Ich bin Gahn und ich kann das Reittier eines jeden Mannes meiner Wahl einfordern, während ein neues Tier für mich abgerichtet wird."

Aber meine Worte schienen sie nur noch wütender zu machen.

„Du kannst froh sein, dass du gerade verletzt bist, sonst würde ich dir jetzt und hier Vernunft einbläuen!"

„Ich ... verstehe nicht", sagte ich. Wo lag mein Fehler? Ich konnte nichts Verwerfliches an meinen Worten finden. In ihren seltsamen Augen loderte ein Feuer, doch dann schloss sie die Augen und kniff sich mit Daumen und Zeigefinger in den hohen, knochigen Nasenrücken.

„Da prallen wohl mal wieder unsere Kulturen aufeinander." Sie ließ die Hand sinken und schaute mich wieder an. „Hör zu, egal ob das nun ein Nutztier ist oder nicht, es ist trotzdem ein lebendes Wesen. Hundertprozentig kann ich es natürlich nicht sagen, weil ich dafür zu wenig über seine Biologie weiß, aber ich bin mir ziemlich sicher, dass es Schmerzen genauso fühlt wie du und ich. Wenn du ihm helfen und dafür sorgen kannst, dass es überlebt, warum tust du es dann nicht?"

Schmerzen? Ein *irkdu* sollte Schmerzen empfinden können? Das war mir niemals in den Sinn gekommen. Sie konnten in der Tat nicht richtig kämpfen oder rennen, wenn sie verletzt waren, und sie bluteten bei einer Verwundung, aber die Vorstellung, dass sie genauso litten wie wir? Dass sie Hilfe und Heilung brauchten?

Ich betrachtete das Wesen, das bis auf das stetige Heben und Senken seiner Brust reglos dalag. Teriisa sammelte derweil den Krug und das Lederbündel wieder auf.

„Das habe ich damals auf der Erde gemacht. Ich war Heilerin, aber für Tiere."

Das verblüffte mich zutiefst. Heilerinnen, die sich nur um Tiere kümmerten?

„Warum sollte man Heilkünste an Kreaturen verschwenden?", fragte ich aufrichtig verwirrt. Ich wollte sie wirklich verstehen. Aber das ergab einfach keinen Sinn für mich.

„Los. Wir können reden, während ich arbeite."

Wir traten an das *irkdu* heran.

Fasziniert beobachtete ich, wie sich Teriisa neben das Tier kniete. Sie betrachtete es konzentriert und runzelte dabei die Haut auf ihrer knochigen kleinen Nase. Ich folgte ihrem Blick. Das *irkdu* hatte eine klaffende Wunde quer über die Seite und eins seiner Beine war verletzt.

„Diese Wunden werden aller Voraussicht nach tödlich sein. Wenn du ihm Gnade erweisen willst, kann ich seinen Tod beschleunigen." Ich griff nach einer der Klingen auf meinem Rücken, doch Teriisa warf mir einen finsteren Blick zu.

„Damit warten wie vorerst. Lass uns erst mal die Wunden versorgen und sehen, wohin das führt."

Ich ging neben ihr in die Hocke.

„Du sorgst dafür, dass es ruhig liegen bleibt", wies sie mich an und öffnete das Lederbündel. Darin befanden sich Verbände und eine Knochennadel mit sehr dünnen Fäden aus Tierhaut, die verwendet wurden, um Wunden zu nähen. Sie hat tatsächlich vor, diese Kreatur zu umsorgen, als wäre sie einer von uns ...

Als Teriisa dem *irkdu* eine ihrer weichen Hände nahe seiner Wunde an die Seite legte, zuckte es zusammen und schnappte mit seinen gewaltigen Kiefern nach ihr.

Diesmal zog ich meine Klinge und zischte das Tier warnend an. Ich war sein Reiter und würde verhindern, dass es

Teriisa etwas zuleide tat. Doch dann erstarrte ich, als Teriisas sanfte Stimme meine Ohren umschmeichelte.

„Ganz ruhig. Es ist alles gut. Wir wollen dir nur helfen."

Vollkommen fassungslos starrte ich sie an. Sie redete auf das *irkdu* ein, beinahe wie auf ein krankes Junges. Wie eine Mutter es tun würde. Es war merkwürdig, doch ich konnte nicht leugnen, dass meine Instinkte heftig darauf ansprachen. Ich wusste sofort, dass sie eine wundervolle Mutter sein würde.

„Erzähl mir mehr. Warum du das in deiner Welt getan hast. Dich dafür entschieden hast, Kreaturen zu heilen."

Teriisa griff nach einem sauberen Stück Leder, tauchte es in das Blut der Lavrika und strich damit behutsam über die tiefe Wunde, wobei sie weiterhin beruhigend vor sich hin murmelte. Ich stand mit meiner Klinge bereit und würde sie dem *irkdu* sofort ins Herz stoßen, wenn es auch nur eine aggressive Bewegung in die Richtung meiner Gefährtin machte. Doch das tat es nicht. Es beobachtete sie nur mit seinen zahlreichen Augen. Genau wie ich.

„Dort, wo ich herkomme, dienen Tiere ganz unterschiedlichen Zwecken. Manche streifen durch die Wildnis und leben dort frei. Manche werden für ihr Fleisch gehalten. Andere als Arbeitstiere, etwa so wie hier die *irkdu*. Sie werden ausgebildet, um Menschen bei verschiedenen Aufgaben zu helfen. Und dann gibt es noch die, die wir Haustiere nennen. Sie sind meist klein und leben bei uns wie Familienmitglieder. Manchen Menschen sind ihre Haustiere genauso wichtig wie ihre eigenen Kinder."

Stirnrunzelnd versuchte ich zu begreifen, was sie da sagte. Sie stammte wahrlich von einer seltsamen Welt. Man hatte dort Tiere, die mit einem zusammen im Zelt lebten, inmitten der eigenen Jungen? Doch Teriisa schien die Wahrheit zu sagen und sprach schließlich auch mit dem verletzten *irkdu* mit der beruhigenden Stimme einer Mutter.

„Wenn die Tiere der Leute krank geworden sind oder sich verletzt haben, haben sie sie zu mir in die *Praxis* gebracht ... dorthin, wo ich gearbeitet habe. Und wir haben dann dafür gesorgt, dass es den Tieren besser geht. Meistens jedenfalls. Wenn sie zu alt waren oder ihre Krankheit zu schlimm, haben wir ihnen das Lebensende erleichtert."

„Genau das habe ich doch gerade auch angeboten", sagte ich und schaute auf die Klinge in meiner Hand.

Seufzend führte Teriisa einen Faden durch die Öse der Knochennadel. „Schon, aber das ist nicht das Gleiche. Wir haben das nur gemacht, wenn es die beste Entscheidung war. Und wir haben es dem Tier durch Medikamente leichter gemacht. Wir nennen das *einschläfern*." Sie wandte sich mir mit grimmiger Miene zu. „Ganz sicher müssen wir dem armen Ding nicht noch mehr Schaden zufügen, wenn das meiner Einschätzung nach völlig unnötig wäre."

„Du glaubst, es könnte überleben?", fragte ich und sah wieder auf das Tier hinunter.

„Ja, wenn du dir mal die Mühe machen würdest, etwas dafür zu tun!", rief sie.

„Warum bist du deshalb so aufgebracht?" Ich setzte mich neben sie in den Sand.

„Ich bin aufgebracht, weil dieses *irkdu* sein Leben dir und deinen Schlachten gewidmet hat, und jetzt, wo es verletzt ist, willst du es einfach hier draußen sterben lassen! Obwohl es Möglichkeiten gibt, es zu retten!"

Wir waren so verschieden. Unsere Welten und Gebräuche und Werte waren sich in mancher Hinsicht so ähnlich und in anderer so weit voneinander entfernt. Aber das hier war ihr wichtig und ich bemühte mich sehr, es zu verstehen. Dass die *irkdu* genau wie ich Schmerzen empfinden konnten, war völlig neu für mich, und das allein brachte mich zum Nachdenken.

„Ich helfe dir", entschied ich ernst. „Es ist mein Reittier. Meine Verantwortung. Sag mir, was ich tun soll."

Wieder wandte sie sich mir zu und diesmal waren ihre hübschen Augen ganz groß. Dann schenkte sie mir ein sanftes Lächeln. Und dieser Anblick fuhr mir schmerzhaft in die Brust. *Ich werde mehr Versorgung brauchen als das* irkdu ...

„Halt den Schnitt zusammen, damit ich ihn zunähen kann."

Ich gehorchte, legte die Hände auf die dicke Haut des Tieres und schob die Wundränder zueinander, um Teriisa ihre Aufgabe zu erleichtern. Sie nickte mir zu, presste die Lippen fest aufeinander und machte sich an die Arbeit. Das *irkdu* zuckte und brüllte auf, als die Nadel durch die blutige Haut stach. Sofort imitierte ich, was Teriisa vorhin getan hatte, und redete leise auf die große Kreatur ein. Es fühlte sich seltsam an, aber nicht unbedingt schlecht. Also fuhr ich damit fort.

Teriisa konzentrierte sich die meiste Zeit auf ihre Arbeit. Aber hin und wieder huschte ihr Blick zu mir. *Was sie wohl sieht?*

Nachdem die Wunde genäht war, verband Teriisa das verletzte Bein des Tieres, während ich es für sie stillhielt.

Dann richtete sie sich auf, stemmte die Hände in die Hüften und betrachtete unser Werk. *Ihr* Werk.

„Gieß etwas mehr vom Blut der Lavrika auf die Wunde. Wir können auch gleich ein bisschen mehr nehmen und dem Großen hier die bestmögliche Chance auf Heilung geben."

Ich befolgte Teriisas Anweisung und tröpfelte behutsam mehr vom Blut der Lavrika auf die tiefe, nun jedoch geschlossene Verletzung. Als ich das tat, schnaufte mein Reittier und beobachtete mich aufmerksam. So etwas hatte ich noch nie zuvor getan. Es war mir nicht einmal in den Sinn gekommen. Doch ich entschied, dass ich froh darüber war. Dieses Tier begleitete mich schon seit einer ganzen Weile. Ich würde es gern in Zukunft weiterhin reiten, wenn es überlebte. Und jetzt hoffte ich tatsächlich, dass es überlebte.

„Das hast du gut gemacht", sagte Teriisa sanft.

Unter ihrem Lob schwoll mir die Brust. Ich wollte ihr gerade ganz bescheiden sagen, dass das für einen Gahn doch eine Kleinigkeit war, als ich erkannte, dass sie gar nicht mit mir redete. Sie tätschelte dem *irkdu* die Schnauze. Es schnüffelte kurz, dann senkte es den Kopf und rollte sich zum Schlafen zusammen.

„Wir sollten es jetzt in Ruhe lassen", sagte sie und richtete ihre Aufmerksamkeit nun endlich auf mich.

Ich versuchte, nicht auf ein jämmerliches, verletztes *irkdu* neidisch zu sein, weil es sich ihr Lob verdient hatte. Doch ich war mir nicht so sicher, ob ich dabei erfolgreich war.

„Alles klar, nächster Patient. Du bist dran."

„Was?" Was wollte sie denn jetzt schon wieder tun? Gab es noch eine andere blutende Kreatur hier draußen, die ihre

Hilfe brauchte? Vielleicht ein *brazel*-Vogel mit einem gebrochenen Flügel?

Sie lächelte kopfschüttelnd und deutete auf mich. „Jetzt kümmern wir uns um deine Wunden. Komm, wir lassen das *irkdu* schlafen."

Wir machten uns auf den Rückweg zum Lager und hielten auf halber Strecke an einer geschützten Stelle an. Ein breiter Spalt in der Felswand schuf einen schattigen Bereich, in den wir hineintraten. Ich versteifte mich unwillkürlich, weil sie mir in der Dunkelheit so nah war.

Wenn sie mich nicht bald als ihren Gefährten annimmt, verliere ich mich noch in diesem Verlangen.

„Setz dich da hin", wies meine Gefährtin mich an und deutete auf einen großen flachen Stein. Ich gehorchte und lehnte mich mit dem Rücken gegen die Felswand. Teriisa kniete sich vor mir hin. Sofort schob ich die Beine auseinander, um ihr dazwischen Platz zu machen. Eigentlich tat ich das wirklich nur, damit sie bequemer an meine Wunden herankam, doch als ihr kurz der Atem stockte, erkannte ich, wie sinnlich diese Position war. Und dann konnte ich an nichts anderes mehr denken.

„Du wolltest meine Wunden versorgen", raunte ich heiser und klang selbst beinahe wie eine wilde Bestie.

Sie nickte stumm und rückte näher an mich heran, bis sie zwischen meinen Oberschenkeln kniete. In dieser Haltung waren wir auf Augenhöhe miteinander. Sie betrachtete mein Gesicht und öffnete ganz leicht die Lippen. Ich lehnte mich vor und sehnte mich von ganzem Herzen danach, diesen Mund mit meinem einzufangen.

Bevor ich das jedoch tun konnte, ergriff sie das Wort.

„Deine Sichtsterne sind wunderschön. Aber sie haben eine ungewöhnliche Farbe."

Ich erstarrte. Eigentlich wollte ich an nichts anderes denken als an Teriisa und diesen besonderen Moment, den wir gerade teilten. Ich hatte ihr nicht von Zolinna erzählen wollen. Noch nicht. Doch ich erkannte, dass ich meine Vergangenheit nicht länger verschweigen konnte. Nicht vor ihr. Nicht mehr.

„Die, die mir nahestehen, haben mir erzählt, dass sie einst von dunklerer, wärmerer Farbe waren, die an die Wüste erinnerte", sagte ich.

Sie legte den Kopf schief und schaute mich nachdenklich an. „Deine Sichtsterne haben die Farbe geändert?"

„Ja. Bei den meisten von uns verblasst die Farbe der Sichtsterne im Alter. Sie werden grau und silber, wenn wir uns den letzten Zyklen nähern."

„Aber du kommst mir gar nicht so alt vor."

Verwirrung zeigte sich auf ihrem Gesicht, was ich erleichtert zur Kenntnis nahm. *Gut, dann hält sie mich also nicht für einen alten Mann.* Meine verblassten Sichtsterne hatten mich nie sonderlich gestört. Doch ich wollte nicht, dass Teriisa mich für einen alternden Krieger hielt, der nicht stark genug für sie war. Denn meine Manneskraft zeigte sich recht deutlich in der Wölbung unter meinem Lendenschurz.

„Bin ich auch nicht." Schwer seufzend ließ ich den Kopf nach hinten gegen die Felsen sinken. Ohne den Blick von Teriisa abzuwenden, sprach ich die nächsten Worte. Nur sie gab mir die Kraft dafür, sie tief aus meinem Innersten hervorzuzerren.

„Sie verloren ihre Farbe an dem Tag, als Zolinna starb."

KAPITEL ZWEIUNDZWANZIG
Theresa

MIT ANGEHALTENEM ATEM wartete ich darauf, dass Baldor weitersprach. *Zolinna*. Das musste seine erste Gefährtin gewesen sein. Die, von der mir Xyan erzählt hatte. Die gestorben war.

Baldor hatte den Kopf zurückgelehnt, schaute mir aber weiter in die Augen. Seine Miene war wie versteinert und fast ausdruckslos, doch hinter der Fassade erahnte ich etwas. Das tief sitzende, stete An- und Abschwellen von Trauer.

Ganz kurz war ich eifersüchtig auf diese andere Frau, die Baldor so wichtig gewesen war. Das Gefährtenband war echt kein Witz und er hatte sie zweifellos sehr geliebt. Doch jedes noch so kleine bisschen Eifersucht verblasste im Angesicht von Baldors Schmerz. Er zeigte ihn nicht offen, aber ich bemerkte an seinem belegten Tonfall, wenn er ihren Namen sagte, und den angespannten Kiefermuskeln, dass es ihm schwerfiel, darüber zu reden. Vielleicht sogar bloß daran zurückzudenken. Und ich wollte alles dafür tun, dass er nicht noch mehr litt.

„Du musst mir nicht von ihr erzählen, wenn du nicht willst. Xyan hat erwähnt, dass ..." *Oh, Mist. Vielleicht hätte ich das nicht sagen sollen.* Hoffentlich bekam Xyan keinen Ärger, weil er mir das verraten hatte. Aber Baldor schien nicht sauer zu sein. Oh Mann, er war schließlich der Gahn. Vermutlich wussten so ziemlich alle vom Tod seiner Gefährtin. Es ging gar nicht anders. *Der Tod einer Königin.*

Baldor schwieg lange, deshalb machte ich mich daran, seine Wunden zu versorgen. Ich wischte mit etwas Leder das Blut ab und strich dann das Blut der Lavrika auf die tiefen Kratzspuren. Zum Glück musste keine der Verletzungen genäht werden. Ich wickelte Verbände um seine Brust und die verletzte Schulter. Als ich alles ordentlich festzog, begann er schließlich zu erzählen.

„Wir waren seit unserer Kindheit befreundet. Schon vor dem Erwachen des Gefährtenbands verbanden uns tiefe Gefühle. Als die Lavrika mich riefen, überraschte es mich nicht, ihr Gesicht in den Teichen zu erblicken."

Meine Finger kamen auf Baldors bandagierten Brustmuskeln zur Ruhe. Ich hob den Kopf und fand seine silbernen Augen. Sein aufgewühlter Blick nahm mich völlig ein.

„Sie war abseits des Lagers am Wasser. Du hattest recht damit, Teriisa, mich nach den Gefahren, den Monstern meiner Heimat zu fragen." *Oh Scheiße.* Als Baldor angedeutet hatte, er würde mich von hier wegbringen, damit ich in Sicherheit war, hatte ich ihm das an den Kopf geworfen. Ich hatte ihn daran erinnert, dass es auch in der Heimat seines Clans gefährlich war. Natürlich hatte ich da noch nicht gewusst, wie seine erste Gefährtin ums Leben gekommen war. Aber verdammt. In diesem Moment wäre ich am liebsten im Boden versunken.

„Du hast die *zeelk* schon einmal gesehen, ja?", fragte Baldor.

Mir lief ein Schauer über den Rücken. „Ja. Erinner mich bloß nicht dran."

„Nun, bei uns gibt es die *forsek*. So etwas wie Wasser-*zeelk*. Große gepanzerte Raubtiere, die in den felsigen Untiefen leben. Normalerweise kommen sie nicht an Land, aber ..."

Er atmete tief durch und ich spürte, wie sich seine Muskeln unter meinen Fingern anspannten. Aus einem Impuls heraus schlang ich ihm die Arme um den Hals. Er versteifte sich noch mehr, dann seufzte er und zog mich fest an sich.

„Ich war fort. Ich war nicht da. Es geschah, während ich auf dem Rückweg von den Klippen von Uruzai war, nachdem die Lavrika mich zu sich gerufen hatten. Sie war am Ufer und ein *forsek* hat sie erwischt."

Mir blieb die Luft weg, meine Kehle war auf einmal wie zugeschnürt und Tränen brannten in meinen Augen. Ich konnte nicht verhindern, dass sie mir über die Wangen liefen und auf Baldors Verbände tropften. Seine starken Hände legten sich an mein Gesicht und zogen mich sanft von seiner Brust weg, sodass er mich ansehen konnte.

„Du machst dieses menschliche *Weinen*. Die anderen Männer mit Menschen-Gefährtinnen sagten mir, dass ich mich nicht sorgen soll, wenn das passiert ..." Er verengte die Augen. „Aber es ist trotzdem beunruhigend. Geht es dir gut?"

Leichte Panik hatte sich in seine Stimme geschlichen. Was irgendwie verständlich war, schließlich war seine letzte

Gefährtin auf tragische Weise zu Tode gekommen, ohne dass er etwas dagegen hätte tun können. Ich wischte mir hektisch über die Augen. Wie erbärmlich, dass ich jetzt weinte und er mich trösten musste, obwohl er mir doch gerade von seinem furchtbaren Verlust erzählt hatte.

„Entschuldige. Ich wollte nicht weinen."

„Die anderen sagten, dass ihr weint, wenn ihr starke Gefühle erlebt."

„Ja", antwortete ich schniefend und wischte mir die Nase ab. „Ich bin traurig."

„Du bist traurig", wiederholte er bedächtig und senkte den Kopf, sodass seine Nase fast an meine stieß. Die silbernen Sichtsterne, die unser Gespräch überhaupt erst angestoßen hatten, wirbelten durch seine Augen. Wie gebannt konnte ich nicht wegsehen.

„Ja", sagte ich noch einmal. „Es macht mich traurig, was passiert ist. Was du verloren hast."

Baldors Griff um mein Kinn verstärkte sich. Seine Kiefermuskeln traten angespannt hervor und seine Sichtsterne pulsierten. „Du bist zu gut", erwiderte er schließlich gepresst und bleckte die Fangzähne. „Zu freundlich, zu großherzig. Du wünschst dir Frieden zwischen den Gahns und kein Blutvergießen. Du wendest Zeit und Kraft auf, um das *irkdu* zu heilen. Du betrauerst meinen Verlust, obwohl er mir lange vor deiner Ankunft auf dieser Welt widerfahren ist." Er ließ ein lang gezogenes, kläglich klingendes Zischen entweichen. „Ich verdiene dich nicht."

„Sag das nicht", flüsterte ich unter weiteren Tränen. Je besser ich Baldor kennenlernte, desto mehr wuchs er mir ans Herz. Er hatte in der Vergangenheit schrecklich gelitten und deshalb fürchtete er, mich auch zu verlieren. Also hatte er uns seiner Logik folgend angegriffen, um mich zu finden. Aber er hatte sich auch dem Frieden gebeugt und dem Bündnis angeschlossen, und zwar für mich. Er hatte meinen Drang, dem *irkdu* zu helfen, nicht verstanden, sich jedoch bemüht, meine Beweggründe nachzuvollziehen, und mich unterstützt. Und jetzt, als ich hier rumheulte wie ein Schlosshund, obwohl er doch gerade litt, behauptete er, *er* würde *mich* nicht verdienen?

Aber mir war klar, woher das kam. Ich hatte ihn bei jeder sich bietenden Gelegenheit weggestoßen. Ich musste ihm entgegenkommen. Irgendeine Art von Zuspruch bieten. Und zwar nicht nur, weil mir der Tod seiner ersten großen Liebe leidtat. Nein, darum ging es hier nicht. Ich wollte ihm einfach begreiflich machen, welche Gefühle jeden Tag, jeden verstreichenden Moment in mir stärker wurden.

Diesmal legte ich ihm die Hände an die Wangen. Er stöhnte bei der Berührung auf und lehnte sich vor, bis seine Stirn meine berührte. Sein Mund war so nah …

„Ich gehe nirgendwohin, Baldor. Du wirst mich nicht verlieren." Die Worte kamen mir über die Lippen, ohne dass ich länger darüber nachdenken musste. Ich hatte mir keine Gedanken darüber gemacht, wie viel ich damit ausdrückte, was sie bedeuten konnten. Sie fühlten sich in diesem Moment so richtig an. Meine unsterbliche Liebe und Treue schwor ich ihm natürlich nicht, aber ich ließ mich allmählich darauf ein – auf *uns*. Ich war bereit, uns eine Chance zu geben. Ich wollte mehr von ihm. Und ich wollte ihm mehr von mir geben.

Ich verlagerte leicht das Gewicht, neigte den Kopf zur Seite und streifte Baldors Lippen mit meinen. Es war der unschuldigste Kuss meines Lebens. Kein bisschen Zunge. Aber bei Baldor schienen dadurch alle Dämme zu brechen. Er packte mich fest an der Taille und als er den Kuss erwiderte, war der alles andere als unschuldig. Seine heftige Reaktion überrumpelte mich und ich öffnete mich sofort seinen Zungen.

Oh mein Gott. Zungen. Diese drei verrückten Alien-Zungen, von denen mir die anderen erzählt haben.

Tja, sie hatten nicht übertrieben. Drei kräftige, spitz zulaufende Zungen tauchten in meinen Mund und erkundeten jeden Winkel. Baldors Fangzähne blieben an meiner Unterlippe hängen und ich keuchte, wölbte mich ihm entgegen und spürte, wie er in meinen Mund stöhnte. Der leicht metallische Geschmack auf meiner Zunge verriet mir, dass ich wohl blutete. Baldor hielt mich in eisernem Griff und als mich eine Welle des Verlangens überrollte und ich mich noch enger an ihn schmiegte, hob und senkte sich seine Brust unter abgehackten Atemzügen.

Er löste sich von mir, umfasste mein Gesicht mit beiden Händen und strich mir das Haar zurück, während sein Blick meinen festhielt.

„Was ist?", keuchte ich. Meine Lippen fühlten sich geschwollen an.

Als er nicht antwortete und sein Blick nur noch eindringlicher wurde, meldeten sich leise Zweifel in mir. Es war keine Eifersucht, sondern Unsicherheit. *Vielleicht kann ich ihr einfach nicht das Wasser reichen. Vielleicht ist er enttäuscht, vielleicht ...*

„Vergib mir", brachte er erstickt hervor. „Ich möchte nur sichergehen, dass dieser Moment echt ist. Dass du wahrhaftig hier bist, in meinen Armen."

Shit. Noch mehr Tränen. „Das hier ist echt", flüsterte ich. „Ich bin echt. Ich bin hier."

Ich gehe nirgendwohin.

Baldor stieß ein leises, lang gezogenes Seufzen aus. „Danke", sagte er. Mit dem Daumen strich er über meine Unterlippe und zog sie nach unten, um die Innenseite zu betrachten. Er zog die Augenbrauen zusammen.

„Habe ich dich mit meinen Fängen verletzt?"

Aus Reflex leckte ich mir über die Stelle und sein Blick folgte meiner Zunge. „Ich glaube schon."

„Das war es also, was so frisch und seltsam geschmeckt hat. Dein Blut ..."

Ich erstarrte, als er mit seiner dreigeteilten Zunge über meine Unterlippe leckte.

„Buroudei hat mir schon gesagt, dass das Blut der neuen Frauen die Farbe von Gift besitzt", raunte er an meiner Wange. „Ich habe ihm nicht geglaubt. Doch jetzt sehe ich es mit eigenen Augen."

„Ach ja?", entgegnete ich völlig berauscht von dem Feuer, das bei jeder seiner Berührungen durch meine Adern jagte.

„In der Tat." Sein Blick fing meinen erneut ein. „Dein Blut, dein Duft, alles an dir wirkt stärker als jedes Gift. Du gibst mir neue, unvorstellbare Kraft und treibst mich zur gleichen Zeit an den Rand des Wahnsinns. Du bist der Grund, warum ich so vieles in Zweifel ziehe." Er senkte die Stimme. „Du hast mich für immer verändert."

Ich schlang ihm wieder die Arme um den Hals, weil ich mich nicht zurückhalten konnte. Ich musste ihm nah sein, mich an ihn schmiegen, ihn so fest an mich ziehen wie nur möglich. Ich bekam das Gefühl, im Meer der Zuneigung für diesen Mann, diesen Gahn, dem ich vorher so viel Misstrauen entgegengebracht hatte, zu ertrinken.

Ich rutschte nach vorn und schob die Knie über seine muskulösen Oberschenkel, sodass ich rittlings auf ihm saß und sein harter Schaft zwischen uns lag. Ich keuchte auf, als sich seine Unterseite an meine Klit drängte, und spreizte die Beine noch etwas weiter.

„Ich habe mich angefasst, während ich an dich gedacht habe." Meine Direktheit trieb mir Hitze in die Wangen. Was zum Teufel? Wann hatte ich bitte beschlossen, ihm dieses kleine Detail zu verraten?

Baldors Sichtsterne pulsierten und seine Länge unter mir zuckte. „Wann?", wollte er wissen und hatte sichtlich Schwierigkeiten, das Wort herauszubekommen. Es war eigentlich kaum mehr als ein ausgestoßener Atemzug.

„Im Dampfzelt heute Morgen", antwortete ich hastig, weil ich offenbar jegliches Schamgefühl über Bord geworfen hatte. Doch das begierige Verlangen auf seiner Miene und der fast schon unangenehm feste Griff um meine Hüften weckten in mir den Wunsch, ihm mehr zu erzählen. „Ich habe dabei an dich gedacht", wiederholte ich.

„Zeig es mir", befahl er und sein Blick wanderte von meinem Gesicht runter zu meiner Mitte. Ich stockte kurz und rechnete fast damit, dass mein Mut sich verflüchtigte. Doch als Baldor ungeduldig knurrte und damit aufs Neue Erregung in mir anfachte, wurde mir bewusst, dass ich nicht mal aufhören könnte, wenn ich es gewollt hätte. Ich stand eilig auf, wurde in kürzester Zeit Hose und Unterwäsche los und zog mir dabei gleich noch die Stiefel mit aus. Anschließend setzte ich mich wieder auf Baldors Schoß.

„Du sollst mir zeigen, was du im Zelt getan hast." Er runzelte die Stirn. „Als ich gegangen bin, hattest du das nicht an, diesen ..."

Er zupfte am Reißverschluss meiner Solarschutzjacke und mit glühenden Wangen befreite ich mich auch davon. Dann widmete ich mich dem Tanktop und dem BH darunter und ließ beides achtlos in den Sand fallen. Mein Körper vibrierte praktisch vor Sehnsucht, doch ich rührte mich nicht, während Baldors Blick an mir nach unten glitt. Seine Daumen gruben sich in meine Hüftknochen und seine Finger legten sich um meine Pobacken.

„Zeig es mir", wiederholte er knurrend und sein Tonfall ließ keinen Widerspruch zu. Ich nickte hastig und schob eine Hand zwischen uns. Ich musste ein Stückchen nach hinten rutschen, an den Rand des Felsens, auf dem wir saßen, damit ich die Finger zwischen seinen Schaft und meine Pussy bekam.

Aber offenbar war ihm die Aussicht nicht gut genug. Aus diesem Winkel versperrte ihm wahrscheinlich seine eigene Erektion den Blick auf das, was meine Hand da trieb. Baldor grollte verärgert und stand mit mir in den Armen auf. Mit entfuhr ein überraschtes Quietschen, doch sein Griff lockerte sich nicht für eine Sekunde. Er bettete mich rücklings auf den Felsen und legte die Hände auf meine Oberschenkel.

„Zeig es mir *so*", wies er mich an und kniete sich hin.

Oh mein Gott. So?! Mich zu berühren, während ich auf seinem Schoß saß, war eine Sache. Es mir zu besorgen, während er das Gesicht zwischen meinen Beinen hatte, etwas völlig anderes. Ich versuchte, die Schenkel zusammenzupressen, doch seine Hände glitten zu meinen Knien und hielten sie fest.

Sein leidenschaftlicher Blick richtete sich wieder auf mein Gesicht. Und weil ich die Kontrolle schon längst verloren hatte und das sehnsüchtige Ziehen lindern wollte, ließ ich die Finger zwischen meine Beine gleiten.

Baldors Lippen bebten, er biss die Zähne zusammen und seine Sichtsterne waren nur noch ein lustvoller Nebel in seinen Augen, während er jede meiner Bewegungen verfolgte. Sein Gesichtsausdruck machte mich nur noch mehr an. Ich war noch nie von jemandem so begehrt worden.

Langsam umkreiste ich mit den Fingern meine Klit und verteilte die Feuchtigkeit von meinem Eingang. Baldor wirkte wie gebannt und die Sehnen an seinem kräftigen Hals traten hervor, als er schluckte.

„Das hast du getan? Und dabei an mich gedacht?", fragte er und als sein Atem über meine erhitzte Haut geisterte, stöhnte ich auf und spreizte die Beine noch etwas weiter. Scham hatte hier wirklich keinen Platz.

„Ja", antwortete ich und ließ das Becken kreisen.

„Mehr. Zeig mir mehr. Zeig mir, was du noch getan hast."

Ich biss mir auf die Lippe und kam seinem Wunsch nach, indem ich meinen Mittelfinger in mich schob, genauso wie im Zelt. Ich war schon so feucht.

„Deine Weiblichkeit ist atemberaubend", stöhnte Baldor und ließ die Hände langsam von meinen Knien zu meinen

Oberschenkeln wandern. „Wie die Feuchtigkeit auf deiner Haut glitzert. Wie du deine Enge für meinen Schaft vorbereitest."

Seine Worte entzündeten ein Feuer in mir und ich erhöhte das Tempo meiner Bewegungen. Fuck, ich war schon so nah dran ...

Während ich einen Finger wieder und wieder in mir versenkte, presste ich den Handballen gegen meine Klit und rieb mich an meiner eigenen Hand.

„Du berührst und drückst immer wieder diese Stelle über dem Eingang zu deinem Inneren. Hier."

Als Baldors Klauen über meinen Handrücken strichen, stöhnte ich auf. Ich brauchte einen Moment, um zu begreifen, dass er mich nach meiner Klit fragte. Dass ich hier noch einen Vortrag über die weibliche Anatomie geben musste, hatte ich so nicht erwartet, aber keiner meiner menschlichen Sexpartner war je so interessiert gewesen. Ich nahm die Hand weg, damit er sich die Stelle genauer ansehen konnte, und widerstand wieder dem Drang, verlegen die Beine zu schließen.

„Hier fühlt es sich richtig gut an", wisperte ich bebend.

Ich fuhr mit dem Zeigefinger erneut über meine Klit, woraufhin meine Hüften begierig nach oben zuckten. Mein Körper beschwerte sich allmählich über die Anwesenheit meiner Finger.

Baldor knurrte und rutschte auf den Knien näher heran, bis sich seine Brust gegen den rauen Rand des Felsens drückte.

„Deine Wunden", flüsterte ich, weil er sich die gerade erst versorgten Verletzungen nicht an dem Stein aufreißen sollte.

„Nichts bereitet mir größere Schmerzen als dir nicht nah sein zu können", sagte Baldor mit belegter Stimme. Und, oh Gott, es war einfach zu viel. Ich berührte mich kaum und trotzdem wurde meine Lust immer intensiver, sodass sich alles in mir zusammenzog.

„Baldor", brachte ich erstickt hervor. Meine Haut kribbelte. In seinem Namen schwang noch so viel mehr mit. Dinge, die ich mir selbst noch nicht richtig eingestehen konnte. *Baldor, berühr mich. Baldor, nimm mich. Baldor, liebe mich.*

Aber ich war mir ziemlich sicher, dass er mich schon liebte.

Als Baldor wieder das Wort ergriff, lag eine dunkle Forderung in seiner Stimme.

„Weg mit der Hand."

Ich ballte die Finger mühsam zur Faust und gehorchte. Baldor lehnte sich vor und strich mit der Nase über meine Schamlippen, was mich zusammenzucken ließ und mir ein Aufstöhnen entlockte.

„Danach habe ich mich verzehrt. Mehr, als du dir jemals vorstellen könntest …"

Aber als er die Zungen vorschob und mit unbändigem Verlangen über meine Haut leckte, bekam ich eine sehr gute Vorstellung davon. Denn ich empfand die gleiche Begierde, ungezähmt und wild. Unwillkürlich vergrub ich die Finger in seinen Haaren und lockerte damit seinen Zopf. Die Strähnen waren erstaunlich weich und wanden sich beinahe zärtlich um meine Finger, während seine Zungen meine Mitte verwöhnten. Er gab tiefe, grollende, animalische Laute von sich. Sie waren gedämpft, doch der Widerhall aus seiner breiten Brust jagte an meinen Oberschenkeln hinauf und ließ mich erbeben.

Und als die kräftigste, mittlere Zunge in mich eindrang, schrie ich auf. Mein Rücken hob sich von dem Felsen unter mir. Baldor ließ sich nicht aufhalten, stieß seine mittlere Zunge immer wieder in mich, jedes Mal ein bisschen tiefer, bis sie meinen G-Punkt traf. Seine äußeren Zungen widmeten sich währenddessen meiner Klit und streichelten sie von beiden Seiten.

Ich würde nicht mehr lange durchhalten. Das hier war zu erregend, die Empfindungen zu überwältigend.

„Baldor, ich bin gleich ...“

Seine Sichtsterne richteten sich auf mein Gesicht, begegneten meinem erhitzten Blick. Er wirkte so fokussiert, so entschlossen. Als würde er mir etwas versprechen. Ein *Für immer*.

Und das stieß mich über die Klippe.

Es war nicht nur der körperliche Aspekt dieses Moments, sondern die Hingabe, die sich in jeder Geste zeigte. Ich fühlte mich allmählich sicher bei ihm. Wirklich geborgen. Während ich mich um ihn zusammenzog und die Finger in seine Kopfhaut grub, wandte Baldor diesen Blick nicht von mir ab. Aufmerksam. Voller Versprechen.

Ich kostete meinen Höhepunkt aus, konnte die hemmungslosen Bewegungen meines Körpers nicht im Zaum halten. Mittlerweile hatte ich mich vorgebeugt, umklammerte Baldors Kopf und drängte mein Becken seinen Zungen entgegen. Allerdings wurde ich echt empfindlich, nachdem mein Orgasmus langsam abebbte.

„Es ist so viel ... zu viel", stöhnte ich und biss die Zähne zusammen.

Baldor wich zurück, aber nur gerade weit genug, dass er bequem sprechen konnte. Sein Atem strich über meine pochende Pussy. „Das ist noch nicht einmal annähernd genug. Du hast keine Vorstellung davon, was ich dir geben kann, meine Gefährtin."

Ihm versagte die Stimme, er klang fast schon wütend. Dann richtete er sich zu seiner vollen Größe auf und stellte sich zwischen meine Beine. Mit einem Ruck riss er sich den Lendenschurz weg und umfasste seine gewaltige Erektion mit einer Hand. Und ich versuchte nicht mal, den Blick abzuwenden.

Da ich noch auf dem Felsen saß und er vor mir stand, befand sich sein Schritt beinahe auf meiner Augenhöhe. Ich starrte Baldors Schaft an und mein Mund wurde bei dem beeindruckenden Anblick staubtrocken.

Okay, er war verdammt riesig. An der Wurzel so breit wie seine Faust und zur Eichel hin etwas schmaler. Ein ebenmäßiges, dunkel gefärbtes Glied ohne Vorhaut. Und zu beiden Seiten entdeckte ich die Fortsätze, von denen die anderen Frauen erzählt hatten. Mir stockte der Atem, als ich mir vorstellte, wie sich die wohl an meiner Pussy anfühlen würden, wenn Baldor sich in mir bewegte.

Fuck. Fuck! Dieses Bild war viel zu erregend. Ich war mir nicht sicher, ob ich schon so weit gehen wollte, doch die Vorstellung wurde mit jeder Sekunde reizvoller.

Baldor begann, sich träge zu streicheln. Wie aus Reflex strich ich mit beiden Händen an seinen Oberschenkeln hinauf und genoss das Gefühl der steinharten Muskeln unter der glatten Haut.

„Das habe ich auch gemacht. Nach unserer Begegnung im Zelt."

Ich riss die Augen auf. Er hatte sich danach einen runtergeholt? Vielleicht waren wir ja sogar gleichzeitig gekommen, nur an unterschiedlichen Orten ...

Aber ich wollte ihm nicht dabei zusehen, wie er es sich besorgte, auch wenn es mich echt heißmachte. Ich wollte ihn dabei anfassen.

Baldor erstarrte und seine Muskeln zuckten angestrengt, als ich eine Hand zwischen seine Beine schob und seine Hoden umfasste. Sie waren warm, ebenfalls von dunkler Farbe und so weich, dass ich gegen den Drang ankämpfen musste, darüberzulecken.

Aber warum kämpfe ich überhaupt dagegen an?

Entschlossen drehte mich um und lehnte mich auf die Ellenbogen zurück, sodass sich mein Kopf zwischen seinen Beinen befand. Baldor hatte sich immer noch nicht gerührt, seine Hand lag immer noch mit eisernem Griff um seinen Schaft.

Ich reckte den Kopf nach oben, öffnete den Mund und schloss die Lippen um einen seiner Hoden. Ein Beben rann durch Baldors Körper. Seine Hoden waren zu groß, um sie auch nur einzeln ganz in den Mund nehmen zu können. Deshalb saugte ich stattdessen an der Haut, fuhr mit der Zunge darüber und stöhnte, als sie vor Lust zuckten.

Plötzlich nahm Baldor die Bewegung seiner Hand wieder auf, sehr viel schneller und fester diesmal. Ich passte mich seiner Geschwindigkeit und Intensität an, saugte heftiger, knabberte behutsam an der Haut und ließ meine Zunge darübergleiten. Dann verlagerte ich meine Bemühungen weiter nach vorn und leckte über die Unterseite seines Schafts.

Seine Hoden zogen sich dicht an seinen Körper. *Wenn es bei ihm ähnlich funktioniert wie bei menschlichen Männern, dann wird er wahrscheinlich gleich kommen ...*

Dieser Gedanke entfachte meine eigene Erregung aufs Neue und ich schob wieder eine Hand wieder meine Beine, um meine Klit zu streicheln, während ich weiter seine Hoden verwöhnte. Ich war schon wieder so nah dran.

Baldor knurrte und dann kam seine Hand komplett zum Stillstand und drückte seinen Schaft nur noch fest.

„Ich will meinen Samen nicht so vergießen. Ich will dein Gesicht dabei sehen."

Er trat einen Schritt zurück. Bevor ich mich aufsetzen konnte, legten sich seine starken Hände um mich und hoben mich mühelos hoch. Und das war auch ganz gut so, denn mir war fast schwindelig vor Lust. Ich versuchte, mich zu orientieren, während Baldor mich an sich zog und dann gegen die Felswand presste. Sofort schlang ich die Beine Halt suchend um seine Taille, und er umfasste meinen Hintern und ließ mich ein Stück nach unten rutschten, bis sich seine Länge zwischen meine Pobacken schmiegte. Meine pulsierende Klit wurde gegen seinen Unterbauch gedrückt und ich kam ihm sofort mit dem Becken entgegen.

„Teriisa", raunte Baldor mit erstickter Stimme. Er stieß nach vorn, drängte seinen Schaft fest an meine Haut. Stöhnend beugte er sich vor und legte die Lippen an meine Schläfe. „Es gibt so vieles, was ich mit dir anstellen möchte …"

„Was denn? Was?" Ich musste es von ihm hören. Es kam mir vor, als würde mein Leben davon abhängen.

Sein Schaft zuckte und meine Nippel prickelten, als sie über seine harte Brust rieben.

„Ich möchte in deiner engen Hitze versinken. Von ihr zu kosten, war herrlich, doch es reicht mir nicht. Ich will in dich eindringen. Immer wieder. Und dich so sehr mit meinem Samen füllen, dass er noch tagelang aus dir herausrinnt …"

Ach du Scheiße. Diese Worte, die er so atemlos an meiner Schläfe flüsterte, würden mich noch mal zum Kommen bringen. Und ebenso sein Körper, der sich gegen mich drängte, und die perfekte Reibung an meiner Klit.

Aber das, was er als Nächstes sagte, war mein Untergang. Das sorgte dafür, dass ich mich bebend an ihn klammerte.

„Ich will deinen Schoß mit meinem Samen tränken, wieder und wieder, bis mein Junges in dir heranwächst."

Ich grub die Finger in seine Haut, während mein Orgasmus über mich hinwegrollte, und war unfassbar erregt von den Bildern, die er vor meinem inneren Auge heraufbeschwor. Keine Verhütung, keine Kondome, nur dieser starke, begierige, leidenschaftliche Mann, der in mich eindrang, mich für sich einnahm, mich für sich beanspruchte … Mich zu einer Mutter machte …

„Und selbst dann, wenn du mein Kind in dir trägst, werde ich noch nach dir verlangen", fuhr er fort. „Meine

Klauen werden deine üppigen Rundungen liebkosen und während du füllig und weich bist, werde ich auf ewig hart für dich sein."

Baldors Atemzüge wurden keuchender. Seine Hüften stießen immer hektischer gegen mich. Ich verlor mich in ihm, in diesem Augenblick, in der Zukunft, die er mit seinen Worten für uns zeichnete. Mir blieb nichts anderes übrig, als mich an ihm festzuhalten und die Augen zu schließen.

„Du bist die Zukunft, die ich nicht mehr für möglich gehalten hatte", wisperte er. Und dann, mit einem lauten Brüllen, spannte sich jeder Muskel in seinem Körper an. Ich riss die Augen auf, weil ich nicht verpassen wollte, wie sein Gesicht während seines Höhepunkts aussah – wie seine Kiefermuskeln hervortraten und seine Fangzähne auf-blitzten. Sein Schwanz peitschte hinter ihm wild durch den Sand, als sein Becken ein letztes Mal nach vorn stieß. Heiße Feuchtigkeit traf meinen Hintern und eine Sekunde lang war ich traurig, dass sie verschwendet war. Dass er sich nicht in mir ergoss.

Jetzt halt mal die Luft an, Mädel.

Kaum zu glauben, dass ich Baldor erst vor wenigen Tagen zum ersten Mal gesehen hatte. Aber seitdem war so viel passiert. Er hatte mir so viel von sich offenbart. Dinge, die vielleicht noch nie jemand zuvor gesehen hatte. Seine Trauer. Seine Aufrichtigkeit. Sein Verlangen.

Baldor trat von der Felswand weg und sank im Schnei-dersitz in den Sand. Ich löste meine Beine von seiner Taille und er schob mich so in seinen Armen zurecht, dass ich an seiner Brust lag.

Und so verharrten wir eine ganze Weile.

KAPITEL DREIUNDZWANZIG
Baldor

TERIISA FÜHLTE SICH so klein in meinen Armen an. Ich hielt sie fest, schützte sie mit meinem Körper vor allen Gefahren der Welt. Und als sie zu zittern begann, presste ich sie noch fester an mich.

„Was ist mit dir?", fragte ich und neigte den Kopf zur Seite, um in ihr wunderschönes Gesicht sehen zu können.

„Mir ist kalt", erwiderte sie. Als sie sich dichter an mich schmiegte, stöhnte ich leise und meine Hüften zuckten nach oben. Ich wurde bereits wieder hart für sie. Wie gern hätte ich sie umgedreht, auf den Sand gepresst, ihr Becken angehoben und meinen Schaft gegen ihren Eingang gedrängt.

Doch sie fror.

Du Dummkopf. Du willst sie vor dieser Welt beschützen, dabei kannst du sie ja noch nicht einmal warm halten. Dass eine erwachsene Person fror, war ein beinahe absurder Gedanke. *Die Sonne verbrennt sie, die Nacht lässt sie frösteln. Sie ist so viel verletzlicher als Zolinna. Wie kann ich auch nur darauf hoffen, sie nicht irgendwann zu verlieren?*

Ich brachte die Stimme zum Schweigen.

Ich werde sie beschützen. Ich werde sie nicht verlieren. Sie gehört zu mir.

Noch hatte ich sie nicht vollständig für mich gewonnen, doch meine Überzeugung, dass sich dieser Moment für uns beide näherte, wuchs stetig. Als ich davon sprach, mich in ihr zu versenken, meinen Samen in ihr zu vergießen und ein Junges mit ihr zu zeugen, hatte sie sich fester an mich geklammert und voller Lust gestöhnt. Ihre Wünsche glichen den meinen.

Ich musste sie lediglich dazu bringen, das auch einzugestehen, damit wir gemeinsam den nächsten Schritt gehen konnten. Ich musste dafür sorgen, dass sie sich nach mir und nach *uns* so verzweifelt sehnte, dass sie alle Hemmungen überwand und nichts sie von meiner Männlichkeit fernhalten konnte.

Aber zunächst musste ich dafür sorgen, dass sie es warm und bequem hatte.

Ihre Kleidung lag ganz in der Nähe im Sand. Ich zog alles, was ich erreichen konnte, zu uns heran, während ich ihre zierliche Gestalt weiterhin mit einem Arm fest an mich drückte. Ich wollte ihr die Gewänder überstreifen, damit sie sich keinerlei Mühe machen musste, doch während ich die seltsame, verworrene Stoffkonstruktion betrachtete, die sie um die Brust getragen hatte, merkte ich schnell, dass ich dieser Aufgabe nicht gewachsen war.

Zum Glück musste ich mich nicht lange mit dem merkwürdigen Kleidungsstück abmühen. Teriisa nahm es mir aus der Hand und schenkte mir ein Lächeln.

„Danke.“

Sie stand auf und ich beobachtete entrückt, wie das Licht unserer Monde ihre nackte Gestalt umschmeichelte. Die Schlieren meines Samens glitzerten noch auf ihrer Haut und der Anblick ließ meinen Schaft pulsieren. Ich wollte noch mehr davon auf ihr vergießen. In ihr, wo niemand sonst es sehen konnte. Aber wo sie es spürte.

Doch das würde heute Nacht wohl nicht mehr geschehen. Denn innerhalb kürzester Zeit war sie vollständig bekleidet. Widerwillig erhob ich mich und legte mir den Lendenschurz wieder um die Hüften. Umständlich zog ich das Leder über meine härter werdende Männlichkeit und konnte den Blick nicht von Teriisas Kehrseite losreißen, als sie sich vorbeugte, um ihre harten Fußschalen überzustreifen.

„Es ist schon ziemlich spät", sagte sie und schaute hinauf zum Sternenzelt über uns.

„Nicht allzu spät", entgegnete ich, weil ich nicht wollte, dass dieser Moment, dieser Abend ein Ende fand. Ich wollte die Nacht nicht wieder ohne sie vor dem großen Zelt verbringen. Aber da ich gerade erst zugestimmt hatte, meinen Clan hierher umzusiedeln, gab es noch keine Einzelzelte für uns. Mein Trupp teilte sich noch immer ein gemeinsames Zelt und ich besaß noch kein eigenes.

Dieser Missstand muss schleunigst behoben werden.

„Morgen werde ich ein *dakrival* jagen. Ich werde es eigenhändig ausnehmen, seine Häute säubern und daraus ein Zelt für uns errichten", verkündete ich.

Teriisas Augen wurden groß und einen Moment lang befürchtete ich, sie würde protestieren.

„Schlag mir diesen Wunsch nicht ab, mein Sonnenlicht", fügte ich heiser hinzu und strich mit den Fingerknöcheln über ihre weiche Wange. „Ich ertrage es keine Nacht länger, dich nicht bei mir zu haben."

Ihr war wohl nicht mehr kalt, denn ihre Haut fühlte sich warm unter meinen Fingern an.

„In Ordnung", flüsterte sie.

Ich blieb stocksteif stehen und bemühte mich, die Welle aus purer Freude einzudämmen, die durch meine Brust rollte. Es fiel mir sehr schwer. Ich wollte laut jubeln. *Sie nimmt mich an. Schon bald wird sie mich auch als ihren Gefährten akzeptieren und sich auf ewig an mich binden.*

So lange wartete ich schon darauf. Da würde ich es auch noch ein wenig länger aushalten. Doch ich hoffte inständig, dass es nicht mehr allzu lange dauern würde. Mein Schaft zuckte bereits unter meinem Lendenschurz. Ich hatte unseren gemeinsamen Moment heute sehr genossen, doch ich wollte mehr.

„Wir sollten zurückgehen."

Ich konnte Teriisas Wunsch nicht für mein eigenes Verlangen, sie hier bei mir zu behalten, übergehen. Also legte ich ihr einen Arm um die Taille, zog sie an mich und wir setzten uns in Bewegung. Wir liefen an den Klippen zum Lager zurück und erreichten die Zelte viel zu bald. Ich seufzte, als wir zwischen die Zeltreihen traten, denn die Vorstellung, von jetzt an hier zu leben, behagte mir nach wie vor nicht so recht. Doch die Ebene meines Volkes, das Rauschen der Wellen, würden auf ewig in mir verweilen. Ich würde unsere Vergangenheit mit mir tragen, wohin ich auch ging.

Und mein Weg würde mich immer zu Teriisa führen. Meine Heimat war nicht länger ein Ort. Meine Heimat war nun ein zierliches, fremdartiges Wesen aus einer völlig anderen Welt.

Du sorgst dich darum, die Ebene und die See zurückzulassen. Sie hat die Welt, die sie kannte, zurückgelassen.

Ich verstärkte meinen Griff um sie, als wir uns dem Zelt der Menschenfrauen näherten, und schwor mir im Stillen, genauso zu ihrem Zuhause zu werden, wie sie es für mich geworden war.

„Ich wünschte, du könntest mit reinkommen", sagte Teriisa plötzlich und riss mich damit aus meinen Gedanken. Ich blickte sie überrascht an. Sie sah mit geschürzten Lippen zum großen Zelt hinüber.

„Es wäre unangemessen, wenn ein Mann die Nacht im Zelt der ungebundenen neuen Frauen verbringt", erwiderte ich. Ich verspürte sowieso nicht das Bedürfnis, bei all den anderen Frauen zu schlafen. Ich wollte Teriisa ganz für mich allein.

„Oh, nein. Ich weiß. Das wäre schräg. Aber trotzdem ..." Sie wandte sich mir mit einem kleinen Lächeln zu. „Ich nehme an, du bleibst heute Nacht wieder hier draußen?"

Ich zuckte zustimmend mit dem Schwanz. „Ja. Wir mögen zwar durch die Zeltwand getrennt sein, doch ich werde nicht von deiner Seite weichen. Wobei ..." Ich musste noch mit Xyan darüber reden, was beim Treffen der Gahns beschlossen worden war. „Wenn du dich wohlbehalten im Zelt eingefunden hast, werde ich dich für kurze Zeit verlassen müssen, um mit Xyan zu sprechen. Doch ich werde zurückkehren und die Nacht über hier ausharren."

„Gut", sagte sie und schien aufrichtig erfreut darüber zu sein, dass ich zu ihr zurückkommen würde. Diese Freude traf mich wie ein Speer zwischen die Rippen. Sie war so wundervoll, dass es schmerzte.

„Teriisa", murmelte ich und umfasste ihr Gesicht mit beiden Händen. Ich wollte ihr so vieles sagen. Doch mehr als ihren Namen bekam ich nicht heraus.

Mondlicht spiegelte sich in ihren Augen und sie schlang die Arme um meinen Hals, um mich zu sich herunterzuziehen. „Komm her", flüsterte sie und verstärkte ihre Bemühungen, bis ich ihrem Wunsch nachkam. Als ihre unvorstellbar weichen Lippen über meine streiften, hatte ich hart zu kämpfen. Musste mich mit Fängen und Klauen um Selbstbeherrschung bemühen. *Du musst mit Xyan reden ...*

Xyan konnte warten.

Ich drängte mich ihr entgegen, bis sie sich für meine Zungen öffnete. Rasch wurde unser Kuss stürmischer. Mir war bewusst, dass die Wachen des Zelts uns wahrscheinlich beobachteten, aber das kümmerte mich nicht. Ich wollte ihre Blicke auf mir, auf uns. Ich wollte, dass sie alle Zeuge wurden, wie Teriisa mich zunehmend annahm. Wie ihr winziger menschlicher Mund meinen Zungen – und nur meinen allein – Einlass gewährte.

Aber allzu bald löste sie sich wieder von mir.

„Wenn das so weitergeht, komme ich nie ins Zelt", sagte sie zwischen keuchenden Atemzügen und ließ die Hände hinunter zu meiner Brust wandern. Ich wusste, was sie meinte. Mit jedem Augenblick, den ich in ihrer Gegenwart verbrachte, fiel es mir schwerer, sie zu verlassen.

„Geh hinein. Ich bin bald zurück", versicherte ich ihr, auch wenn mein Körper meine Worte nicht guthieß. Meine Hände hatten sich von ihrem Kiefer hinunter zu ihrer Taille gestohlen und schienen nicht bereit, sie loszulassen.

Lachend zog Teriisa meine Finger von ihrem Körper weg – was ihr nur gelang, weil ich es zuließ. Wenn ich sie hätte festhalten wollen, wäre das ein Leichtes für mich gewesen. Und, bei der unbarmherzigen Wüste, das wünschte ich mir sehr. Doch ich ließ sie gewähren.

„Gute Nacht, Baldor", sagte sie. Ihr Lächeln wurde weicher und ein ernster Ausdruck trat in ihre Augen.

„Gute Nacht, meine Gefährtin." *Meine Gefährtin, mein Traum, meine Zukunft.*

Teriisa betrat das Zelt und entschwand damit meinem Blick. Der Sog, den sie auf mich ausübte, war immer noch unbändig. Meine Instinkte verlangten von mir, die Zeltwände mit meinen Klauen zu zerfetzen und meine Fänge in alles zu schlagen, was mir den Weg versperrte, um wieder zu ihr zu gelangen. Nur mit Mühe wandte ich mich ab und lenkte meine Schritte von ihr fort.

Ich machte mich auf den Weg zum Zelt meiner Männer, das neben dem von Gahn Talioks Heilerinnen errichtet worden war. Xyan entdeckte ich unter denjenigen, die lieber im Freien nächtigten. Er hatte die langen Glieder auf dem Sand ausgestreckt und die Hände hinter dem Kopf verschränkt. Es war eine trügerisch entspannte Haltung, bei der er Brust und Unterleib einem möglichen Gegner geradezu anbot. Doch seine Hände befanden sich in der Nähe der Messer, die mit Riemen auf seinem Rücken befestigt waren. Und als ich an seine schlafende Gestalt herantrat, schlossen sich seine Finger um einen dieser Griffe, bevor er die Augen aufriss und mich erkannte.

„Mein Gahn", sagte er und kam eilig auf die Füße, um den Schwanz vor die Augen zu heben.

Ich winkte ab. „Bleib sitzen. Du wirst deine Kräfte brauchen."

„Oh?" Er ließ sich wieder in den Sand sinken.

Ich nahm ihm gegenüber Platz. „Ja. Morgen wirst du zusammen mit je einem Vertreter aus den anderen Clans zu den Todestälern aufbrechen."

Xyans Sichtsterne pulsierten. Zweifellos kamen meine Worte unerwartet. Vermutlich hatte er mit einer Anweisung gerechnet, die Gruppe anzuführen, die unseren Clan hierherbringen würde. Vielleicht würde ich ihm diese Aufgabe auch übertragen, aber erst nach dieser Mission. Ich hatte einen Wachtrupp zurückgelassen, um die Frauen, Kinder und Alten in unserem Territorium zu beschützen. Und da wir mit den anderen drei Clans ein Bündnis eingegangen waren, sorgte ich mich nicht um Angriffe oder Hinterhalte während meiner Abwesenheit. Gahn Itoks Clan war weit, weit von meinen Leuten entfernt, also stellte auch er keine Bedrohung dar. Mein Clan würde noch eine Weile ohne mich zurechtkommen.

„Wir müssen eine Versammlung der Gahns einberufen. Es besteht die Möglichkeit, dass Gahn Itok oder einige seiner Männer mit Gefährtinnen unter den neuen Frauen gesegnet wurden. Damit versuchen wir, einem weiteren Angriff wie dem unseren zuvorzukommen."

„Ich verstehe", erwiderte Xyan. Ich hatte nichts anderes erwartet. Er war schon immer ein intelligenter Krieger gewesen. Schweigsam, aber mit scharfem Verstand.

„Du bist mein engster Vertrauter und mein fähigster Krieger. Das weißt du. Niemandem sonst würde ich die Aufgabe übertragen, eine Nachricht in meinem Namen an einen anderen Gahn zu überbringen. Gleichwohl ..."

Ich hielt inne und seufzte. Das Risiko dieser Mission war mir sehr bewusst. Doch darauf zu verzichten, würde sich letztendlich womöglich als noch gefährlicher erweisen.

„Gleichwohl könntest du bei dieser Reise dein Leben lassen. Die Todestäler sind nicht leicht zu durchqueren. Und wir können nicht mit Gewissheit sagen, wie Gahn Itok und seine Männer dich und die anderen empfangen werden."

„Das ist nicht von Bedeutung. Ich stelle mich der Herausforderung. Diese Mission ist von großer Tragweite und ich danke dir für dein Vertrauen."

„Dank mir nicht. Unser ganzes Leben lang hast du mir unermüdlich unter Beweis gestellt, dass du mein Vertrauen verdienst."

„Das ehrt mich. Und bitte sorg dich nicht um meine Sicherheit, mein Gahn. Du weißt genauso gut wie ich, dass ich ein guter Krieger bin. Außerdem ..."

Er verstummte und sein Blick geisterte zu etwas hinter mir. Zum Zelt der Menschenfrauen, wie mir im nächsten Moment klar wurde.

„Außerdem", fuhr er fort und als sein Blick meinen wiederfand, lag Entschlossenheit in ihm, von der er nicht abweichen würde, „gibt es etwas, für das sich die Rückkehr lohnt."

Etwas? Oder jemanden?

Die Lavrika hatten Xyan nicht zu sich gerufen. Da war ich mir sicher. Und doch war da der energische Zug um seinen Kiefer und die entschieden gestrafften Schultern. Und er hatte ohne jeden Zweifel zum Zelt der neuen Frauen geblickt.

Ich musterte ihn eingehend. Er begegnete meinem Blick ernst, schwieg aber. Ich wollte nachhaken, ihn ausfragen, welche der neuen Frauen seine Aufmerksamkeit erregt hatte. Und weil ich sein Gahn war, würde er nichts vor mir geheim halten.

Doch er sagte von sich aus nichts weiter darüber. Er war mein Freund und ich wollte ihn nicht zwingen, mir etwas zu enthüllen, das er so tief in seinem Herzen hütete. Also beschloss ich, für den Moment nicht weiter zu fragen.

„Welche Gründe dich auch immer wohlbehalten hierher zurückkehren lassen, ich setze mein Vertrauen in sie, ebenso wie in dich", entgegnete ich schließlich. Diesmal stand Xyan doch auf, obwohl ich ihn mit einer Geste davon abhalten wollte.

„Vielen Dank, mein Gahn."

„Ich danke dir, Xyan. Bei Tagesanbruch werde ich dir bei den Vorbereitungen für die Reise helfen. Wir werden uns mit den Vertretern zusammenfinden, die von den anderen Gahns ausgewählt wurden, und euch weitere Anweisungen mit auf den Weg geben."

„Ich erwarte deine Befehle", sagte er und ließ sich wieder im Sand nieder. Dann nahm er die gleiche liegende Position ein wie zuvor. Als er die Hände hinter dem Kopf verschränkte, spielten die harten Muskeln unter seiner Haut. Ja, er war ein sehr starker Krieger. Der beste unseres Clans nach mir. Wenn sich irgendeiner meiner Männer in die Todestäler wagen und unversehrt zurückkommen konnte, dann er.

Zufrieden mit meiner Wahl für die bevorstehende Mission wandte ich mich ab und ging zum Zelt der neuen Frauen zurück. Die misstrauischen Blicke der Wachen ignorierte ich und ließ mich an der Stelle nieder, die inzwischen zu meinem Stammplatz geworden war. Erneut schwor ich im Stillen, morgen ein eigenes Zelt zu errichten. Ich würde nicht hinnehmen, noch eine weitere Nacht getrennt von meiner Gefährtin verbringen zu müssen.

Ich verschränkte die Arme und lehnte den Kopf nach hinten gegen den Zeltpfosten. Und während ich in Gedanken Teriisas weichen, warmen Körper in der Intimität unseres eigenen Zelts an meinen drückte, schloss ich die Augen und ließ mich vom Schlaf übermannen.

KAPITEL VIERUNDZWANZIG
Theresa

ALS ICH AM NÄCHSTEN Morgen aufwachte, fühlte sich mein Körper träge und tiefenentspannt an. Lächelnd rekelte ich mich wie eine Katze und genoss das angenehme Ziehen in meinen Muskeln. Warum fühlte ich mich so erholt? So gut hatte ich während der ganzen Zeit auf diesem Planeten noch nicht geschlafen ...

„Na, du siehst aber entspannt aus!"

Ich öffnete die Augen und schaute Jocelyn an, die neben mir saß und mich angrinste.

„Und du bist gestern erst ziemlich spät nach Hause gekommen", fügte sie hinzu.

„Ich dachte, du schläfst schon", sagte ich und setzte mich ebenfalls auf. Niemand hatte sich geregt, als ich das Zelt betreten hatte.

„Oh, hab ich auch. Und ich bin echt spät ins Bett gegangen. Da warst noch nicht da. Deshalb weiß ich, dass es bei dir spät geworden ist." Sie musterte mich und ihr Grinsen wurde schelmisch. „Spät zu Hause und jetzt bist du so selbstzufrieden. Was hast du gestern Nacht getrieben?"

„Du weißt doch: Eine Lady genießt und schweigt." Ich zog eine Augenbraue nach oben.

Sie warf lachend den Kopf in den Nacken und ich musste einfach mit einstimmen. Es war ansteckend. Und die Erinnerung an die letzte Nacht beflügelte mich zusätzlich.

„Tja, zum Glück kann ich meine Neugier woanders befriedigen. Chapman und Kat lassen auch nie was raus, aber Cece und Melanie haben mir zumindest ein bisschen was verraten." Sie seufzte theatralisch und legte sich den Handrücken an die Stirn, als würde sie gleich in Ohnmacht fallen. „Was bleibt einer armen Single-Frau wie mir denn sonst übrig?"

Ich lachte wieder. „Ehrlich, auch ohne dieses ganze Gefährten-Ding könntest du dir da draußen bestimmt jeden Alien-Kerl angeln, den dein kleines Herz begehrt", versicherte ich ihr. Selbst wenn man die Tatsache außer Acht ließ, dass die Männer hier in der Überzahl waren, war Jocelyn hinreißend schön. Ihre Haut hatte einen kräftigen, warmen Braunton, sie hatte hohe Wangenknochen, große braune Augen mit goldenen Flecken und glänzend schwarze Haare, die ihr in krausen Locken über die Schultern fielen. Sie hätte nirgendwo Männermangel. Da war ich mir sicher.

„Ach, Quatsch. Ich bin bloß überdramatisch. Auf einmalige Sachen stehe ich nicht so. Schon auf der Erde nicht. Ich bin eine aufrichtige Anhängerin der Monogamie." Sie legte sich eine Hand auf die Brust, als würde sie einen Eid ablegen.

„Verstehe ich." Mir ging es ähnlich. Ich hatte ja sogar gezögert, was mit meinem vom Schicksal vorbestimmten Gefährten anzufangen. Mit dem Krieger, der mir mit jedem sehnsüchtigen Blick ein *Für immer* versprach. Ich konnte mir nicht vorstellen, für ein bisschen schnelle Befriedigung mit einem der anderen Typen in die Kiste zu springen. Natürlich verurteilte ich andere nicht dafür, aber lockere Beziehungen waren noch nie mein Fall gewesen, deshalb verstand ich Jocelyn gut.

„Was hast du heute vor?", fragte ich sie. Als ich mir etwas Sauberes anziehen wollte, fiel mir siedend heiß ein, dass ich mit Baldors Sperma auf dem Hintern eingeschlafen war. *Da ist wohl heute noch ein Ausflug ins Dampfzelt fällig...*

„Tatsächlich wollte ich dich, Kat und Zoey zum Schiff begleiten. Ich will im Labor mal einen genaueren Blick auf ein paar der Kräuter und Pflanzen werfen, die ich gesammelt habe. Als ich die Heilerinnen gefragt habe, ob sie ein Kraut zur Schwangerschaftsverhütung kennen, haben sie haben mich angestarrt, als wäre ich nicht von dieser Welt." Wir schauten einander an und prusteten los. „Okay, stopp, ich kann sonst nicht aufhören zu lachen. Du weißt, was ich meine. Sie haben den Sinn von Verhütung überhaupt nicht verstanden, deshalb kennen sie auch keine Pflanzen, die eine entsprechende Wirkung haben. Vielleicht kann ich ja was für die Mädels herstellen, die nicht in absehbarer Zukunft kleine Känguru-Babys in die Welt setzen wollen."

„Gute Idee", stimmte ich ihr zu, wusste aber jetzt schon, dass ich ihr potenzielles Verhütungsmittel nicht brauchen würde, selbst wenn sie dabei Erfolg hatte. Baldors Worte aus der letzten Nacht hallten noch klar und deutlich in meinen Ohren wider. Wenn ich mich auf ihn einließ, dann mit Herz und Seele. Kein Sicherheitsnetz. Kein doppelter Boden. Nur wir und was auch immer die Natur oder das Schicksal oder wie auch immer man es nennen wollte für uns bereithielt.

„Könntest du Kat und Zoey Bescheid sagen, dass ich noch kurz im Dampfzelt bin?", bat ich sie.

Jocelyn wackelte mit den Augenbrauen. „Weißt du was? Ich komme mit. Die beiden wissen schon, dass ich euch begleiten will. Wenn sie uns hier also nicht finden, warten sie bestimmt."

„Alles klar", stimmte ich zu. Ich schlüpfte in die Kleidung von gestern und schnappte mir die Sachen, die ich sauber gemacht hatte. Auch Jocelyn zog sich an. Dann band sie ihre Haare mit einer Lederschnur zu einem hohen Dutt zusammen.

Wir schlugen unsere Kapuzen hoch, als wir das Zelt verließen. Sofort suchte mein Blick die Stelle, an der Baldor immer schlief. Vor Vorfreude klopfte mir das Herz bis zum Hals.

Doch er war nicht da.

Oh Mann, natürlich nicht. Er ist schließlich immer noch ein Gahn. Bestimmt hat er jede Menge Verpflichtungen, denen er hier nachkommen muss.

Rational verstand ich das – dass er noch andere Dinge zu tun hatte, vor allem weil ihm die Mammutaufgabe, seinen ganzen Clan hierherzubringen, ja erst noch bevorstand. Aber es schmerzte trotzdem mehr, als ich zugeben wollte, dass er nicht hier war. Ich hatte ihn erst vor wenigen Stunden gesehen und vermisste ihn jetzt schon.

„Alles okay?", fragte Jocelyn.

„Ja. Gehen wir."

Im Dampfzelt angekommen, entpuppte Jocelyn sich zum Glück als fähiger als ich. Mühelos entfachte sie ein Feuer und wir ließen die Steine heiß werden, während wir uns auszogen.

„Das ging ja schnell", kommentierte ich ihre Fingerfertigkeit beeindruckt. „Du hättest mich gestern mal sehen sollen. Ich hab dabei fast einen Daumen verloren."

Sie lächelte und schien auf einmal ganz weit weg zu sein. „Ja. Auf der Erde habe ich mit meiner Tante in diesem kleinen Cottage gewohnt. Es war alt und lag so abgeschieden, dass wir quasi Selbstversorger waren. Na ja, nicht ganz, aber so gut wie. Wir hatten einen Kamin und haben hin und wieder draußen ein Lagerfeuer gemacht."

„Klingt schön."

„War es auch, wirklich. Sie hat mich auch darauf gebracht, Botanik zu studieren. Sie wusste einfach alles über Pflanzen. Manchmal sind wir stundenlang durch die Wälder gestreift und haben Pilze und Kräuter gesammelt." Seufzend ging sie in die Hocke und nahm sich einen Lederlappen und einen *talka*-Stängel. „Sie ist ein paar Monate vor meiner Entführung gestorben."

„Das tut mir so leid."

Sie reichte mir den *talka*-Stängel und ich rieb mich mit der duftenden, milchigen Flüssigkeit ein, wobei ich bei meinem Hintern besonders gründlich war. Dann wischte ich mit meinem eigenen Lappen über die Haut.

„Danke. Aber wir sitzen ja alle im selben Boot, oder? Wir haben alle geliebte Menschen verloren. Und unser Zuhause."

„Ja", stimmte ich zu und schrubbte mir die Kopfhaut, während Jocelyn Wasser auf die heißen Steine goss. Der aufsteigende Dampf vernebelte mir die Sicht auf Jocelyn.

„Aber wir Menschen können ja verdammt zäh sein. Vor allem wir Frauen. Wir sind stark. Wir finden immer eine Lösung, egal, wo wir sind."

Nachdem wir mit uns fertig waren, widmeten wir uns unserer Kleidung. Da sich niemand zu uns gesellt hatte, löschten wir das Feuer wieder. Mit aufgesetzten Kapuzen traten wir ins Sonnenlicht hinaus und blinzelten gegen die Helligkeit an. Jocelyn löste die Lederschnur, die sie sich um die Haare gewickelt hatte. Wir gingen zu der Seite des Zelts, an der ein großes Knochengestell errichtet worden war, wo wir unsere Kleidung zum Trocknen aufhängten. Und dann entdeckten wir Kat und Zoey, die winkend auf uns zukamen.

„Lasst uns noch kurz was zu essen holen", schlug Jocelyn vor.

„Gute Idee."

Wir eilten noch mal ins Zelt, schnappten uns Wasserflaschen und Räucherfleisch und genehmigten uns auf dem Weg nach draußen gleich was davon.

„Seid ihr startklar?"

„Jepp", antwortete Jocelyn. Ich zögerte und sah mich nach Baldor um. Es fühlte sich komisch an, aufzubrechen, ohne ihn noch mal zu sehen und ihm Bescheid zu geben, wo ich hinwollte. Aber wir würden uns ja dann heute Abend wiedersehen.

Gemeinsam steuerten wir den Ausgang des Lagers an. Dort warteten bereits Galok und Kor auf uns, zusammen mit einem Krieger aus Gahn Fallos Clan. Von Xyan diesmal keine Spur.

„Teriisa!"

Die tiefe Stimme, die meinen Namen rief, ließ mich innehalten. Ich blieb wie angewurzelt stehen und schaute mich um. Baldor joggte auf mich zu, seine starken Beine trugen ihn mühelos über den Sand. Er bot wirklich einen beeindruckenden Anblick – ein Traum aus Muskeln und Kraft und geschmeidiger Anmut. Seine Haare waren ordentlich geflochten und der lange Zopf schwang auf seinem Rücken hin und her. Bei mir angekommen blieb Baldor stehen. Jocelyn zog sich unauffällig zurück und schloss sich Kat und Zoey an, die unsere Begleiter begrüßten.

„Hi", sagte ich und war auf einmal verlegen. Baldor schien meine Schüchternheit allerdings nicht zu teilen, denn er beugte sich vor, um mit den Lippen über meine zu streichen. Ich keuchte auf und öffnete sofort den Mund für ihn. Er brummte zufrieden und schlang die Arme um meine Taille, um mich näher an sich zu ziehen.

Das ist schön ... Wenn sich jemand freut, dich morgens zu sehen, und dich mit einem Kuss begrüßt. Sich so geliebt zu fühlen. Ich legte die Arme um Baldors Hals und seufzte in den Kuss hinein, der immer inniger wurde.

Doch dann ließ mich ein lauter Pfiff zusammenzucken und ich löste mich von Baldor. Kat winkte mir lachend zu.

„Komm schon, Turteltäubchen! Nimm deinen Lover gern mit, wenn du magst."

Baldor schaute von Kat zu mir. „Was hat sie gesagt?"

Kat hatte mir das in unserer eigenen Sprache zugerufen. Irgendwie bezweifelte ich, dass man *Turteltäubchen* und *Lover* in die Sprache des Sandmeers übersetzen konnte.

„Wir gehen heute noch mal zum Schiff. Komm doch mit", schlug ich vor, denn die Vorstellung gefiel mir sehr. Allerdings würde ich nicht viel schaffen, wenn er dabei war ... Nach der letzten Nacht und sogar im grellen Sonnenlicht war mir seine Präsenz überdeutlich bewusst.

„Ihr kehrt heute dorthin zurück? Warum?" Er runzelte die Stirn.

„Es gibt noch viel zu tun", erklärte ich. Wir mussten uns um die restlichen Drohnen kümmern und dann würde ich anpacken, wo ich gebraucht wurde. Vielleicht konnte ich Jocelyn bei dem Alien-Verhütungsmittel zur Hand gehen.

„Ich wusste nicht, dass du fortgehst. Heute kann ich dir Xyan nicht mitschicken, er muss anderen Verpflichtungen nachkommen."

„Da warst du also heute Morgen? Du warst nicht vor dem Zelt, als ich aufgewacht bin."

Baldors ernste Miene verwandelte sich in ein schockierend charmantes Grinsen. „Hast du mich beim Aufwachen etwa vermisst, meine Gefährtin?"

„Du nimmst dich ganz schön wichtig, oder?", schnaufte ich und verschränkte die Arme, weil ich nicht zugeben wollte, dass er genau ins Schwarze getroffen hatte. Doch er durchschaute mich sofort. Er grinste noch breiter, griff unter meine Kapuze und spielte mit ein paar Haarsträhnen.

„Ja, vielleicht. Aber ich gebe offen zu, dass ich dich in jedem einzelnen Moment vermisse. Sogar jetzt vermisse ich dich."

„Jetzt? Ich stehe doch direkt vor dir!", rief ich empört.

Ganz kurz flackerte unbändiges Verlangen auf seinen Zügen auf und verdrängte das Lächeln. „Ich weiß."

Und plötzlich begriff ich, was er meinte. Wir waren uns so nah und doch war es nicht genug. Ich wollte wieder mit ihm allein in der Dunkelheit sein, und er sollte mich anfassen wie gestern Nacht.

„Kommt ihr?", rief Kat noch mal und ich seufzte.

„Ich muss los. Alle warten auf mich."

Baldors Blick wanderte zur Gruppe und dann wieder zu mir. „Ich bin ein Gahn. Lass sie warten."

Ich schüttelte lachend den Kopf. „Ja, ja. Aber ernsthaft, ich gehe jetzt." Ich hielt inne, bevor ich die Frage einfach aussprach. „Kommst du mit?"

„Ich kann nicht", sagte er mit gerunzelter Stirn. „Ich muss mich heute noch einmal mit den anderen Gahns beraten und Xyan auf seine Reise vorbereiten. Wir versuchen, mit dem fünften Clan in Kontakt zu treten, und hoffen, dass er zu Gesprächen mit uns bereit ist."

„Oh, wow. Das ist eine große Sache." Das erklärte auch, warum er so beschäftigt war.

„Nachdem das getan ist, werde ich auf die Jagd gehen. Ich werde ein *dakrival* erlegen, um dich mit Fleisch versorgen und seine Haut für unser Zelt zu verarbeiten." Er rieb sich nachdenklich übers Kinn. „Aber ich schicke deiner Gruppe einen meiner Männer als persönlichen Schutz für dich mit. Während du fort bist, werde ich mich meinen Verpflichtungen hier widmen. Dann werde ich draußen in der Wüste jagen gehen. Danach komme ich zu dir und begleite dich zurück zum Lager. Heute Abend werden wir unser eigenes Zelt haben."

Ein Prickeln jagte über meinen Rücken und ich kniff die Oberschenkel zusammen.

„Okay, das klingt nach einem guten Plan", sagte ich und nickte so heftig, dass ich wahrscheinlich wie ein Wackeldackel aussah. Heute Nacht würden wir zusammen in einem eigenen Zelt schlafen ...

Ehrlich, ich konnte es kaum erwarten.

Baldor ließ meine Haare los und zog die Hand unter meiner Kapuze hervor. „Pass auf dich auf, mein Sonnenlicht", sagte er, während sich sein Blick in meinen bohrte.

„Du auch", flüsterte ich.

Dann drehte Baldor sich um und joggte zu einer Gruppe von Kriegern zurück, von denen er einen zu uns schickte. Eigentlich war ich mal der Meinung gewesen, nicht mit einem Gahn zusammen sein zu wollen, aber ich konnte nicht abstreiten, dass es ein sexy Anblick war, wie Baldor seinen Männern Befehle erteilte. Ganz offensichtlich brachten ihm alle tiefen Respekt entgegen.

Als Kat wieder nach mir rief, schloss ich mich eilig der Gruppe an. Ich würde später noch genug Zeit haben, meinen Gefährten zu bewundern. Jetzt hatten wir echt zu tun.

Meinen Gefährten?

Ich ließ mir das Wort eine Weile durch den Kopf gehen. Es fühlte sich gut an.

Wirklich, wirklich gut.

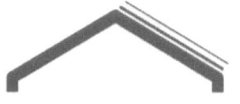

KAPITEL FÜNFUNDZWANZIG

Baldor

XYAN UND DREI WEITERE Krieger standen vor den Gahns Fallo, Taliok, Buroudei und mir. Sie waren für ihre Reise gewappnet. Jeder einzelne von ihnen war ein fähiger Jäger, sodass sie außer ihren Waffen und fest zusammengezurrten Tierhäuten für ihre kleinen Reisezelte, die sie auf dem Rücken trugen, nichts weiter mitnehmen mussten. Ihre *irkdu* hatten sie bereits gerufen. Die Tiere warteten etwas abseits und es erfreute mich zu sehen, dass mein eigenes *irkdu* hinter ihnen über den Sand streifte. Teriisa hatte recht behalten. Es hatte überlebt. Und ich war froh darüber.

„Bist du bereit?", fragte ich Xyan. Er hob mit einem zustimmenden Brummen den Schwanz vor die Augen und die Krieger der anderen Clans taten es ihm gleich.

„Gut", sagte Buroudei. „Ihr sollt mit Gahn Itok die Bedingungen für ein Treffen aushandeln. Ihr sollt ihn und seine Männer dazu einladen, sich in Frieden hier mit uns zu beraten. Sollte er sich weigern, kehrt ihr zurück und Bericht erstattet uns Bericht. Sollte er euer Leben bedrohen, ist es euch erlaubt, das Friedensangebot außer Acht zu lassen und euch zu verteidigen."

Wir wussten alle, dass es zwecklos sein würde. Diese vier Krieger könnten niemals allein gegen den Clan der Todestäler bestehen. Aber lieber sollte einer meiner Männer im Kampf fallen, als dem Tod ohne Widerstand und mit von Höflichkeit und Clanpolitik gebundenen Händen ins Auge zu sehen.

„Und denkt auch an eure anderen Befehle", fügte Taliok hinzu und musterte seinen eigenen Gefolgsmann, bevor er den Blick auch über die anderen schweifen ließ. „Ihr sollt handeln und sprechen wie von einem einzigen Clan. Wir Gahns haben unsere alten Fehden überwunden. Vergesst das auch nicht, wenn ihr euch weiter von diesem Lager entfernt."

Die Krieger hoben erneut die Schwänze. Bei Xyan machte ich mir da überhaupt keine Gedanken. Er war besonnen und würde sich keine Rauferei mit den anderen drei Männern liefern, solange er nicht über die Maßen provoziert wurde. Ich konnte nur hoffen, dass die anderen Gahns ihre Vertreter genauso umsichtig gewählt hatten. Bei Buroudei und Taliok war ich auch recht zuversichtlich. Fallo hingegen war da etwas anderes. Doch sein Krieger hob genauso den Schwanz vor die Augen und beugte sich den Befehlen, und ich vertraute darauf, dass sie auf ihrer Reise zumindest voneinander nichts zu befürchten hatten.

„Das dauert zu lange. Sie sollten los", sagte Fallo. Auch wenn mich die Ungeduld des Irren Gahns ärgerte, so hatte er doch recht. Die vier Männer hatten eine lange Reise vor sich. Es hatte keinen Zweck, sie hinauszuzögern.

Wir begleiteten sie hinaus in die offene Wüste. Die wartenden *irkdu* trotteten auf ihre Herren zu und auch ich pfiff mein Reittier heran. Ich würde mir seine Wunden ansehen und wenn es sich gut genug erholt hatte, konnte ich mit ihm zusammen auf die Jagd gehen.

Xyan zog sich auf den Rücken seines Tieres und ich sah zu ihm hinauf.

„Komm lebend zurück, mein Freund."

„Das schwöre ich", erwiderte er und schaute erst in die Wüste hinaus, bevor sein Blick wieder auf mir landete. „Und ich bin nicht dafür bekannt, einen Schwur zu brechen, den ich einmal geleistet habe."

Die anderen Gahns verabschiedeten ihre Krieger ebenfalls und kurze Zeit später preschte die Gruppe auf ihren *irkdu* davon. Sie würden die entgegengesetzte Richtung zum Territorium meines Clans einschlagen. Um zu den Todestälern zu gelangen, würden sie die offene Wüste durchqueren müssen, noch weit über Buroudeis altes Clangebiet hinaus.

Ich sah der Gruppe hinterher, bis sie meinem Blick entschwunden waren. Als unsere Männer vom Gleißen des Horizonts verschluckt worden waren, wandten sich meine Bündnispartner wieder ihren jeweiligen Aufgaben zu.

Ich näherte mich meinem *irkdu*, legte die Hände an seine Seite und warf einen prüfenden Blick auf die Wunde an seiner Flanke. Das Blut der Lavrika hatte mein Reittier genauso zuverlässig geheilt wie meine Clan-Mitglieder, und Teriisas Nähte hatten seine Wirkung nur noch verstärkt. Der lange Schnitt, der das Tier geplagt hatte, hatte sich nun vollständig geschlossen, und es schien auch das verletzte Bein wieder gut bewegen zu können.

„Hast du Lust auf eine Jagd?", fragte ich es. Es fühlte sich sehr seltsam an, so mit ihm zu reden, statt ihm bloß Befehle zu erteilen, wie ich es normalerweise tat. Doch das Tier schnaufte und warf den Kopf zurück, fast als würde es mir antworten.

„Ja, nachdem du so lange herumgelegen hast, möchtest du dir bestimmt gern die Beine vertreten." Die *irkdu* waren keine müßigen Wesen, nicht einmal in ihrer natürlichen Umgebung ohne unsere Ausbildung. Sie waren dafür gemacht, auf der Suche nach neuen Futterstellen über den Sand zu preschen.

Ich tätschelte seine Seite und sprang auf seinen Rücken. Dann zog ich ein langes Messer aus seinem Riemen, deutete mit der dunklen Klinge hinaus auf die Dünen und schnalzte mit den Zungen, um mein Reittier anzutreiben. Es brüllte auf und setzte sich in Bewegung. Seine Schnelligkeit bestätigte mich in meiner Einschätzung, wie gut es sich dank Teriisa erholt hatte.

Es dauerte lange, eine *dakrival*-Herde ausfindig zu machen. Zu lange. Eigentlich wollte ich schon längst beim Schiff und Teriisa sein. Aber spät am Nachmittag spürten wir endlich eine Herde auf, die über den Sand galoppierte. Ich würde ein möglichst großes Tier brauchen, um am Ende genug Häute für ein Zelt – selbst für ein kleines – zu haben. Die meisten Jäger zogen in Gruppen aus und selbst dann suchten sie sich die kleineren, langsameren Tiere aus. Doch das würde für meine Zwecke nicht genügen. Ich richtete den Blick auf ein *dakrival*-Männchen an der Spitze der Herde,

ein gewaltiges Tier mit einem ausladenden Kopf, langen
Stoßzähnen und einem mächtigen Körper, der mir mehr als
genug Leder liefern würde.

Ich spornte mein *irkdu* an und wir holten die Herde
schnell ein. Bald war ich auf einer Höhe mit dem Tier an
der Spitze. Ich hatte keinen Speer mitgenommen, doch ich
würde auch keinen brauchen. Schon seit ich denken konnte,
war ich mit der Klinge genauso treffsicher.

Ich biss die Fangzähne zusammen und stemmte mich in
eine geduckte Haltung auf dem Rücken meines *irkdu* hoch,
während es weiter über den Sand jagte. Langsam ließ ich den
Atem entweichen und suchte die verwundbarsten Stellen am
Körper des *dakrival*, um meiner Klinge den Weg zu bereiten.

Auch lange nach Zolinnas Tod war die Jagd für mich
immer von Schmerz geprägt gewesen. Ich hatte es aus
Notwendigkeit getan – um die Trauer aus meinen Gedanken
zu verdrängen. Um vor ihr zu fliehen.

Und jetzt fühlte es sich zum ersten Mal seit langer Zeit
wieder gut an, auf der Jagd zu sein. Ich war nicht hier, um
mich bis zur Erschöpfung auszulaugen oder mein Leid zu
betäuben. Ich war für meine Gefährtin hier, um Fleisch und
Häute für uns zu erbeuten. Ich tat es, um für sie zu sorgen.
Stolz und Befriedigung stählten meinen Arm und neigten
mein Messer in genau dem richtigen Winkel, als ich den
Griff losließ.

Die Klinge wirbelte durch die Luft und traf die perfekte
Stelle, direkt an dem verwundbaren Übergang vom Kopf
zur kräftigen Schulter. Es war ein tödlicher Hieb. Das Tier
gab noch nicht mal einen Laut von sich. Es brach im Sand
zusammen, sodass der Rest der Herde dem Kadaver auswe-

ichen musste. Mein *irkdu* und ich ließen uns zurückfallen und warteten. Sobald die anderen *dakrival* von der Angst getrieben davongeprescht waren, sprang ich vom Rücken meines Reittiers, um meine Beute zu holen.

Es war das größte *dakrival*, das ich je gejagt hatte. Es machte beinahe ein Drittel der Größe meines gewaltigen *irkdu* aus. Ich hievte mir das Tier mühevoll auf die Schulter und stieg dann wieder auf mein *irkdu*. Die schwere Last platzierte ich vor mir und hielt sie auf dem Rückweg zum Lager sicher fest. Eigentlich wäre ich gern auf der Stelle an Teriisas Seite zurückgekehrt, doch zuerst musste ich meine Beute an einem sicheren Ort verwahren.

Die Bewegungen meines *irkdu* waren noch immer voller Elan, als wir unser Ziel erreichten, was mir das Herz wärmte. Ich sprang ab, zog den Kadaver von seinem Rücken auf meinen eigenen und trug meine Beute ins Lager. Vor dem Zelt, das als Unterkunft für meine Männer diente, ließ ich das schwere Tier zu Boden gleiten. Einen Moment erwog ich, einem anderen den Auftrag zu erteilen, es zu zerlegen und die Häute zu säubern.

Nein. Das hier ist für Teriisas Zelt. Kein anderer außer mir wird Hand an diese Beute legen.

„Ich werde mich bei meiner Rückkehr darum kümmern", sagte ich zu den Kriegern, die in der Nähe standen. „Jetzt werde ich meine Gefährtin beim *Schiff* aufsuchen."

Die Männer hoben ihre Schwänze vor die Augen und ich trat den Rückweg zur offenen Wüste an. Als ich dort ankam, erstarrte ich und spitzte die Ohren. Mein Schwanz zuckte und ich lauschte angestrengt, während mein Unbehagen immer weiter zunahm.

Was ist das?

Mein *irkdu*, das gehorsam auf mich gewartet hatte, bäumte sich plötzlich mit einem lauten Kreischen auf und verschwand dann in einer Felsspalte. Ich starrte ihm perplex hinterher und ein kalter Schauer kroch mir über den Rücken. Ich wirbelte herum und entdeckte Sturmwolken, die über den Himmel rasten. Meine Sichtsterne stoben auseinander und mein ganzer Körper verkrampfte sich, als der Wind auffrischte.

Nein!

In der Ferne, aus der Richtung vom *Schiff*, wälzte sich ein Wall aus Sand auf uns zu, wild aufgepeitscht von den Böen.

Teriisa ist dort!

Auch die anderen im Lager hatten den plötzlich aufziehenden Sturm bemerkt. Hinter mir riefen Frauen ihre Kinder zu sich. Als ich mich umdrehte, konnte ich beobachten, wie meine Krieger und die der anderen drei Clans die Alten, Frauen und Kinder in die Klippen führten, die leidlich Schutz boten. In diesem Moment spielte die Clanzugehörigkeit keine Rolle mehr. Alle arbeiteten zusammen, um sich in Sicherheit zu bringen.

„Gahn Baldor!"

Beinahe wäre mir entgangen, dass Gahn Buroudei nach mir rief. Einen Arm hatte er schützend um seine verängstigte Gahnala gelegt.

„Du musst mit uns in die Klippen!"

Der Wind riss ihm bereits die Worte von den Lippen.

Ich blieb stocksteif stehen und in meinem Kopf herrschte Stille bis auf das rasch anschwillende Heulen des Sturms.

„Ich kann nicht", antwortete ich ihm und scherte mich nicht darum, ob er mich hörte oder nicht. Er rief mir noch etwas zu. Ich meinte zu verstehen, dass das menschliche Schiff widerstandsfähig und Teriisa dort in Sicherheit war. Doch seine Worte waren mir gleich. Meine Vergangenheit erhob sich und griff nach meiner Zukunft, drohte mir Teriisa zu entreißen. Einen solchen Verlust würde ich nicht noch einmal erleiden.

Ich kehrte allem den Rücken zu – den anderen Gahns, den Klippen, meinen eigenen Männern, an deren Seite ich mein Leben lang gekämpft hatte. Ich wandte mich von allem ab und rannte dem Sturm entgegen.

Sobald ich den Schutz der Klippen hinter mir gelassen hatte, fiel mir das Laufen immer schwerer. Der Wind peitschte mir so heftig entgegen, dass er sich beinahe wie Fäuste, wie Klingen anfühlte. Die Welle hatte mich noch nicht einmal erreicht, und doch prasselten jetzt schon Sandkörner auf meine Haut, auf meine Augen ein.

Doch nichts davon spielte eine Rolle. Nicht der Wind. Nicht die Wand aus aufgewirbeltem Sand, die so dicht und hoch vor mir aufragte, dass sie selbst wie eine Klippe wirkte. Nicht das Meer aus dunklen Wolken, die sich über mir zusammenballten. Die Sonne war inzwischen verschwunden. Alles um mich herum wurde dunkel, als wäre bereits die Nacht hereingebrochen. Und inmitten des Chaos würde es noch viel finsterer sein.

Ich konnte mich nur mit Mühe auf den Beinen halten und trotzdem zwang ich mich zu rennen.

Nichts war mehr von Belang.

Nichts, außer zu Teriisa zu gelangen.

Ächzend stemmte ich mich gegen den Wind. Vor mir türmte sich die Woge immer weiter auf. Als ich sie erreichte, zögerte ich nicht. Ich trieb mich weiter voran und hinein.

Es war, als hätten mich die Schatten des Todes umfangen. Ich sah nicht das Geringste. Der Wind war zornig, brüllte lauter als der Lärm von zehn Schlachten. Die Macht des Sturms zwang mich in die Knie. Ich schloss die Augen, weil ich mich der Staubkörner nicht anders zu erwehren wusste. Jedes bisschen Sand wurde durch die tobenden Böen zu Hunderten kleiner Messer.

Doch ich brauchte meine Augen nicht. Wenn nötig, würde ich blind auf Händen und Knien weiterkriechen. Und doch würde ich zu ihr finden. Ich war der fähigste Jäger, den mein Clan jemals hatte. Ich hatte noch andere Instinkte. Auf meine Sicht konnte ich in der Not verzichten. Mit fest zugekniffenen Augen bewegte ich mich weiter voran. Selbst inmitten dieses Sturms, ohne etwas zu sehen, wusste ich, dass ich die richtige Richtung einschlug. Ich kannte dieses Land und überließ es dem tief in mir verwurzelten Gespür eines Jägers, mich zu führen. Es konnte mich einfach nur zu ihr bringen.

Der Wind ließ nicht nach. Er trommelte heulend auf mich ein, während der Sand mir unablässig entgegenpeitschte.

Auf den Knien wird es zu lange dauern.

Stöhnend, dann brüllend stemmte ich mich hoch und zwang meine Beine dazu, das Unmögliche zu bewerkstelligen: auf dem Sand zu rennen, der immer wieder unter mir wegrutschte. Der Sturm leistete vehement Widerstand, als würde er mir Einhalt gebieten wollen. Als würde er mich von meiner Gefährtin fernhalten wollen.

Doch kein Wind, kein Sturm würde ausreichen, um mich jetzt von ihr fernzuhalten.

Ich werde sie nicht verlieren.

Es kam mir vor, als wäre mein ganzes Leben wie dieser Sturm gewesen. Mein ganzes Leben lang hatte ich gesucht und gekämpft und war von Dingen geblendet worden, auf die ich keinen Einfluss gehabt hatte. Und doch hatte ich mich nicht aufhalten lassen. Und auch jetzt würde ich nicht aufgeben. Ich würde weitergehen, bis ich wieder an ihrer Seite war und mich vergewissern konnte, dass sie in Sicherheit war.

Oder ich würde sterben.

Nein. Ich kann nicht sterben, bevor ich sie wiedergesehen habe. Bevor ich sicher weiß, dass es ihr gut geht.

Der Gedanke, dass meine zierliche, liebe, wunderschöne Teriisa irgendwo da draußen in diesem Sturm sein könnte, war wie aufflammende Glut in meinem Bauch. Ihr Feuer jagte durch meine Adern und trieb meinen Körper dazu an, dem Sturm zu trotzen, der mich wieder in die Knie hätte zwingen sollen. Aber da ich mich nun erhoben hatte, würde ich mich nicht wieder in den Sand niederringen lassen.

Meine Augen waren immer noch geschlossen, doch meine Gedanken waren klar. Mein Herz hämmerte und ich konzentrierte mich auf seine Melodie statt auf den heulenden Wind. Teriisa hatte mir geholfen, mein Herz wiederzufinden.

Nun würde ich es nutzen, um sie zu finden.

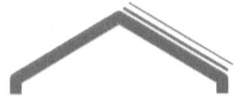

KAPITEL SECHSUNDZWANZIG

Theresa

„ICH GEH MAL KURZ AUF Klo."

„Alles klar", sagte Zoey. „Ich glaube, wir sind mit den Drohnen sowieso durch."

Ich nickte. Wieder war es ein langer Tag gewesen, an dem ich die Fluggeräte hin- und hergeschleppt hatte, damit Zoey bei jedem einzelnen den Fernzugriff deaktivieren konnte. Aber zum Glück hatten wir diese Mammutaufgabe fast erledigt. Danach würden wir uns der nächsten Herausforderung widmen, was auch immer Zoey und Chapman dann vorhatten.

Ich trat auf den Flur hinaus und lächelte Kor und Rakart, dem von Baldor abgestellten Neuzugang unserer Wachmannschaft, zu.

„Ich will nur kurz auf die Toilette", erklärte ich ihnen. Sie nickten und ich lief den Flur hinunter. Glücklicherweise war es nicht weit bis zu den nächsten Waschräumen, sonst würde mir Rakart an den Fersen kleben. Und ehrlich gesagt konnte ich gut darauf verzichten, dass irgendein Kerl – egal, ob Alien oder Mensch – vor der Tür wartete und mir beim Pinkeln zuhörte.

Für ein Raumschiff waren die Toiletten überraschend normal. Sie sahen fast so aus wie jedes x-beliebige öffentliche Klo auf der Erde, mit Einzelkabinen und einer Reihe von Waschbecken und Spiegeln. Das Schiff hatte eigene Wassertanks und laut Zoeys Aussage gab es eine hochmoderne Wasseraufbereitungsanlage. Obwohl es schon seit Wochen hier draußen in der Wüste rumlag, funktionierte deshalb die Toilettenspülung genauso wie die Wasserhähne, solange Zoey den Strom am Laufen hielt. Und, oh mein Gott, sich die Hände unter fließendem Wasser zu waschen, statt sie mit *talka*-Seife und Lederlappen abzureiben, fühlte sich geradezu luxuriös an.

Als ich fertig war, griff ich nach der Türklinke, um zurück auf den Flur zu gehen. Und plötzlich stellten sich die Härchen auf meinen Armen auf. *Komisch.* Auf dem Schiff war es angenehm warm. Ich hatte meine Jacke bei Zoey im Raum mit den Drohnen gelassen, aber es gab keinen Grund für mich zu frieren, selbst in meinem Tanktop. Ein Schauer lief mir über die Arme, sodass ich unbehaglich die Schultern rollte.

Und dann hörte ich es.

Zuerst klang es wie ein tiefes Heulen, weit entfernt und außerhalb des Schiffs. Ich streckte den Kopf durch die Tür. Kor und Rakart hatten das Geräusch wohl auch gehört. Sie lehnten sich zu Zoey in den Raum und schienen mit ihr zu sprechen.

Ich schau mir das mal an.

Ich würde ja nicht weit weg gehen. Ich würde noch nicht mal das Schiff verlassen. Die Lektion, dass ich nicht allein umherstreifen sollte, hatte ich definitiv gelernt. Ich wollte nur mal kurz nachsehen.

Während Kor und Rakart abgelenkt waren, schlüpfte ich aus den Waschräumen und schlich den Flur in die entgegengesetzte Richtung entlang. Das Heulen wurde lauter und wurde zu einem Dröhnen, das uns von allen Seiten zu umgeben schien. Mir blieb das Herz stehen, als mir klar wurde, was das sein könnte.

Ein Schiff.

Starteten die menschlichen Truppen etwa schon einen Angriff?

Nein!

Wir waren noch nicht bereit dafür! Wir hatten uns noch nicht mit dem fünften Clan verbündet. Und Baldor war nicht hier, er bekam keine Vorwarnung!

Panik machte sich in mir breit und ich rannte los. Meine Schritte klangen überlaut auf den Metallplatten auf dem Boden. Schließlich erreichte ich den Laderaum am Heck des Schiffs. Ich betrachtete die gezackten Ränder des riesigen Lochs, wo einmal die Türen gewesen waren. Die *zeelk*-Klauen hatten das Metall aufgeschlitzt, als wäre es ein nasses Taschentuch.

Vorsichtig trat ich durch die Öffnung, wobei ich auf die scharfen Kanten achtete.

Der Lärm war im Laderaum noch viel lauter. Verwirrt versuchte ich, mich zu orientieren. Meine Kleidung wurde gegen meine Haut gepeitscht und der aufgewirbelte Staub ließ mich blinzeln.

Es ist ... windig? Wenn ein Schiff landet, könnte es den Wind und Sand so vor sich her treiben? Ich war erst bei einer Raumschifflandung in der Wüste dabei gewesen und damals hatte ich mich in besagtem Raumschiff befunden, nicht auf dem Boden.

Du musst herausfinden, was da los ist. Wenn wirklich etwas landet, rennst du zurück und warnst die anderen. Ich wappnete mich und durchquerte den großen Raum hin zur offenen Ladeklappe. Der Wind wurde stärker. Ich hustete und kniff die Augen zusammen. Moment mal, war es draußen etwa schon dunkel? So lange waren wir doch noch nicht hier, oder?

Baldor hat gesagt, er kommt nach seiner Jagd hierher. Wenn es schon Nacht ist und er noch nicht hier ...

Der Gedanke, dass ihm etwas passiert sein könnte, trieb meinen Puls in die Höhe. Er würde doch auf jeden Fall so schnell wie nur möglich zu mir kommen. Meine Erfahrung mit verlogenen Partnern und die Tatsache, dass ich nie ein sicheres Zuhause gehabt hatte, wollten mir weismachen, dass er wahrscheinlich das Interesse an mir verloren hatte. Dass er mich vielleicht doch nicht so sehr liebte.

Aber das konnte einfach nicht stimmen. Jede Berührung, jedes Wort, all seine Gesten hatten bewiesen, dass ich die Eine für ihn war. Er hatte sein ganzes Leben auf den Kopf gestellt und würde seinen Clan herholen. Er hat gesagt, dass er zu mir kommen würde.

Und dass er das nicht getan hat, heißt, dass irgendwas nicht stimmt.

„Fuck!" Das Wort löste sich als raues Schluchzen aus meiner Kehle, als ich den großen, offenen Ausgang erreichte, hinter dem die Wüste liegen sollte. Ich blinzelte noch etwas angestrengter, während ich rausstarrte und mir zu erklären versuchte, was zum Teufel da los war.

Die Wüste war weg.

Nein, das stimmte nicht ganz. Sie war nicht weg.

Die Wüste hatte sich in die Luft erhoben.

Ich keuchte erschrocken auf und schlug mir die Hände vor den Mund. Als ich endlich erkannte, was ich da vor mir sah, war es zu spät.

Die Wand aus Sand, die der Sturm vor sich her trieb, traf krachend auf das Schiff und flutete den Laderaum. Das Licht blieb an, doch der hereinströmende Staubdunst verdunkelte es komplett, sodass ich von einem Moment auf den anderen von wirbelnder Finsternis umgeben war. Ich hielt eine Hand auf den Mund gepresst, ließ mich zu Boden fallen und konnte unter dem Ansturm von Wind und Sand kaum atmen. Ich versuchte, die Augen zu öffnen, doch es ging nicht. Die Böen waren viel zu stark und verwandelten die Sandkörner in Schmirgelpapier. Meine Arme und mein Gesicht brannten.

Hilflos legte ich mich auf den Boden und zog panisch die Knie an die Brust, machte mich so klein wie möglich. Das Heulen des Sturms war ohrenbetäubend, so laut und anhaltend, dass ich nicht sicher sagen konnte, ob er um mich herum tobte oder nur in meinem Kopf.

Baldor könnte da draußen sein.

Er ist stark, er ist ein Jäger. Ein Gahn. Er hat sich sein Leben lang an diese Umgebung angepasst. Es geht ihm gut.

Ich versuchte, mir das immer wieder zu sagen. Ich versuchte es wirklich. Aber Angst und Verzweiflung hielten mich fest im Griff. Ich war mir so sicher, ihn zu verlieren, ohne eine echte Chance zu bekommen, ihn zu lieben.

Lieben.

Ja. Ich liebte ihn. Ich war mir noch nie bei etwas so sicher gewesen.

Wenn wir das hier überleben, werde ich seine Gefährtin sein. Und zwar von ganzem Herzen, sodass er gar nicht mehr weiß, wo ihm der Kopf steht.

Falls ich überlebe.

Mir blieb wohl nichts anderes übrig, als es auszusitzen. Der Wind wütete kreischend weiter und zerrte an meiner Kleidung und meinen Haaren. Um mich zu beruhigen und es zumindest teilweise auszublenden, begann ich stumm zu zählen.

Eins ... zwei ... drei ... vier ...

Ich wurde von einem unheilvollen Ächzen unterbrochen, das definitiv nicht vom Wind stammte.

Die Regale.

Ich konnte kaum etwas erkennen, sodass ich keine Ahnung hatte, wo genau ich mich im Laderaum befand. An die Wände waren jede Menge Regale festgeschraubt, aber es standen auch ein Haufen verschiebbarer im Raum herum, deren Fächer mit schweren Kisten vollgestopft waren.

Der Wind wird mich nicht umbringen. Sondern eine Kiste, die mir auf den Kopf fällt.

Ich stemmte mich auf Hände und Knie hoch und krabbelte los, hielt aber direkt wieder inne, weil ich keinen blassen Schimmer hatte, in welche Richtung ich mich wenden sollte. Ich könnte gerade auch schnurstracks auf die offene Wüste zusteuern, mitten hinein in den Sturm.

Flaut der irgendwann wieder ab?

Meine mühsam aufrecht erhaltene Beherrschung geriet ins Wanken. Ich hatte Angst. Eine Riesenangst. Wie beim Angriff der *krixel*. Zum Glück hatte mich damals jemand gefunden.

Was, wenn mich diesmal niemand findet?

Ein gefährliches Knirschen über mir ließ mich erschrocken zusammenzucken. Ich bemühte mich, von dem Regal neben mir wegzukriechen, aber ein heftiger Windstoß beförderte mich so hart zu Boden, dass es mir die Luft aus der Lunge trieb. Ich lag flach auf dem Bauch und japste wie ein Fisch auf dem Trockenen. Ich versuchte zu atmen, irgendetwas zu tun. Das Knarzen über mir wurde lauter und mir wurde klar, dass ich erledigt war. Ich hörte, fühlte geradezu, wie das Regal sich zur Seite neigte. Der letzte Gedanke, der mir durch den Kopf schoss, bevor es kippte, war Baldors Name. Ich bekam kaum Luft, konnte ihn nicht laut sagen. Ich konnte nur an ihn denken.

Baldor.

Ich wappnete mich für den Aufprall.

Doch der kam nie.

Durch den heulenden Wind drang ein metallisches Kreischen, dann ein dumpfer Schlag und ein gedämpftes Ächzen.

Es ist nicht umgefallen.

Zumindest nicht auf mich.

Nachdem ich ein bisschen zu Atem gekommen war, schob ich mich vorwärts, hielt das Gesicht aber weiter dicht am Boden. Meine Finger trafen auf Klauen. Ich ließ sie weiter nach oben wandern und ertastete hoch angesetzte Alien-

Knöchel und die Waden von starken Beinen. Doch diese Beine zitterten.

Baldor.

Ich wusste einfach, dass er es war. Ich *wusste* es. Auch ohne ihn zu sehen, wusste ich, dass er mich gerettet hatte.

Ich konnte immer noch nicht tief genug einatmen, um seinen Namen zu schreien, wie ich es gern getan hätte. Mein extrem eingeschränktes Sichtfeld und das, was ich durch mein Umhertasten erfahren konnte, ließen mich nur erkennen, dass er vor mir stand. Und vermutlich das Gewicht des gesamten Regals auf seinem Rücken lastete.

Ich muss hier weg. Er würde das auf gar keinen Fall lange durchhalten. *Wenn ich zur Seite krieche, kann er es fallen lassen. Dann muss er mich nicht mehr beschützen.*

Aber als ich die Hände von Baldors Unterschenkeln wegzog, musste er meinen Plan erraten haben. Seine Stimme durchschnitt das Heulen des Sturms. Der Wind übertönte ihn fast, doch ich klammerte mich an seine Worte, genoss den Klang, als wäre es Musik.

„Bleib hier! Sonst kann ich dich nicht retten, wenn noch etwas umfällt."

Er klang gequält. Wie viel Gewicht er wohl gerade stemmte?

Es muss doch irgendwas geben, was ich tun kann …

Doch ich konnte nichts tun. Jedes Mal, wenn ich versuchte, mich aufzurichten, um ihm einen Teil der Last abzunehmen, drückte mich der Wind wieder nach unten. *Zur Hölle mit meinem dummen, schwachen Menschenkörper!* Ich musste mich damit zufriedengeben, Baldors Knöchel zu umklammern. Ich versuchte, ihm mit meiner Berührung zu vermitteln, dass er durchhalten musste. Ich versuchte, ihm zu sagen, dass ich ihn liebte. Und dass ich mir wie der größte Dummkopf vorkam, weil ich mich so lange dagegen gewehrt hatte. Weil ich es ihm nicht schon längst gesagt hatte. *Wenn ihm oder uns beiden irgendwas zustößt, bevor ich es ihm sagen kann ...*

„Baldor!", rief ich erstickt zu ihm hoch, nachdem ich wieder etwas mehr Luft bekam. Ich wusste nicht, ob er mich überhaupt hören konnte, doch ich musste es versuchen. „Ich liebe dich! Ich will deine Gefährtin sein. Mit dir zusammen leben. Deine Kinder bekommen. Alles, was du mir versprochen hast, all das will ich. Aber du musst das hier durchstehen!"

Er ächzte wieder und ich zuckte zusammen, als eine schwere Kiste knirschend aus dem Regal rutschte, an seiner Schulter abprallte und irgendwo hinter ihm krachend auf dem Boden landete.

„Ganz egal, was geschieht, du wirst überleben", stöhnte Baldor über mir. „Ich werde ... werde dich *nicht* ... verlieren." Dann verstummte er. Vermutlich musste er sich darauf konzentrieren, nicht zusammenzubrechen. Ich kniff immer noch fest die Augen zu, doch sie brannten trotzdem und meine Kehle fühlte sich wie zugeschnürt an.

So verharrten wir eine quälend lange Ewigkeit. Der Wind war erbarmungslos, erschien mir fast schon hasserfüllt. Es kam mir so vor, als würde er nie wieder von uns ablassen. Um mich herum gab es nur noch Wind und Sand und Dunkelheit. Und Baldor, der wie eine Statue über mir aufragte, wie mein Atlas, der verhinderte, dass die Welt über mir einstürzte.

Aber irgendwann beschloss der Wind, dass er genug von uns hatte. Er verebbte nicht allmählich, sondern auf einen Schlag, sodass lähmende Stille folgte, die beinahe genauso ohrenbetäubend war wie der Sturm. Ich blinzelte hektisch und versuchte, mit brennenden, gereizten Augen etwas zu erkennen. Es dauerte einen Moment, bis ich meine Umgebung wieder scharf sah. Vorsichtig stemmte ich mich auf Hände und Knie hoch und blickte nach oben.

Baldor stand vorgebeugt da und hatte die Arme nach hinten ausgestreckt. Eins seiner Beine hatte er in einem halben Ausfallschritt vor das andere gestellt. Er zitterte am ganzen Körper vor Anstrengung. Seine Augen waren zugekniffen und seine Stirn so heftig gerunzelt, dass sich tiefe Falten in die Haut gruben. Er fletschte die Zähne und seine Miene glich eher einer Maske aus roher Kraft und unvorstellbarer Qual.

Hastig kam ich auf die Füße und versuchte, ihm irgendwie zu helfen. Ich war zwar keine Gewichtheberin oder so, aber ich konnte mich zumindest gegen ihn lehnen und ihn mit der jämmerlichen Stärke meiner menschlichen fünfundsechzig Kilo unterstützen.

Mit aller Kraft drückte ich gegen Baldors Brust, doch meine Stiefel rutschten im Sand weg. Als ich ihn berührte, riss er die Augen auf und knurrte, sicherlich als Warnung, dass ich mich verziehen sollte. Aber so stark er auch war, in diesem Moment wirkte er am Ende seiner Kräfte.

„Ich gehe nirgendwohin", ächzte ich und stemmte mich stärker gegen ihn. Mit allem, was ich hatte. Ein tiefes Grollen stieg in Baldors Brust auf, das sich zu einem Brüllen steigerte, als er sich allmählich aufrichtete. Jeder seiner Muskeln unter meinen Fingern spannte sich über die Grenzen dessen an, was eigentlich möglich sein sollte. Den Blick starr nach unten gerichtet, biss ich die Zähne zusammen und schob, so fest ich konnte. Unter Baldors Haut zeichneten sich deutlich Adern und zuckende Muskeln ab. Mit gewaltigem Kraftaufwand lehnte er sich mit einem Ruck weiter nach hinten und schrie noch einmal auf, bis er wieder komplett aufrecht stand.

Der Schwung dieser Bewegung beförderte das Regal in die andere Richtung, sodass es mit einem lauten Krachen umkippte. Baldor zog mich an seine Brust und schirmte mich mit seinem Körper vor weiteren Dingen ab, die eventuell aus den Regalfächern geschleudert wurden.

Von Schluchzern geschüttelt vergrub das Gesicht an seiner Brust. Irgendwann kamen die Tränen. Auch wenn sie in meinen ohnehin schon gereizten Augen brannten, war es doch gut, dass der Sand rausgespült wurde. Baldor weinte nicht. Er sagte auch nichts. Eine ganze Weile hielt er mich einfach nur fest. Er umklammerte mich so verzweifelt, als wollte er mich nie wieder loslassen.

Und ich merkte, dass das vollkommen okay für mich wäre.

Doch mir war klar, dass er sicher verletzt war und medizinisch versorgt werden musste. Wir konnten hier nicht ewig stehen bleiben.

„Baldor", sagte ich und versuchte, mich von ihm zu lösen, um seine Verletzungen zu begutachten. Ihm waren gerade Hunderte Kilo Metall auf den Rücken gekracht. Das hatte er sicher nicht unversehrt überstanden. „Baldor, lass mich los, ich muss mir deinen Rücken ansehen."

„Nein." Es klang kaum noch wie ein Wort. Es war eher ein animalisches Knurren. Rau und instinktiv und besitzergreifend. Seufzend schmiegte ich die Wange an seine Brust. Allerdings fühlte sie sich seltsam an und mir ging auf, dass seine Haut nicht so glatt war wie sonst. Stattdessen war sie spröde und feucht, weil der Sand sie abgeschmirgelt hatte. Keuchend lehnte ich mich zurück und zwang meine brennenden Augen, sich zu fokussieren. Seine Haut, die normalerweise einen schimmernden Bronzeton hatte, der hier und da in dunklere Nuancen von Braun und Schwarz überging, war jetzt fast komplett schwarz von seinem Blut. Zum Glück war keine der sichtbaren Wunden tief oder blutete übermäßig, aber seine Haut war ziemlich mitgenommen. Er hatte sich schon einmal eine Infektion eingehandelt und jetzt war praktisch sein ganzer Körper eine offene Wunde.

Ich legte die Hand an meine eigene Wange und betrachtete meine Fingerspitzen. Kein rotes Blut. Meine Haut fühlte sich wund an, aber Baldor hatte offenbar sehr viel mehr von dem Sturm abbekommen als ich, vor allem wenn man bedachte, dass seine Haut viel widerstandfähiger war als meine.

„Was ist passiert?", flüsterte ich und schaute nach oben in sein Gesicht.

„Ich kam gerade von der Jagd zurück, als ich den Sturm herannahen sah. Ich konnte dich hier nicht im Stich lassen. Ich bin zu dir gerannt. Um mich zu vergewissern, dass es dir gut geht."

„Du hast dich durch diesen Sturm gekämpft, nur wegen mir? Den ganzen Weg vom Lager bis hierher?" Ich hatte angenommen, dass er in der Nähe gewesen sein musste, vielleicht noch auf der Jagd, und das Schiff schneller hatte erreichen können als die Klippen. „Du hättest dich dort in Sicherheit bringen sollen!"

Etwas, das fast wie Wut aussah, huschte über Baldors Gesicht. Seine Sichtsterne zogen sich zu kleinen Punkten zusammen. Ich schnappte nach Luft, als er sich in Bewegung setzte und mich mit dem Rücken gegen die nächste Wand drängte. Er beugte sich vor und zwängte einen kräftigen Oberschenkel zwischen meine Beine.

„Meine Sicherheit ist bedeutungslos. Mein Leben hat ohne dich keinen Wert. Ich habe in der Vergangenheit einen Verlust überlebt. Doch ich weiß, dass ich es nicht überleben würde, dich zu verlieren. Nicht mehr." Er senkte den Kopf noch weiter und streifte mit den Lippen meine Stirn, bevor er murmelte: „So stark bin ich nicht."

Mir liefen wieder Tränen über die Wangen. Dieser Mann war gerade durch einen Alien-Hurrikan gestapft, allein, ohne jegliche Deckung, nur um mich zu finden. Er hatte mir das Leben gerettet, indem er seinen Körper als Schild eingesetzt hatte. Wenn er nicht stark war, wer dann?

„Baldor ..."

Weiter kam ich nicht. Baldor presste leidenschaftlich die Lippen auf meine. In dem Kuss lag all die aufgestaute Angst, all die Emotionen der letzten paar Minuten. Die Verzweiflung, mich nicht gehen zu lassen.

Aber ich schmeckte auch Blut auf seiner aufgerissenen Haut. Trotz seines protestierenden Grummelns löste ich mich von ihm. „Wir müssen uns um deine Wunden kümmern. Du wirst mir jetzt ganz sicher nicht an einer Infektion wegsterben. Und ich muss mir deinen Rücken ansehen."

„Zuerst muss ich wissen, ob du verletzt bist."

Fast hätte ich aufgelacht. Ich hatte doch bloß auf dem Boden rumgelegen, während er mich beschützt hatte. Abgesehen von ein paar Sandkörnern, die ich noch aus den Augen bekommen musste, und der wunden Haut ging es mir blendend.

„Ich bin nicht verletzt. Dank dir. Jetzt lass mich das mal ansehen."

Baldors Sichtsterne pulsierten. Er schien nicht begeistert davon zu sein, richtete sich aber langsam auf. Ich nickte entschlossen und untersuchte dann seine Vorderseite. Hier waren keine allzu ernsten Wunden zu entdecken. Die Haut war aufgerissen, aber das würde sich mit dem Blut der Lavrika problemlos heilen lassen.

„Halt still", wies ich ihn an.

Baldor brummte, doch sein Schwanz zuckte.

„Ich sagte, halt still. Das gilt auch für den Schwanz."

Ich umrundete ihn, wobei ich mich vorsichtig durch Sand und herumliegende Trümmerteile manövrierte, die vom Sturm überall verteilt worden waren. Als ich hinter ihm ankam, verzog ich das Gesicht. Von einer Schulter zur anderen erstreckte sich eine klaffende Wunde. Bestimmt war das Regal dort auf seinen Körper geprallt. Eine ähnliche, nicht ganz so tiefe Verletzung zeigte sich weiter unten auf seinem Rücken, direkt über seinem Schwanz. Und ich entdeckte senkrechte Schnitte, wo das Gewicht des Regals ihm die eigenen Klingen in die Haut gedrückt hatte.

Oh mein Gott. Einem Menschen hätte der Aufprall die Wirbelsäule gebrochen. Er wäre schlicht und ergreifend zerquetscht worden.

Ich wäre zerquetscht worden.

„Oh, Baldor." Meine Stimme zitterte und ich war drauf und dran, wieder loszuheulen. Behutsam betastete ich die Wundränder des breiten Schnitts an seinen Schultern, woraufhin ein neuer Schwall dunklen Bluts über seinen Rücken strömte. So viel Schmerz, so viel Leid, allein wegen mir. Ich presste die Lippen aufeinander, damit ich bei seinem Anblick nicht aufschluchzte. Weinen half ihm jetzt nicht. Wir mussten was unternehmen.

Ich ließ die Fingerspitzen mit sanftem Druck an seiner Wirbelsäule entlang nach oben wandern und tastete dann seinen Hals ab.

„Fühlt es sich irgendwo taub an? Spürst du deine Hände und Zehen? Irgendein starker Schmerz in Nacken oder Rücken?" Gerade hatte er sich ziemlich normal bewegt, das war ein gutes Zeichen. Und im Stehen wirkte seine Haltung auch nicht ungewöhnlich. Aber ich machte mir trotzdem Sorgen, dass seine Wirbelsäule Schaden genommen haben könnte.

„Die Wunden schmerzen ein wenig. Aber das ist nichts für ..."

„Für einen Gahn? Ja, ja, ist klar." *Jedes Mal das Gleiche mit dem Kerl, echt.* Aber dass mir die Worte inzwischen so vertraut waren, hob meine Laune ein bisschen. Lächelnd atmete einmal tief durch und trat an seine Seite.

„Nach dem Angriff auf Galok haben wir einen Vorrat Lavrika-Blut hier deponiert. Lass uns zum Labor gehen." Ich griff nach seiner Hand und in meiner Brust wurde es eng, als sich seine Finger mit meinen verschränkten. „Aber du musst mir sofort sagen, wenn sich beim Laufen irgendwas komisch anfühlt. Taubheitsgefühl, ein anderer Schmerz, egal was."

„Sorge dich nicht, meine Gefährtin." Er warf mir einen Seitenblick zu und seine grimmige Miene wurde etwas weicher. „Mein Gehör ist hervorragend. Ich habe vernommen, was du mir im Sturm zugerufen hast. Du hast gesagt, dass du mich als Gefährten annimmst." Und endlich breitete sich ein Lächeln auf seinen Lippen aus. „Ich habe nicht vor, jetzt zu sterben. Schließlich gibt es etwas, wofür es sich zu leben lohnt."

Diesmal musste ich leise lachen. Seine unerschütterliche Stärke und sein Vertrauen in sich selbst waren irgendwie erleichternd, beruhigend.

„Alles klar, dann komm. Mein *Gefährte*."

Seine Finger zuckten in meinen, als ich dieses Wort aussprach, und er sog scharf Luft ein.

Wir bahnten uns einen Weg durch den Laderaum bis zur Öffnung, die zum Rest des Schiffs führte.

Hand in Hand ließen all das Chaos hinter uns zurück.

KAPITEL SIEBENUNDZWANZIG
Baldor

ES VERLANGTE MIR ALLES ab, Teriisa nicht gegen eine Wand zu drücken und auf der Stelle über sie herzufallen. Mein Griff um ihre Hand war fest. Ich hatte Angst davor, sie loszulassen. Ich kam mir vor wie in einem Traum, der zu schön war, um wahr zu sein. Ich hatte das Gefühl, jeden Moment aufzuwachen und festzustellen, dass das alles gar nicht geschehen war. Dass ich sie nicht rechtzeitig gerettet hatte. Dass ich sie doch verloren hatte.

Ich drückte ihre kleine Hand und genoss die lebendige Wärme.

Nein. Ich hatte sie nicht verloren. Diesmal hatte ich nicht versagt. Diesmal war alles anders gekommen.

Zolinnas Verlust schmerzte mich immer noch, doch es schien, als wäre durch Teriisas Rettung ein furchtbarer Kreislauf aus tiefer Trauer zu einem Ende gekommen. Ich hatte mir selbst bewiesen, dass ich nicht auf ewig dazu verdammt war, die zu verlieren, die ich liebte. Meine Zukunft sah jetzt heller aus. Zum ersten Mal seit vielen Zyklen streckte sie mir gütig die Hände hin.

Hände, die klein, aber so warm in meinen lagen.

Wir liefen durch die seltsamen Tunnel des *Schiffs*. Teriisa ging voran und zog mich durch die verwirrenden Biegungen. Hier drinnen war es hell, winzig kleine Sonnen an den Wänden und der gewölbten Decke der Tunnel verströmten Licht. Alles war aus einem glänzenden, glatten Stein erbaut, den ich noch nie zuvor gesehen hatte. Ich kam zu dem Schluss, dass mir dieser Ort nicht gefiel und ich froh war, ihn bald wieder mit Teriisa an meiner Seite zu verlassen.

Bei einem unvermittelten Geräusch und Bewegung vor uns spannte ich mich an. Fauchend schob ich Teriisa hinter mich.

Ich entspannte mich ein wenig, als eine der Menschenfrauen so schnell auf uns zurannte, dass ihre langen dunklen Zöpfe hinter ihr herpeitschten. Meine Erleichterung hielt nur so lange an, bis ich sah, dass ihr Gefährte – der unbezwingbare Kor, der mich in der Schlacht niedergerungen hatte – ihr auf dem Fuße folgte.

„Wo warst du denn? Was ist passiert?" Die Frau stürmte auf meine Gefährtin zu und schloss sie in die Arme. In meiner Brust zog es, als Teriisa meine Hand nicht losließ, obwohl sie recht nachdrücklich nach vorn gezerrt wurde.

„Das ist eine lange Geschichte", sagte Teriisa. „Ich habe den Sturm gehört und ihn für ein landendes Schiff gehalten. Also bin ich in den Laderaum gegangen, um nachzusehen, saß da dann aber fest, als plötzlich komplettes Chaos geherrscht hat. Zum Glück hat Baldor mich gefunden."

„Immer", versicherte ich ihr.

Der Blick der anderen Frau huschte hinter ihren durchsichtigen Augenscheiben zu mir. „Du siehst ganz schön mitgenommen aus", stellte sie fest.

„Wir sind gerade auf dem Weg zum Labor, um was vom Lavrika-Blut zu holen", erklärte Teriisa ihr.

In diesem Moment wurde ich von einer Gestalt abgelenkt, die vor uns um die Kurve des Tunnels bog und auf uns zuhetzte. Kor und Zoey drehten sich um und wieder wappnete ich mich für einen Kampf.

„Alles okay!", rief die andere neue Frau. „Wir haben sie gefunden!"

Es war Rakart.

Plötzlich kochte Wut in mir hoch. Bei allem, was passiert war, hatte ich Rakart ganz vergessen. Ich hatte ihn angewiesen, nicht von Teriisas Seite zu weichen. Ich hatte ihm befohlen, sie zu beschützen. Ich ließ Teriisas Hand los, drängte mich an Kor vorbei und zog eine meiner Klingen. Ich würde ihm für seinen Ungehorsam erst die Hände und dann den Kopf abschlagen.

„Mein Gahn", sagte Rakart mit aufgerissenen Augen und hob den Schwanz. „Ich habe dich enttäuscht."

„Das hast du", stimmte ich zu und packte meine Waffe fester. Ich hob sie und wollte die Klinge gerade auf ihn niedergehen lassen, als eine Berührung an meinem Arm mich innehalten ließ.

„Hör sofort auf damit!" Es war Teriisa. Sie klammerte sich mit beiden Händen an meine Ellbeuge und versuchte, meinen Arm wieder nach unten zu ziehen.

„Rakart hatte die Aufgabe, dich nicht aus den Augen zu lassen und auf dich Acht zu geben. Das hat er nicht getan.

Dafür wird er sterben." Ich runzelte die Stirn. Warum versuchte sie, mich aufzuhalten? Seine Unachtsamkeit hätte sie beinahe das Leben gekostet. Wäre ich nicht dort gewesen ... Es war nur ein weiterer Beweis dafür, dass niemand außer mir meine Gefährtin beschützen konnte.

Doch ein zorniger Ausdruck trat in Teriisas Augen. „Wag es ja nicht!", fauchte sie. So aufgebracht hatte ich sie noch nie erlebt. „Ich habe mich weggeschlichen. Es war nicht seine Schuld!"

„Es hätte dir gar nicht erst gelingen sollen, dich von einem meiner Krieger fortzuschleichen. Das beweist nur, dass er zu schwach ist, um weiterhin in meinen Reihen dienen zu dürfen." Rakart starrte mich mit grimmiger Resignation an. Er verstand, was ich tun musste. Warum tat Teriisa es nicht?

„Wenn du das tust, wenn du ihn hier und jetzt tötest, weil ich ihm entwischt bin, dann nehme ich alles zurück, was ich gesagt habe. Ich werde mich nicht auf einen Mann einlassen, der wegen so was einen seiner eigenen Leute umbringt. Ich habe die Gruppe verlassen, ohne jemandem Bescheid zu sagen. Ich bin selbst schuld, dass ich in eine gefährliche Situation geraten bin." Ihre Augen wurden schmal. „Ich mein's ernst, Baldor. Wenn du ihn meinetwegen tötest, werde ich dir das nicht verzeihen. Und ich werde dich für immer mit anderen Augen sehen."

Ich seufzte. Sie schien nicht zu begreifen, dass ich ihn nicht ihretwegen töten würde, sondern wegen seiner eigenen Unfähigkeit. Ich warf Rakart einen Seitenblick zu. Er rührte keinen Muskel und war bereit, jedes Schicksal über sich ergehen zu lassen, das ich für angemessen hielt.

Teriisa verstärkte ihren Griff in einer unausgesprochenen Warnung. Ich war rasend vor Wut, weil Rakart meinen Befehl missachtet hatte. Weil er Teriisa nicht so beschützt hatte, wie er es hätte tun sollen.

Doch keine Bestrafung war es wert, dass Teriisa den Respekt mir gegenüber verlor. Ich hatte schon so viel für sie abgelegt. Offenbar musste ich noch einigem mehr abschwören, um sie bei mir zu behalten.

„Du hast großes Glück, dass deine Gahnala so ein weiches Herz hat", sagte ich schließlich zu Rakart und steckte meine Waffe weg. Ein stechender Schmerz durchzuckte mich, als die flache Seite der Klinge über die Wunden auf meinem Rücken schabte.

„Ich werde dich nicht noch einmal enttäuschen, mein Gahn. Es tut mir leid." Rakart ließ sich auf alle viere fallen und hob den Schwanz vor die Augen. Die Geste tiefsten Respekts ließ mich unberührt, aber Teriisa trat an seine Seite. Als sie ihre kleine Hand nachsichtig auf seine Schulter legte, musste ich den Drang niederkämpfen, ihn doch noch zu töten.

„Schon gut, Rakart. Mir tut es auch leid, dass ich mich weggeschlichen habe. Du kannst jetzt aufstehen."

Rakart erhob sich, ohne den Schwanz sinken zu lassen.

„Okay, genug mit diesem Unsinn", sagte Teriisa und wirbelte zu mir herum. „Jetzt behandeln wir endlich deine Wunden."

Da ich meiner wunderschönen Gahnala einfach nie etwas abschlagen konnte, ließ ich mich von ihr mitziehen, als sie wieder nach meiner Hand griff.

Zoey und Kor blieben zurück, um zu beenden, was auch immer sie noch erledigen wollten, während Teriisa mich tiefer in den Bauch des *Schiffs* führte. Rakart traf die weise Entscheidung, bei den anderen zu bleiben.

Wir gelangten zu einem sehr merkwürdigen Ort abseits des Tunnels, mit ganz glatten, geraden Wänden und spitzen Ecken. In diesem Raum schien eine sehr helle Sonne und alles war weiß und glänzte. Überall lagen Steine und Gefäße aus mir unbekanntem Material herum.

In diesem sonderbaren Raum stand Galok mit zwei weiteren der neuen Frauen.

„Jocelyn, Kat! Hey", rief Teriisa ihnen zu, sodass die beiden Frauen sich ihr zuwandten.

Kat, die Frau ohne Haare, eilte auf sie zu.

„Was ist euch beiden denn passiert? Sagt mir nicht, dass ihr in dem Wahnsinnssturm da draußen wart!"

„Ihr habt ihn also auch gehört?", erkundigte sich Teriisa.

„Und ob", antwortete Jocelyn. „Wir dachten schon, da landet ein *Schiff*. Wir sind rausgerannt, um euch zu suchen. Zoey hat die *Scanner* vom *Schiff* angeworfen und die haben uns gesagt, dass da ein Sturm anrauscht. Aber als wir gemerkt haben, dass du noch nicht vom *Klo* zurück warst, haben wir uns auf die Suche nach dir gemacht. Wir sind gerade erst wieder ins *Labor* zurück, weil wir dachten, dass du vielleicht hier bist."

„Entschuldigt", sagte Teriisa mit gequälter Miene. „Ich war im *Laderaum*. Baldor hat mich gefunden. Uns geht's so weit ganz gut. Aber er braucht Lavrika-Blut, und zwar schnell."

Die beiden neuen Frauen musterten mich voller Sorge. Hinter ihnen schritt Galok zur Tat und öffnete einen sehr eigenartigen viereckigen Stein. Wenn er geöffnet war, leuchtete er von innen heraus, und plötzlich hatte ich seltsamerweise das Gefühl, als würde kalte Luft über meine Haut streichen. Ich wappnete mich innerlich. War das womöglich der Hauch des Todes, der mir da entgegenwehte? Ich hatte bereits die Macht des Sturms überstanden. Da würde ich mein Leben ganz bestimmt nicht jetzt noch aushauchen. Nicht, bevor ich mich mit Teriisa vereinigen konnte.

Galok schloss den Stein wieder. Die Kälte verflog. Genugtuung wallte in mir auf. *Sieh an. Ich bin stark, zu stark sogar für den kalten Sog des Todes.*

Teriisa nahm ihm ein Gefäß ab, das ich wiedererkannte: Es war einer der Krüge, in denen unser Volk das Blut der Lavrika aufbewahrte.

„Danke, Galok." Teriisa wandte sich mir zu. „Jetzt setz dich hier auf die *Bank*." Sie deutete auf ein langes, glänzendes Brett, das niedrig auf gedrungenen Füßen stand.

Ich folgte ihrer Anweisung, ohne sie aus den Augen zu lassen.

„Wir gehen mal zu Zoey und den anderen, um zu hören, wie jetzt der Plan aussieht, nachdem wieder Ruhe eingekehrt ist", sagte Jocelyn.

„Vielen Dank. Wir kommen gleich nach", erwiderte meine Gefährtin.

Die drei verließen uns, sodass nur noch Teriisa und ich in dem hellen, kahlen Raum zurückblieben. In diesem grellen Licht war nun deutlich sichtbar, wie viel Schaden der Sturm angerichtet hatte: Teriisas Gesicht und Arme waren mit roten Kratzern übersät. Die Farbe ihres Haares war durch den Staub ganz matt.

„Erlaube mir, mich deiner Haut anzunehmen", bat ich, weil die Röte mir Unbehagen bereitete. Doch sie schnaubte nur spöttisch.

„Das kann nicht dein Ernst sein. Dein halber Rücken ist aufgerissen!"

Bevor ich etwas erwidern konnte, umrundete sie die Bank. „Nimm mal die ganzen Riemen und Messer ab", wies sie mich an.

Nun war es an mir, spöttisch zu schnauben. „Ganz gewiss nicht. Ich könnte sie brauchen."

Sie murmelte etwas in der Sprache ihrer Heimat und sagte dann: „Du darfst sie auch direkt neben dich legen, versprochen. Aber ich muss hier und da was nähen und da ist mir der ganze Kram im Weg."

„Solange sie in Reichweite sind", brummte ich. Dann zog ich die Riemen von meiner blutigen Haut und legte sie zusammen mit meinen Klingen zu meinen Füßen auf den Boden.

„Sehr schön", sagte Teriisa und ich konnte nicht leugnen, dass mir die Zufriedenheit in ihrer Stimme äußerst gut gefiel. Und ich wollte mehr davon.

Sie entfernte sich kurz von mir, ging in eine andere Ecke des Raums und kehrte mit einem weiteren sehr sonderbaren Stein zurück, der sich öffnen ließ.

„Das ist ein *Erste-Hilfe-Kasten*", erklärte sie und stellte das Ding neben mir auf die Bank, bevor sie lange, dick gepolsterte, weiße Streifen und Nadel und Faden in wahrlich winziger Ausführung daraus hervorholte. „Okay, dann legen wir mal los. Sag Bescheid, wenn du eine Pause brauchst."

Ich sollte sie anweisen, mich nicht mehr zu berühren? Niemals. Selbst wenn mich der schlimmste Schmerz meines Lebens erwarten sollte, würde ich ihre Hände weiterhin auf meiner Haut haben wollen.

Da sie hinter mir stand, konnte ich nicht sehen, was sie tat. Aber ich spürte, wie sie mit einem dieser weißen Streifen, den sie vermutlich in das Blut der Lavrika getaucht hatte, über meine Haut strich. Immer wieder fuhr sie damit über meinen Rücken und befreite ihn von Staub und Blut. Dann spürte ich den Stich einer Nadel, die sich nah bei meinen Schultern zu schaffen machte. Ich regte mich nicht, während Teriisa die Verletzung mit geschickten, behutsamen Bewegungen schloss. Daraufhin verteilte sie noch mehr vom Blut der Lavrika auf der Wunde, bevor sie den anderen die gleiche Zuwendung zuteilwerden ließ. Es würde seine Zeit dauern, bis die tieferen Verletzungen verheilt waren, aber der Schmerz ließ bereits nach, da das Blut der Lavrika die kleineren Schnitte und Kratzer rasch verschwinden ließ, sodass meine Haut unversehrt und widerstandsfähig zurückblieb.

„Hier hinten bin ich dann fertig", sagte sie. Mit einem weiteren getränkten Streifen des weißen Materials widmete sie sich meinem linken Arm. Mit dem anderen nahm auch ich mir einen der Streifen, tauchte ihn in den Krug und machte mit meinen Beinen weiter, um den Vorgang schneller voranzubringen. Währenddessen sah und fühlte ich, wie meine Haut heilte.

Schließlich trat Teriisa vor mich und zwischen meine gespreizten Oberschenkel. Ihr so nah zu sein, erhitzte mein Blut und ich packte die Kante der Bank so fest, dass meine Knöchel knackten, damit ich sie nicht von ihrer Aufgabe ablenkte. Nicht etwa, weil es mich scherte, ob meine Wunden auch ordentlich heilten, sondern weil es ihr missfallen würde. Also beobachtete ich sie nur aufmerksam, während mein verbliebenes Blut in meine Männlichkeit strömte, und hielt still.

Sie strich mit einem nassen Streifen über meine Stirn. „Mach die Augen zu", flüsterte sie.

Das wollte ich nicht. Ich wollte den Blick nicht einen Moment lang von ihr abwenden. Doch gegen ihre Anweisungen war ich machtlos. Also senkte ich die Lider.

Das erlaubte es mir jedoch, mich auf alle anderen Empfindungen zu konzentrieren. Auf ihre sanften Berührungen, die über meine Nase, Wangenknochen und beide Seiten meines Kiefers geisterten. Mit jedem verstreichenden Augenblick ließ das schmerzhafte Brennen meiner Haut nach und wurde durch eine andere Art der Hitze ersetzt. Als sie an meinem Hals hinunter zu meiner Brust wanderte, zuckte mein Schaft und ich seufzte.

Sie hielt kurz inne, bevor sie sich weiter nach unten vorwagte.

Da sie mit meinem Gesicht fertig zu sein schien, öffnete ich die Augen und beobachtete sie bei ihrem Werk. Auf halbem Wege an meinem Unterleib unterbrach sie ihre Arbeit, warf den schmutzigen, blutigen Streifen beiseite, nahm sich einen neuen, tränkte ihn mit dem Blut der Lavrika und legte ihn wieder auf meine Haut. Mein Magen krampfte sich zusammen, als sie damit weiter nach unten und schließlich über die Haut über meinen Hüftknochen strich. Inzwischen schmerzte mein Glied und drängte sich gegen den Lendenschurz. Meine Knöchel knackten erneut.

Teriisa sagte verärgert etwas in ihrer eigenen Sprache und hob hastig eine Hand an die Augen.

„Was ist los?", fragte ich und löste meinen Griff um die Bank, damit ich ihr Gesicht umfassen konnte.

„Ach, dieser *verflixte* Sand. Ich glaube, er rieselt mir aus den Haaren in die Augen."

Ah, das war durchaus möglich. Sie hatte ihr Haar nicht zu einem Zopf zusammengefasst und jedes Mal, wenn die Strähnen verrutschten, fiel Sand heraus.

„Da drüben gibt es eine Augendusche. Ich wasche mir mal die Augen aus."

Die Augen auswaschen? Das klang furchterregend. Doch ich vertraute darauf, dass sie schon wusste, was sie jetzt brauchte. Ich erhob mich, während sie heftig blinzelnd zu einer glänzenden Schale in der Ecke hinübereilte. Als sie sich jedoch darüberbeugte, rieselte noch mehr Sand aus ihren Haaren, sodass sie die Augen zukniff.

„Warte", sagte ich, trat an sie heran und zog sie an den Schultern zu mir. „Neig den Kopf nach hinten."

Sie richtete sich auf, lehnte den Rücken an meine Brust und befolgte meinen Rat. Rasch fuhr ich ihr mit meinen Klauen durch die Haare, um den Sand herauszuschütteln.

„Das fühlt sich gut an. Das musst du noch mal machen, wenn meine Augen nicht mehr so brennen", sagte sie und verzog das Gesicht.

Kurz darauf ließ ich noch ein letztes Mal die Hände durch die Strähnen gleiten, um sicherzugehen, dass sie größtenteils von Sand befreit waren. Dann beugte sie sich wieder über die Schale. Ich fuhr erschrocken zusammen, als Wasser in hohem Bogen herausschoss. Ohne zu zögern lehnte sie ihr Gesicht in den Wasserstrahl. In meinen eigenen Augen waren keine Reste von Sand mehr zu spüren. Und dafür war ich dankbar, denn ich war mir nicht sicher, ob selbst so ein starker Krieger wie ich sich dazu durchringen könnte, die Augen so direkt in einen Wasserstrahl zu halten. *Meine Gefährtin ist wahrlich mutig. Furchtlos ...*

Ein paar Momente verstrichen, dann richtete Teriisa sich etwas auf, fing Wasser in der hohlen Hand ein und spritzte es sich ins Gesicht. Als sie sich schließlich zu mir umdrehte, waren ihre Augen gerötet, aber sie konnte sie problemlos öffnen.

Doch ihre Haut war immer noch hellrot und an manchen Stellen zerkratzt. Flüchtig schaute ich an mir herab – all meine Wunden waren ausreichend versorgt.

„Jetzt setzt du dich hin", sagte ich und deutete mit dem Schwanz auf die Bank. Diesmal protestierte Teriisa nicht, sondern ließ sich mit einem Seufzen darauf sinken. Ich machte mich an die Arbeit und tauchte einen der seltsamen gepolsterten Streifen in den Krug wie Teriisa zuvor. Ihr Lider schlossen sich flatternd, als ich das Blut der Lavrika auf ihrem Gesicht und ihrem Hals verteilte. Genauso verfuhr ich mit ihren Armen und nahm jeweils einen neuen Streifen, wenn sich der alte vom Staub auf ihrer Haut braun gefärbt hatte.

Bald war jedes Fleckchen sichtbarer Haut sauber und nicht mehr so gerötet.

„Viel besser", sagte sie und öffnete wieder die Augen. „Danke."

„Ich sollte mir auch den Rest von dir anschauen. Unter deinen Gewändern", gab ich zu bedenken und schloss die Hand fester um den Streifen.

Teriisa zog die Augenbrauen nach oben. „Ich glaube nicht, dass meine Haut unter der Kleidung was abgekriegt hat."

„Ich werde keine Ruhe finden, bevor ich es mit eigenen Augen gesehen habe", knurrte ich und ging vor ihr auf die Knie, wobei ich am Saum ihres engen, ärmellosen Menschenobergewands zupfte. „Zeig es mir."

Mein Schaft zuckte und mein Blick blieb an ihrer Kehle hängen, als sie schluckte. Sie sagte nichts weiter, sondern zog sich das Kleidungsstück über den Kopf, gefolgt von ihrem Brusttuch.

„Den Rest auch", raunte ich. Ich konnte mich gar nicht an ihr sattsehen.

Sie erhob sich von der Bank und schob sich auch die restliche Kleidung über die sanft geschwungenen Hüften hinunter, bevor sie sie zusammen mit ihren Fußschalen zur Seite trat.

Ich dankte der grellen Sonne hier im *Schiff*, die ihre Schönheit so herrlich erleuchtete. Sie hatte recht – die Haut unter ihren Gewändern war unversehrt. Ich ließ den mit Blut der Lavrika getränkten Streifen fallen, den ich nun nicht mehr brauchte, und stand ebenfalls auf.

Mein Blick wanderte ganz langsam über ihre Vorderseite, dann trat ich um sie herum, als würde ich ihre Haut
auf Verletzungen untersuchen. Doch in Wirklichkeit sog ich
ihre Anmut in mich auf. Hinter ihr angekommen, konnte
ich mich nicht länger zurückhalten. Ich fasste sie mit beiden
Händen an der Taille, schmiegte mich an sie und stöhnte
auf, als meine Zungen ihren Hals fanden. Sie schnappte nach
Luft und drängte sich mir entgegen, sodass sich mein Schaft
noch heftiger regte.

„Du bist verletzt ..." Doch ihre Worte verwandelten sich
in ein Stöhnen, als meine Zungen die weiche Rundung ihres
Ohrs liebkosten.

„Es braucht mehr als diese Wunden, um mich zu töten",
murmelte ich an ihrem Kiefer. „Doch ich fürchte, ich muss
sterben, wenn du nicht endlich zu meiner Gefährtin wirst, in
jeder Hinsicht."

Ich ließ eine Hand von ihrer Hüfte nach vorn zu ihrer
Weiblichkeit wandern. Vorsichtig schob ich die Finger-
spitzen zwischen ihre Beine und unterdrückte ein lustvolles
Zischen, als sie dort Feuchtigkeit fanden.

„Du spürst es auch. Du brauchst es. Du bist so bereit für
mich. Du sehnst dich genauso nach mir wie ich mich nach
dir."

Sie ließ hörbar den Atem entweichen, als meine Fingerspitzen den Lustpunkt über ihrer Weiblichkeit fanden. An-
fangs umkreiste ich ihn nur langsam, beschleunigte jedoch
meine Bewegungen, als sie ein „Ja" stöhnte.

Ich zog die Finger zurück und benetzte sie mit ihrer
Feuchtigkeit, bevor ich mich erneut dieser faszinierenden
kleinen Erhebung widmete. Wieder und wieder ließ ich die

Finger darübergleiten, erhöhte hin und wieder den Druck, bis sie sich meiner Hand entgegenwölbte. Ich lehnte mich vor, drängte mich gegen ihren Rücken, während ich einen Arm um sie legte, um sie fest an mich zu ziehen. Qualvolle Erregung durchfuhr mich, als ich eine ihrer Brüste mit der freien Hand umfing. Meine Handfläche rieb in gleichem Maß über ihren Nippel, wie ich sie zwischen den Beinen liebkoste. Bald schon spannte sie sich an und schrie auf, während ihr Becken hektisch gegen meine Hand stieß. Dann wurden ihre Bewegungen träger und ihr Atem schwerer.

„Nicht genug", brachte ich erstickt hervor. Ich musste mich tief in ihr versenken.

Jetzt.

Ich legte sie behutsam auf den Boden. Das entsprach nicht meiner Vorstellung. Viel lieber würde ich mich im behaglichen Halbdunkel unseres eigenen Zelts zum ersten Mal mit ihr vereinen. Aber dieses Zelt war noch nicht einmal errichtet. Und ich konnte mich einfach nicht länger gedulden.

Sie sah zu mir auf, als ich mich zwischen ihre Beine kniete. Ich riss meinen Lendenschurz beiseite und sie keuchte lustvoll auf, während sie die Oberschenkel weiter spreizte. Sie so begierig vor mir liegen zu sehen, hätte beinahe dafür gesorgt, dass ich auf der Stelle meinen Samen vergoss. Und als Teriisa eine Hand zwischen ihre Beine schob, musste ich fest die Faust um meinen Schaft schließen.

„Eine *Sekunde* noch", murmelte sie. In meinem Kopf tobte ein Sturm, weswegen ich sie auch nicht fragte, was eine *Sekunde* überhaupt war. Ich konnte nur wie gebannt zusehen, wie sie zwei Finger in sich schob. Als sie ihre Finger in sich bewegte, öffnete sie genussvoll den Mund und ihre Wangen färbten sich rot.

„Du quälst mich", sagte ich, ohne den Blick von ihrer Hand losreißen zu können. Ich beobachtete, wie ihre Finger in ihrer Feuchtigkeit verschwanden, und stellte mir vor, es wäre mein Schaft.

„Du bist groß", keuchte sie. „Ich muss mich nur ein bisschen ..." Sie nahm einen dritten Finger hinzu und stieß das Becken ihrer eigenen Hand entgegen. Ich biss die Zähne zusammen und konnte nicht verhindern, dass auch meine eigenen Hüften nach vorn zuckten. Teriisas Atmung wurde schneller, angestrengter, und mit einem Schrei zog sie schließlich die Hand weg.

„Jetzt", wies sie mich an, während ihr lustverhangener Blick meinen fand.

Knurrend rutschte ich nach vorn. Mit einem Ellbogen stützte ich mich über ihrem Kopf ab, während ich meinen Schaft mit der anderen Hand an ihren feuchten Eingang führte. Sie schloss die Augen und öffnete die Lippen weit, als ich das Becken vorschob.

Ihre Hitze war so eng, dass sie mich an den Rand des Wahnsinns trieb. Das hielt mich jedoch davon ab, mit einem Stoß in sie einzudringen, wie ich es gern getan hätte. Ich würde ihr nicht wehtun. Teriisa klammerte sich an meine Schultern und bebte am ganzen Körper. Ich zog mich zurück, ließ dann die Spitze meines Glieds wieder eintauchen und spürte, dass sie mich etwas tiefer in sich einließ.

Nie in meinem Leben hatte ich größere Lust empfunden. Ich war kaum in ihr und spürte bereits das Gefährtenband in jeder Faser meines Körpers pulsieren. Dieser Moment war überwältigend und wir hatten gerade erst angefangen.

Es war alles, was ich mir je hätte erträumen können.

Ich begann, die Hüften in einem sachten, beherrschten Rhythmus zu wiegen. Bei jedem Stoß stöhnte Teriisa lauter auf und nahm mich ein wenig tiefer in sich auf. Die beiden Speere an meinem Schaft glitten durch ihre Feuchtigkeit, entzündeten ganz neue Empfindungen und steigerten meine Lust ins Unermessliche. Als sie nach oben gedrückt wurden und über ihren Lustpunkt rieben, schrie Teriisa auf.

„Fester. Härter, jetzt!"

Und ich konnte gar nicht anders, als zu gehorchen.

Ich zog mich zurück und ließ die Hüften dann in dem schonungslosen Rhythmus vorschnellen, den ich von Anfang an ersehnt hatte. Heiße Lustschauer jagten mir über den Rücken, pulsierten in meinen Wunden, rannen hinunter in meinen Schwanz und sammelten sich schließlich in meinem Schaft. Ich sank auf die Ellbogen und legte die Lippen an Teriisas Hals. Ich war so von Sinnen vor Lust, dass ich den Drang niederkämpfen musste, die Fangzähne in ihrer zarten Haut zu versenken. Stattdessen fuhr ich vorsichtig damit über ihren Hals und presste die Zungen an die Stelle, unter der ihr Herz für mich schlug.

Teriisa hob mir das Becken entgegen, um mir tieferen Zugang zu gewähren. Dann schlang sie Arme und Beine fest um mich.

„Baldor", brachte sie mühsam hervor. „Ich liebe dich."

Ich hielt es nicht länger aus. Ertrug es nicht mehr, in ihrer Hitze geborgen zu sein, während sie mir zuflüsterte, dass sie mich liebte. In dem Moment, als ihre Lust erneut zum Höhepunkt fand und sie sich um mich zusammenzog, verlor ich die Beherrschung. Ich stemmte mich auf die Hände hoch und warf mit einem Schrei den Kopf in den Nacken, während ich mich in ihr ergoss. Ich rollte weiter die Hüften, ließ mich von der Welle tiefer Gefühle weitertragen und suchte fiebrig nach ihrem Blick.

„Liebe reicht nicht aus, um zu beschreiben, was ich für dich empfinde", knurrte ich. „So lange habe ich gewartet. Durch Zeiten des Schmerzes und der Trauer habe ich gewartet. Ich wusste gar nicht, worauf ich wartete, doch das warst du." Die letzten Worte untermalte ich mit den Bewegungen meines Beckens. „Du gehörst zu mir." Ich zog mich zurück und ließ mich dann noch ein letztes Mal kraftvoll in sie gleiten, vergoss noch den letzten Schub meines Samens in ihr. „Ich werde dich nie wieder loslassen."

Teriisa stöhnte noch einmal auf und nickte dann, stieß sich aber prompt den Kopf am Boden. Das ertrug ich nicht, also schob ich eine Hand unter ihren Hinterkopf.

Teriisa reckte sich mir entgegen und öffnete die Lippen für mich. Ich ließ die Zungen in ihren Mund gleiten, während mein Schaft noch immer von ihrer Hitze umfangen war.

Ich war endlich, *endlich* zu Hause.

KAPITEL ACHTUNDZWANZIG

Theresa

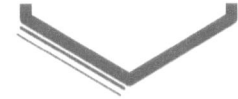

DIE NÄCHSTEN WOCHEN rauschten nur so an mir vorbei, bis ich mehr oder weniger das Zeitgefühl verlor. Wir arbeiteten jeden Tag im Schiff und Baldor begleitete mich jedes Mal dabei. Die Menschen blieben dem Planeten weiter fern, zumindest vorerst, und das gab mir ein gewisses Gefühl von Sicherheit. Tagsüber wurde gearbeitet, nachts fielen Baldor und ich hungrig übereinander her. Wie versprochen hatte er ein Zelt für uns gebaut. Ich hatte ihn gebeten, es etwas abseits von den anderen zu errichten, damit wir möglichst niemanden störten.

Am Tag nach dem Sturm hatte Baldor die Hälfte seiner Männer angewiesen, zu seinem Clan zurückzukehren, um nach und nach alle Mitglieder herzubringen. Er konnte es kaum erwarten, seine Leute wieder um sich zu haben, und mir ging es nicht anders. Ich freute mich darauf, die Frauen und Kinder seines Clans kennenzulernen und im Kreis seiner Vertrauten unsere eigene Version einer Hochzeit abzuhalten, die man hier Gahnala-Kai nannte.

Es stellte sich so etwas wie Alltagsroutine ein. Ich hatte so viel zu tun, dass mir fast nicht auffiel, dass meine Periode ausblieb.

Fast.

Aber etwa drei Wochen nach dem Sturm war ich mir schließlich sicher. Ich war spät dran. Und normalerweise war mein Zyklus sehr verlässlich.

„Baldor." Ich zog leicht an dem Arm, den er im Schlaf schwer über mich gelegt hatte. Eigentlich wollte ich warten, bis ich mir wirklich sicher war, bevor ich mit ihm redete. Aber als ich heute Morgen wieder ohne Blutung aufgewacht war, wusste ich, dass es so weit war.

„Warum ist mein Sonnenlicht erwacht, bevor die Sonne am Himmel steht?", stöhnte Baldor und drückte mich fester an sich.

Ich prustete. „Die Sonne geht bestimmt gleich auf. Und außerdem kannst du gar nicht so müde sein", neckte ich ihn, weil sich sein Glied schon nachdrücklich gegen meinen Rücken presste. Wir waren nackt und Baldors Hand wanderte zwischen meine Beine, um mit meiner Klit zu spielen, was träge Lust in meine Körpermitte schickte.

„Warte, ich muss dir erst noch was sagen", hauchte ich, während ich mich seiner Berührung schon entgegendrängte.

„Dann raus damit", forderte er, bewegte die Finger jedoch weiter. Ich wollte gar nicht, dass er aufhörte, konnte die Worte aber nicht länger zurückhalten.

„Ich bin schwanger", platzte ich heraus.

Tja, das brachte mir seine volle Aufmerksamkeit ein. Seine Finger erstarrten.

„Was sagst du da?"

Ich drehte mich in seinen Armen zu ihm um und legte die Hände an seinen markanten Kiefer.

„Ich bin schwanger."

Seine Sichtsterne stoben auseinander und seine Brust hob sich mit einem Ruck, als er scharf Luft einsog. Eine seiner Hände rutschte hinunter zu meiner Taille und sein Daumen schob sich auf meinen Bauch, um meinen Nabel zu umkreisen.

„Ein Junges", hauchte er. Etwas huschte über sein Gesicht, ein Gefühl zwischen Euphorie und Schmerz. Mir traten Tränen in die Augen und ich zog seinen Kopf zu mir heran, bis meine Stirn an seiner lag.

„Bist du glücklich?", fragte ich.

„Glücklich? Ich bin nicht einfach nur glücklich. Es ähnelt dem, was ich für dich empfinde – mehr als nur Liebe. Mehr, als jedes mir bekannte Wort ausdrücken könnte. Ich kann es nicht benennen."

Ich nickte, weil ich verstand, was er meinte. Glücklich schien es nicht ausreichend zu beschreiben. Aber fürs Erste musste es reichen. Denn, oh mein Gott, ich war so unfassbar glücklich.

Baldor umfasste meinen Hintern mit beiden Händen und schob das Becken vor, sodass seine Erektion gegen meinen Eingang stieß.

Oh ja, bitte.

Ich legte ein Bein über seine und er stützte mich, während er langsam in mich eindrang.

Unser Morgensex war normalerweise eher träge und sinnlich. Doch diesmal nicht. Als hätte meine Offenbarung ihm einen gewaltigen Energieschub verpasst. Die Kraft seiner Bewegungen, die sanfte Wildheit, mit der er mich an sich schmiegte, brachten mich schnell und heftig zum Orgasmus. Und es dauerte nicht lange, bis Baldor mir über die Klippe folgte. Wir kosteten den gemeinsamen Höhepunkt aus, und lagen uns keuchend in den Armen, genossen den Moment des Glücks.

Ich wollte am liebsten den ganzen Morgen so liegen bleiben. Und das hätten wir wohl auch getan, wenn draußen nicht plötzlich Aufruhr geherrscht hätte. Ich riss die Augen auf und Baldor spitzte die Ohren, als die Stimme eines Kriegers aus der Ferne ertönte: „Sie sind zurück! Sie sind aus den Todestälern zurückgekehrt!"

Baldor wirkte erleichtert und mir ging es genauso. Ich mochte Xyan und es war nicht sicher gewesen, ob wir ihn je wiedersehen würden. Zum Glück hatte Zoey die Reiseroute der Gruppe auf den Scannern gecheckt und gesehen, dass die Männer wahrscheinlich nicht in den Sturm geraten waren. Allerdings wäre das wohl auch ihr kleinstes Problem gewesen.

Baldor und ich zogen uns hastig an, bevor wir zu den anderen nach draußen gingen. Eine Gruppe hatte sich am Rand des Lagers versammelt. Baldor nahm meine Hand und wir rannten los. Die Menge machte uns Platz und wir gesellten uns zu den anderen Gahns und ihren Gefährtinnen.

Tatsächlich kamen vier *irkdu* auf das Lager zu. Als sie nah genug heran waren, sprangen die Krieger von ihren Reittieren und liefen den Rest des Weges zu Fuß. Sie schienen alle unverletzt zu sein. *Das ist doch sicher ein gutes Zeichen, oder?*

„Welche Neuigkeiten bringt ihr uns?", rief Gahn Buroudei.

„Ja, was sagt Gahn Itok?", erkundigte sich Baldor.

„Gahn Itok ist tot", antwortete Xyan.

Die Menge tuschelte aufgeregt.

Xyan fuhr fort: „Er hat keinen Nachfolger ernannt und es wurde zum *baklok* gerufen."

„Was ist ein *baklok*?", fragte ich Baldor.

„Das ist ein erbitterter Wettstreit, aus dem der Sieger als neuer Gahn hervorgeht, wenn kein Nachfolger bestimmt worden ist", erwiderte mein Gefährte.

„Ja", bestätigte Xyan. „Wir konnten nicht verhandeln, da es keinen Gahn gab, mit dem wir hätten sprechen können. Der Clan ist in Aufruhr. Bei unserer Ankunft hatte das *baklok* gerade erst begonnen. Und bis zu unserem Aufbruch hatte sich noch kein neuer Gahn hervorgetan."

„Und was heißt das jetzt?", wollte ich wissen und wurde allmählich unruhig. Gerade, als sich ein bisschen Normalität einstellte, musste mal wieder was Unerwartetes geschehen.

„Ein *baklok* kann viele Tage lang andauern. Wir müssen abwarten, bis der Clan der Todestäler einen neuen Gahn hat, bevor wir die Verhandlungen aufnehmen können", erklärte Baldor und schaute hinaus in die Wüste. Ich folgte seinem Blick, obwohl mir natürlich klar war, dass ich nicht bis zu den Todestälern sehen konnte.

„Was auch immer passiert, wir stehen es zusammen durch", versicherte ich ihm entschlossen und drückte seine Hand. Er erwiderte den Druck und sah auf mich runter.

„Ja", entgegnete er und ein sanftes Lächeln umspielte seine Lippen. „Das werden wir. Zusammen."

Vielen Dank, dass du Theresas und Baldors Geschichte gelesen hast. Ich hatte so viel Spaß dabei, dieses Buch zu schreiben. Ich hoffe, dass ich auch die restlichen Bände dieser Reihe sehr bald auf Deutsch veröffentlichen kann!

Um bei meinen deutschen Veröffentlichungen auf dem Laufenden zu bleiben, meld dich gern unter http://www.ursadaxwriting.com/deutsch für meinen deutschen Newsletter an.

GEFÄHRTINNEN DER SANDMEER-WARLORDS
    Buch 1 ALIEN-TYRANN
    Buch 2 ALIEN-ERZFEIND
    Buch 3 ALIEN-WAISE
    Buch 4 ALIEN-VEREHRER
    Buch 5 ALIEN-GEÄCHTETER
    Buch 6 ALIEN-KLINGE